애니

정한아 소설집

애니

펴낸날 2015년 8월 31일

지은이 정한아
펴낸이 주일우
펴낸곳 ㈜문학과지성사
등록번호 제1993-000098호
주소 121-894 서울 마포구 잔다리로7길 18 (서교동 377-20)
전화 02)338-7224
팩스 02)323-4180(편집) 02)338-7221(영업)
전자우편 moonji@moonji.com
홈페이지 www.moonji.com

ISBN 978-89-320-2769-2

이 도서의 국립중앙도서관 출판예정도서목록(CIP)은 서지정보유통지원시스템 홈페이지 (http://seoji.nl.go.kr)와 국가자료공동목록시스템(http://www.nl.go.kr/kolisnet)에서 이용하실 수 있습니다. (CIP제어번호: CIP2015021814)

애니

정한아 소설집

문학과지성사
2015

어머니께

차례

그랜드 망상 호텔

회전문이 빠르게 돌고 있다. 드나드는 사람은 아무도 없는데, 바람이 부는 탓이다. 3월이지만 해변은 아직 겨울의 한기가 가시지 않았다. 호텔 밖으로 산책을 나왔던 윤슬은 숄을 두고 온 것을 깨닫고 이내 발길을 돌린 참이다. 폭이 좁은 회전문을 향해 다가가던 그녀는 갑자기 시야를 가로막는 O의 어깨를 보고, 흠칫 놀라 주저앉는다.

"괜찮으세요?"

건물 안에서 회전문을 통과해 나온 여자가 윤슬에게 묻는다. 윤슬의 옆방에 묵고 있는 여자다. 그들은 이틀 전, 나란히 호텔에 체크인했다. 피부가 가무잡잡하고 눈동자가 또렷해서 나이를 가늠할 수 없는 여자였다.

윤슬은 괜찮다는 뜻으로 고개를 끄덕이며 옷을 털고 일어난다. 여자는 윤슬에게 빙긋 웃어 보인 후 동행에게 달려간다. 후줄근한 양복을 입은 중년의 남자가 여자의 손을 잡고 해변으로 향한다. O의 어깨는 여전히 윤슬의 시야를 반쯤 가리고 있다.

방으로 돌아온 윤슬은 가방을 뒤져 알약을 한 개 찾아 삼킨다. 잠시 후 그녀 눈앞을 맴돌던 O의 기척은 사라지지만, 대신 속이 뒤집히는 울렁거림이 찾아든다. 약의 부작용이다.

뭐라도 먹기 위해, 윤슬은 꼭대기 층에 있는 레스토랑으로 올라간다. 넓은 레스토랑에는 그녀 말고 다른 손님이 한 명도 없다. 천장에 매달린 샹들리에의 불빛이 희미하게 깜빡거린다. 윤슬은 아침 단품 메뉴인 황태해장국을 주문한다. 낡은 유니폼을 입은 직원들은 지루한 얼굴로 창밖을 내다보고 있다. 주위가 너무 조용해서, 먼 파도 소리까지 들리는 듯하다.

지은 지 20년이 넘은 이 호텔은 퇴락과 보수를 거듭하다가 끝내 방치된 느낌이다. 윤슬은 도착한 첫날부터 이곳이 마음에 들지 않았지만 달리 묵을 데를 찾을 수 없었다. 열일곱 시간 비행 후, 다시 네 시간 동안 택시를 타고 달려온 참이었다. 짐도 풀지 않고 침대에 드러누운 그녀는 다음 날까지 온종일 잠을 잤다. 잠에서 설핏 깰 때마다 복도를 오가는 사람들이 떠들어대는 한국말이 들렸다.

윤슬에게 한국행을 제안한 사람은 정신과 상담의였다. 윤슬은 얼마 전부터 원인을 모르는 환각 증상 때문에 고통을 겪고 있었다. 누군가 그녀의 오른쪽 시야를 가리고 서 있는 느낌이 드는 것이었다. 상담의는 그 정체불명의 존재를 O라고 지칭했다.

지난겨울, 윤슬은 자동차를 몰고 쇼핑몰에 가다가 건너편에서 오는 버스와 부딪쳤다. 자동차 앞 범퍼가 찌그러졌고, 가벼운 찰과상을 입었지만 다행히 큰 부상은 없었다. 보험회사 측에서는 만약을 대비해서 정밀검사를 받아보기를 권했다. 검사 결과, 윤슬은 뇌혈관 중 하나가 기형적으로 부풀었다는 진단을 받았다. 자동차 사고로 인한 것은 아니었다. 어쨌든 덕분에 그녀는 시한폭탄 같은 뇌를 지녔다는 사실을 알게 되었다. 그대로 두면 뇌경색이나 뇌졸중에 걸릴 위험이 높았다.

의사는 아주 간단한 수술이라고 윤슬을 안심시켰다. 마취에서 깨어났을 때, 그녀는 한 번도 들어본 적 없는 노래를 흥얼거리고 있었다. 택시를 타고 집에 돌아온 윤슬은 멍하니 소파에 앉아 있다가 돌연 비명을 질렀다. 새하얀 옷을 입은 한 사람이 그녀의 앞에 서 있었던 것이다.

O는 반투명한 형상으로, 뒷모습을 보인 채 서 있었다. 오른쪽 어깨가 비스듬히 기울었고, 뒤통수가 납작했다. 흐릿한 실루엣만으로는 그가 누구인지 정체를 판단할 수 없었다.

환각은 시도 때도 없이 출몰하기를 반복했다. 윤슬은 침대에서 굴러떨어지거나, 운전을 하다가 급하게 브레이크를 밟고,

길에서 사람들과 부딪혀 넘어지기 일쑤였다. 병원에서 처방해 주는 암페타민이 없으면 외출도 할 수 없었다. 치료 목적으로 사용한다고 해도 어쨌든 중독성 마약의 일종이었다.

상담의는 처음부터 약으로는 환각을 다스릴 수 없다고 못 박았다. 대신 그녀는 한국에 다녀오는 게 윤슬의 치료에 도움이 될 것이라고 말했다. 윤슬의 환각이 어머니의 죽음에 대한 트라우마에서 기인한다고 추측했던 것이다.

윤슬의 어머니는 암으로 세상을 떠났다. 어머니의 부고를 들었을 때, 윤슬은 남편과 아이들을 데리고 알프스 스키 여행 중이었다. 한겨울이던 당시 폭설이 내려 비행기는 전부 결항되었고, 둘째 딸아이는 폐렴 증상을 보였다. 사흘 뒤 공항이 다시 문을 열었지만, 윤슬은 딸아이를 두고 갈 수 없었다. 뜨겁게 열을 내며 앓던 아이는 쾌차했고, 키가 훌쩍 자랐다. 나중에 아버지는 장례를 잘 치렀다는 내용의 이메일을 보냈다. 벌써 2년이나 지난 일이었다.

윤슬의 남편 첸은 중국계 미국인으로, 이민 3세였다. 12년간의 결혼 생활을 통해 그들은 플로리다의 2층짜리 단독주택과 두 딸을 공유하고 있었다. 첸은 윤슬의 병증에 누구보다 당황했고, 이 모든 것이 해프닝에 그치기를 간절히 바라고 있었다.

윤슬이 집을 비우는 동안 그들은 딸애들을 인근의 농장 캠프에 보내기로 했다. 목초지와 소 떼, 헛간, 직접 우유를 짜는 프로그램이 있는 농장이었는데, 아이들은 정말이지 그곳에 가기를 원치 않았다. 자신들의 뜻을 묵살당한 아이들은 떠나는 날 아침까지 그녀와 말하기를 거부했다.

"잘 다녀와. 정말 인사 안 해줄 거야? 무슨 일 생기면 엄마에게 전화하는 거 잊지 마. 비상금은 주머니마다 나누어 넣는 것 알지?"

그녀는 혼자 그렇게 떠들어대며, 아이들을 버스에 태워 보냈다.

"난 엄마를 증오해요!"

큰딸은 떠나기 직전 창문에 대고 소리 질렀다. 잠시 뒤 버스가 출발했고, 그 애가 외쳐대는 말은 먼지 속으로 묻혀버렸다.

16년 전, 윤슬이 한국을 떠날 때 어머니 역시 그렇게 소리를 질렀다. 그즈음 어머니는 알코올 중독으로 이미 일상적인 생활이 불가능한 상태였다. 길에서 사람들을 공격하고, 술에 취해 아무 데나 널브러지고, 이를 드러내며 거친 욕설을 내뱉었지만, 그녀는 여전히 아름다웠다. 헝클어진 머리카락에 몸은 점점 야위어갔는데, 눈동자에서는 새파란 광채가 빛났다. 어머니의 아름다움은 윤슬에게 평생 풀리지 않는 수수께끼 같은 것이었다.

윤슬의 어머니는 강원도의 탄광마을에서 태어나 자랐다. 아버지는 어머니보다 열네 살이 많았고, T. S. 엘리엇을 연구하는 영문학자였다. 친구 집에 놀러 온 아버지의 눈에 띈 어머니는 떠들썩한 청혼을 받고 서울로 올라갔다. 주변에서 독신주의자라고 믿어 의심치 않았던 아버지는 어머니를 위해 직접 집을 지었다. 어머니는 그 집에서 라디오를 듣고, 꽃을 가꾸고, 고향 친구들에게 장거리 전화를 걸고, 빨래를 푹푹 삶아 널기도 했지만, 결국 어디에도 흥미를 느끼지 못하고 술을 마시기 시작했다.

윤슬은 술에 취해 춤을 추는 어머니, 머리를 풀어 헤치고 고개를 흔들어대던 어머니, 허리를 굽히고 몹시 슬프게 울던 어머니를 기억한다. 술을 끊으려는 시도는 늘 실패로 돌아갔고, 결과적으로 상황은 더 나빠졌다. 감정 기복이 너무 심해 한 치 앞을 예측할 수 없었다. 어머니는 내키는 대로 물건을 사들였고, 집 안을 더럽게 방치했고, 끝없이 아버지를 원망했다. 화가 나면 누구에게나 끔찍한 욕설을 퍼부었다. 그녀가 중학생일 때, 아버지는 집을 떠났다. 윤슬은 솔직히 아버지를 이해한다, 고 말했다. 그리고 그녀 역시 때를 기다려 어머니를 떠났다.

윤슬은 오랜 준비 끝에 미국 동부에 있는 대학에서 입학 허가를 받았다. 그 무렵 그녀와 어머니는 단둘이 살고 있었다. 윤슬의 유학 계획에 내내 침묵하던 어머니는 출국 전날 그녀를 데리고 백화점에 갔다.

"이불만은 좋은 것으로 덮어야 해. 그래야 나쁜 꿈을 안 꾸지."

어머니는 두툼하게 솜을 넣은 이불을 손으로 쓸면서 말했다.

"너는 나처럼 살지 마. 좋은 꿈을 꾸고, 그걸 꼭 붙잡아야 해."

윤슬은 자신에 대해서는 걱정하지 말라고 어머니에게 말했다. 어머니야말로 좀 편안해졌으면 좋겠다고, 규칙적으로 운동을 하거나 취미를 가져보라고 권했다. 잠시 후 어머니는 몸을 떨었고, 그들은 서둘러 집에 돌아와야 했다.

윤슬은 혼수용품으로나 사 간다는 양모 이불을 챙겨서 비행기에 올랐다. 그녀가 출국장으로 들어갈 때, 어머니가 뭐라고 크게 소리를 질렀는데 무슨 말인지 알아들을 수 없었다. 그때 윤슬은 스무 살이었고, 미래는 포근한 양모 이불처럼 발치에 펼쳐져 있었다. 이제부터 진짜 삶이 시작될 참이었다. 그녀는 뒤돌아보지 않았다.

그랜드 망상 호텔은 동해 한구석, 망상 해변에 있다. 윤슬은 어렸을 때, 가족들과 함께 단 한 번 이 호텔에 묵은 적이 있다. 가족 여행의 기억은 조금도 남아 있지 않다. 다만 그녀가 기억하는 것은 백사장이 넓게 펼쳐진 망상 해변과 당시 압도적으로 거대해 보였던 호텔의 외양이다. 다시 돌아온 호텔은 그때만큼 크지도, 빛나지도 않지만 객실에서 보는 바다의 전망만큼은 꽤나 훌륭하다. 그 이유 때문인지 낡은 시설과 불친절한 서비스에도 띄엄띄엄 손님이 끊이지 않는다.

사흘째 되는 날 아침, 윤슬은 옷 가운데 가장 말끔한 것을 찾아 입고 호텔을 나선다. 어머니를 만나기 위해서다. 시력을 잃은 뒤 어머니는 상원도의 요양원에 들어갔고, 그곳에서 여생을 보냈다. 휴양림 한가운데 흙으로 지은 요양원은 얼핏 별장이나 펜션처럼 보인다. 우거진 숲길 곳곳에서 새 소리가 들린다.

요양원 안에는 자그마한 납골당이 있다. 요양원에서 생을 마친 후 갈 곳을 잃은 사람들의 뼛가루가 모여 있는 곳이다. 윤슬은 그곳에서 어머니의 유골함을 마주한다. 미색의 항아리, 점자로 된 릴케의 시집, 진주 목걸이, 나무 액자에 든 가족사진도 본다. 윤슬의 초등학교 졸업식 날 사진관에서 찍은 사진이다. 단발머리의 어머니는 길고 가는 목에 아사 스카프로 리본을 묶었다. 윤슬은 그것이 흉측한 멍을 가리기 위한 것이었음을 기억한다. 세 식구는 단정하게 멋을 냈지만, 입가나 눈가에 미소가 한 점도 없다. 가족사진이라니, 그것은 누구의 생각이었을까.

말년의 어머니가 이곳에서 어떻게 지냈는지, 윤슬은 아무것도 알지 못한다. 종종 아버지로부터 짧은 소식을 들었지만, 그 역시 한 달에 한두 번 어머니의 상태를 확인하는 게 다였다. 어머니가 암 선고를 받았다는 사실조차 그들은 마지막에 가서야 알았다.

요양원의 작은 창문 너머로 새하얀 머리카락의 노인들이 느릿느릿 움직이는 모습이 눈에 띈다. 윤슬은 고개를 돌리고 사방을 둘러싼 나무를 본다. 바람이 불 때마다 나뭇잎이 바닷속의 수초처럼 흔들린다. 빛이 닿는 곳마다 잎맥이 하얗게 일어나며, 이내 물결치듯 사라져간다. O의 형상이 거대한 크기로 늘어나 시야를 가득 채웠다가, 천천히 다시 줄어든다. 아침에 이은 두번째 환각이다. 윤슬은 식은땀을 흘리며 약을 찾아 먹고, 헛것이 사라지기를 기다린다. 기다리는 것 말고 그녀가 할 수 있는 일은 없다. 그녀는 몸을 작게 움츠리고, 밭은 숨을 내뱉는다. 잠시 후, O는 얼음처럼 서서히 녹아 사라진다.

그날 저녁, 윤슬은 고속열차를 타고 서울에 올라간다. 아버지와의 저녁 약속이 있다. 얼마 전 동료 교수와 재혼한 아버지는 대학 근처의 고층 아파트에 살고 있다. 약속 시간보다 조금 이르게 도착한 윤슬은 주변을 서성이며 손목에 찬 시계를 내려다본다. 잠시, 그냥 돌아갈까 싶은 마음이 든다. 그녀는 어둠이 내려앉은 놀이터 벤치에 앉아 있다가, 가로등 불빛이 켜지는 순간 자리에서 일어난다.

아파트 문을 연 사람은 아버지의 새 부인이다.

"어서 와요. 찾는 데 오래 걸리지 않았어요?"

아버지의 새 부인은 아버지만큼 키가 크다. 그을린 팔과 다리, 짧은 회색 머리가 인상적이다. 아버지는 뒤늦게 부엌에서 달려 나온다. 윤슬은 아버지가 허리에 에이프런을 두른 모습에, 그가 별로 나이 든 사람처럼 보이지 않는 것에 조금 놀란다. 거실에는 그녀 말고 다른 손님들도 있다. 사촌 오빠와 그의 친구 명. 그들은 다른 일로 그 집에 들렀다가 저녁 식사에 초대되었다고 한다. 윤슬은 아버지가 일부러 그들을 부른 것인지 궁금하다. 전처의 딸과 새 부인 사이에서 홀로 대처하기란 쉬운 일이 아닐지도 모른다.

"정말 오랜만이다. 미국에서 잘 산다는 소식은 종종 들었어."

사촌 오빠는 지난해 결혼해서 쌍둥이를 낳았다. 그는 오른쪽과 왼쪽 손목에 문신으로 새겨 넣은 아이들의 이름을 보여준다. 명은 윤슬이 사촌 오빠와 이야기를 나눌 수 있도록 그 옆에서 일어난다. 다부진 체격에 긴 머리카락을 하나로 묶은 그는, 시시껄렁한 삼류 배우처럼 보인다.

아버지의 집은 바닥부터 천장까지 책으로 가득하다. 오래된 나무 테이블, 소파, 카펫 위에 요절한 화가의 작품집들이 널려 있다. 어디선지 평균율을 연주하는 피아노 소리가 은은하게 들려온다. 문을 열어둔 베란다에는 도자기에 심은 야생화가 늘어져 있다. 그 사이에서 몸을 일으키는 O의 형체를 보고, 윤슬은 눈을 깜빡거린다. 머리 한쪽에서부터 전기가 흐르는 것처럼 짜릿한 통증이 느껴진다.

"어디 아파요?"

명이 윤슬에게 다가와 묻는다.

"두통이…… 약을 먹어도 소용이 없네요."

"두통에는 지압만큼 좋은 게 없어요."

명은 진지한 표정으로 제 머리를 꾹꾹 누르면서, 태양혈과 백회혈이라는 혈자리를 짚어 보인다. 그의 잿빛 티셔츠에서 짠내가 난다.

미술작가인 명은 주로 해변에서 설치 작업을 한다고 이야기한다. 윤슬은 그의 말을 주의 깊게 듣는 척하지만, 사실은 O를 보고 있다. O는 빨간색의 원통형 모자를 쓰고 있다. 조금 전까지만 해도 보이지 않던 모자다. 높이가 제법 되는 그 우스꽝스러운 모자를 쓰고, O는 태연하게 등을 돌리고 있다.

아버지의 새 부인이 갑자기 손뼉을 치더니, 사람들을 식탁으로 부른다. 누군가를 호명하는 데 익숙한 여자다. 대화를 주도하고, 또 특유의 웃음으로 분위기를 환기시킨다. 아버지는 웃을 때마다 그 여자를 바라본다. 윤슬은 아버지가 그처럼 즐거워하는 모습을 전에는 본 적이 없다.

음식은 전부 한식으로 차려졌다. 눈앞의 새빨간 모자 때문에 식욕이 사라졌지만, 윤슬은 애써 밥을 한 그릇 다 비운다. 식사를 마칠 즈음, 사촌 오빠가 갑자기 생각났다는 듯 윤슬에게 어디에 묵고 있느냐고 묻는다. 호텔의 이름을 말하자 사촌 오빠의 표정이 멍해지더니 나직한 탄성을 내뱉는다.

"아, 그 호텔이 아직도 있단 말이야? 우리 어렸을 때 다 같이 갔던 곳이잖아."

윤슬은 미간을 찌푸리며 사촌 오빠를 바라본다.

"우리가 다 같이 갔다고요?"

"올림픽이 열리던 해 여름이었잖아. 우리 부모님들까지 다 같이 그 호텔에 묵었는데, 정말 기억이 안 나니?"

사촌 오빠는 사실을 확인하듯 아버지를 향해 고개를 돌린다. 아버지는 아무 말도 하지 않는다. 죽은 어머니가 그들 사이에

부표처럼 떠오른다. 아무도 나서서 그 표식을 걷어치우지 못한다. 아버지의 새 부인은 서둘러 후식을 내놓는다. 그들은 생강차와 꿀을 묻힌 한과를 먹는다. 한과가 입안에서 바스러지는 소리가 유독 크게 들린다.

집을 떠나기 전, 윤슬은 아버지에게 딸애들의 사진을 보여준다. 아버지는 아이들의 얼굴을 손끝으로 만져본다. 아버지와 그의 새 부인은 기회가 되는 대로 미국에 찾아오겠다고 말한다. 쌍둥이를 둔 사촌 오빠는 곧장 집으로 가고, 명은 윤슬을 역까지 태워다 주기로 한다. 이미 으슥한 밤이다. 명은 라디오를 틀고, 그들은 아무 말도 하지 않는다.

"바다 근처에 있다면 우리는 다시 만날 수 있어요."

역 앞에 차를 세우면서, 명이 말한다.

"저는 늘 해변에서 작업을 하니까요."

윤슬은 의식적으로 그에게 웃어 보이고, 태워다 줘서 고맙다고 말한다. 그녀는 젖은 솜처럼 지친 몸으로 기차에 오른다. 캄캄한 창밖으로 서울이 빠르게 멀어져간다. 어느샌가 모자를 벗은 O의 머리가 기차의 움직임을 따라 흔들린다.

택시를 타고 호텔에 돌아왔을 때, 윤슬은 푸른색 네온 조명이 반짝이는 바에 앉아 있는 옆방 여자를 본다. 여자는 길쭉한 얼굴이 섬약해 보이는 젊은 남자와 함께 있다. 여자와 남자는 친밀하게 손을 맞잡고 있다. 한순간 여자와 눈이 마주친 윤슬은 얼른 고개를 돌린다.

방에 들어온 윤슬은 미국의 아이들에게 전화를 한다. 아무도 전화를 받지 않는다. 그녀는 메시지를 남긴다. 큰아이의 별명과 작은아이의 별명, 잊지 말아야 할 수칙들, 손 씻기와 양치질하기, 사랑한다는 말, 그립다는 말. 녹음 시간이 다해 말끝이 잘린다. 아이들을 떠올리는 것만으로 그녀의 코끝이 시큰해진다.

윤슬은 최근 큰딸과 번번이 부딪히기만 했다. 그 애는 자신이 홀로 서는 것을 윤슬이 막는다고, "엄마는 내가 자라는 걸 원하지 않는다"고 말했다. 고작 열한 살짜리가 내뱉은 말이었다. 아이들은 투명하게 제 속의 것들을 내장까지 보여주다가, 어느 순간 키가 자라면서 팔다리가 가늘어지고, 영영 알 수 없게 되어버린다.

윤슬은 옷을 벗고, 뜨거운 물로 샤워한다. 좁은 욕실에 순식간에 새하얀 김이 차오른다. 사촌 오빠는 그들이 다 함께 이 호텔에서 묵었다고 하지만, 윤슬은 도무지 기억을 떠올릴 수 없다. 올림픽이 개최된 해라면, 어머니의 우울증이 극도에 이르렀던 때였다. 어머니는 아버지를 끊임없이 의심했고, 학회, 논문, 제자들과의 만남까지 제재하고 나섰다. 아버지는 끈기를 가지고 어머니를 대했다. 하지만 어머니에게 그것만으로는 부족했다. 어머니는 언제나 가질 수 없는 것을 요구했고, 쓰디쓴 좌절에 몸부림쳤다.

겨울과 봄의 사이 어느 날 새벽, 어머니는 잠든 윤슬을 깨워

일으켰다.

“네 아버지가 부정을 저지르고 있다.”

어머니는 잠이 덜 깬 그녀의 잠옷 위에 코트를 입혔다. 그들은 택시를 잡아타고 어디론가 달려갔다. 복도에 창문이 나 있는 소형 아파트, 어머니는 그 창문을 거세게 두드렸다. 잠시 후, 긴 머리의 여자가 문을 열었다. 어머니는 누구냐고 묻는 그 여자의 몸을 밀치고 집 안으로 들어갔다. 그 집에 숨긴 것을 찾아내기 위해 이불 속과 서랍, 침대 밑, 어두운 구멍 구석구석을 전부 다 뒤졌지만, 결국 아무것도 발견하지 못했다. 밤새 연구실에 있었던 아버지는 뒤늦게 경찰의 연락을 받고 그들을 데리러 왔다. 그곳은 그의 제자의 집이었다. 집으로 가는 내내, 아버지는 침묵했다.

“더 이상 이렇게 살 수는 없어.”

그 말을 먼저 꺼낸 사람은 어머니였다. 아버지는 이혼에 동의하지 않았다. 밤새 그들이 다투는 소리가 들렸다. 며칠 뒤 어머니는 욕실의 거울을 향해 돌진했고, 피를 흘리며 병원에 실려 갔다.

윤슬은 욕실의 뿌연 거울을 바라본다. 그 무렵의 일들은 모두 희미하기만 하다. 기억하고 있는 장면들마저 자신의 것이 아닌 듯, 멀고 아득하게만 느껴진다. 윤슬은 거울 속 여자의 주름, 늘어진 살, 처진 가슴을 바라본다. 순간, 그녀는 손으로 입을 막는다. O의 형상이 거울에 비치는 것이다. O는 윤슬과 똑

같은 얼굴로 그녀를 바라보고 있다. 그들은 평생을 떨어져 살다가 우연히 만난 일란성쌍둥이처럼 공포에 질려 서로를 바라본다. 윤슬은 곧 그것이 꿈인 것을 깨닫는다. 하지만 스스로 깨어날 수 있는 꿈이란 없다는 것도 잘 알고 있다.

밤새 뒤척이다 새벽녘 설핏 잠들었던 윤슬은 뺨에 닿는 차가운 기척에 소스라치게 놀라 잠에서 깬다. 세찬 빗소리가 들린다. 열린 창으로 비가 들이치고 있다. 창문을 닫고, 자리에 누우려고 하는데 욕실에서 뭔가 달그락거리는 소리가 들린다. 수도꼭지를 돌리는 소리, 물이 흐르는 소리가 들린다. 처음에 윤슬은 옆방에서 나는 소리라고 생각한다. 하지만 잠시 후, 자그맣게 노래를 흥얼거리는 여자의 목소리가 들린다. 노래는 분명 그녀의 욕실에서 흘러나오고 있다.

윤슬은 자리에서 벌떡 일어난다. 무릎에서 힘이 풀리며, 몸이 앞으로 쏠린다. 그녀는 다급히 가까운 곳에 있는 테이블을 붙잡는다. 테이블 위에 있던 양철 재떨이가 떨어지면서 요란한 소리를 낸다. 순간 욕실에서 흘러나오던 허밍 소리가 뚝 그친다. 윤슬은 욕실 문을 활짝 열고, 불을 켠다. 금박이 벗겨진 낡은 타일과 물 때 낀 욕조뿐, 그녀를 기다리는 사람은 아무도 없다.

아침이 되자 비가 그치면서 땅이 마른다. 윤슬은 홀로 레스토랑에서 아침을 먹는다. 그녀는 퍽퍽하고 싱거운 오믈렛을 기계적으로 입에 넣는다. 신경이 예민해질 대로 예민해져 잠을 이룰 수 없다. 그만 집으로 돌아가는 게 낫겠다는 생각이 든다. 적어도 미국에 있을 때는 악몽에 시달리지 않았다. 구름 사이로 해가 떠오르면서 바다는 점점 파란빛을 띤다.

호텔 로비에는 작은 분수대가 있다. 윤슬은 뒤늦게 그것이 트레비 분수의 조악한 모형임을 알아차린다. 포세이돈과 그의 아들, 요동치는 말들, 포말 속에서 헤엄치는 인어의 환조가 눈에 띈다. 원작에 등장하지 않는 인어들이 여기서는 오히려 주인공처럼 보인다. 인어들의 머리카락은 칼처럼 뾰족하게 뻗어 있고, 물보라 속에서 고통인지 환희인지 모를 표정을 짓고 있다.

방으로 돌아왔을 때, 리셉션 데스크에서 전화가 걸려온다. 무뚝뚝한 목소리의 직원이 윤슬에게 손님이 찾아왔다고 한다. 아버지일 거라고 생각하고 1층으로 내려간 그녀는 회전문 너머 멀뚱히 서 있는 명을 발견한다. 그는 회전문을 통과하여 호텔 안으로 들어온다.

"다시 보게 될 거라고 했죠?"

소년처럼 웃는 명을 보며, 윤슬의 얼굴이 딱딱하게 굳는다. 그녀는 이런 식의 깜짝쇼는 좋아하지 않는다고 말한다. 명은 한 번도 거절당해본 적 없는 소년처럼 당황한다.

"재미있어할 줄 알았는데…… 내가 잘못 생각했군요."

그는 어깨를 기울이고, 가방을 고쳐 멘다.

"이쪽 해변을 좀 검색해봤는데, 작업을 해보면 좋을 것 같아서 왔어요. 귀찮게 해서 미안해요."

그는 담담하게 해명한 후, 뒤돌아서 문을 밀고 나간다. 한량 같은 걸음걸이. 윤슬은 그의 뒷모습을 바라보다가 객실로 올라간다. 창가에 다가서자, 해변을 가로질러 걸어가는 명의 모습이 보인다. 그는 커다란 널빤지로 모래사장 위를 쓸어내고 있다. 표면을 편평하게 만드는 것이다. 잠시 후 그는 긴 손잡이가 달린 갈고리를 들고 선을 그리기 시작한다. 멀리서 바라보고 있으니, 마치 거미가 집을 짓는 모양 같다.

한낮에 윤슬은 샌드위치를 사 들고 명이 그림을 그리는 해변으로 나간다. 바지를 걷어붙이고 맨발로 선 명은 그녀를 흘긋 바라보더니, 하던 일을 계속한다. 갈고리로 모래를 긁어내면서 선을 만들고, 틈을 메워 문양을 만드는 것이다. 그는 땀을 뚝뚝 흘리고, 목에 걸친 수건으로 이마를 닦아낸다.

명은 그녀가 건네준 샌드위치를 우적우적 씹어 먹는다. 그는 청소부나 목수, 혹은 인기 없는 종목의 운동선수 같다. 그의 갈고리가 규칙적인 리듬에 맞추어 모래를 밀고 지나간다. 해변에는 사람들이 별로 없다. 더러는 멈춰 서서 명이 만드는 패턴을 구경하고, 더러는 그것을 밟고 지나가기도 한다. 명은 개의치 않고 모래를 쓸어낸다.

윤슬은 선글라스를 끼고 앉아, 그의 움직임을 지켜보며 샌드위치를 먹는다. 나선의 꼬임이 연속되고 있다는 것뿐 가까이서는 그림의 내용을 알아볼 수 없다. O는 사라지지 않고 온종일 그녀에게 들러붙어 있다. 손을 뻗으면 잡을 수도 있을 만큼 가까운 실감이다.

반나절이 걸린 작업을 끝낸 뒤, 명은 사진을 찍기 위해 암벽 위로 올라간다. 윤슬은 그를 따라간다. 높은 곳에 서자 비로소 그림이 한눈에 들어온다. 수십 개의 구불구불한 등고선이 모래사장을 가득 메우고 있다. 순간 그곳이 속을 드러낸 나무의 단면처럼 보이기도 하고, 메마른 사막처럼 보이기도 하고, 펼쳐놓은 지도처럼 보이기도 한다. 이전과 완전히 다른 땅, 새로운 세계가 드러난다.

명은 여러 각도에서 사진을 찍고 난 뒤, 손을 털고 돌아선다. 흙투성이가 된 그는 윤슬에게 그녀의 방에서 물을 좀 써도 되겠느냐고 묻는다. 윤슬은 그의 말을 이해하지 못한 사람처럼 빤히 바라보다가 이내 고개를 끄덕인다.

명이 옷을 갈아입으러 간 사이, 윤슬은 로비의 소파에 앉아 창문 밖으로 사내아이들이 그림을 망쳐놓는 모습을 지켜본다.

"우리 자주 보네요. 그렇죠?"

옆방 여자가 윤슬에게 인사를 건넨다. 여자는 윤슬에게 동행이 올 때까지 잠시 옆에 앉아도 되겠느냐고 묻는다. 윤슬은 선뜻 자리를 내준다. 수술이 달린 하얀 블라우스에 면바지를 입은 여자는 한쪽 다리에 깁스를 하고 있다. 그녀는 지난밤 사고를 당했다고 말한다.

"손님하고 술을 마시고 계단을 오르다가 그만 넘어지고 말았어요."

그녀는 자신이 손 치료사라고 말한다. 사람의 몸을 손으로 만져서, 병을 치료한다는 것이다. 윤슬은 여자의 손을 내려다본다.

"손으로…… 어떻게 치료를 한다는 건가요?"

여자는 그것이 손에서 나오는 오라의 힘이라고 한다. 사람은 누구나 자신만의 특유한 기를 가지고 있으며, 이는 미세한 색깔을 띤다. 그 오라를 이해하고, 보완해줄 수 있는 대상을 만나면 몸과 마음이 정화되어 최고의 경지에 이른다. 반대의 경우, 고유함이 손상될 때 우리 몸은 갖은 병의 대상이 된다. 죽기 전에 인간의 몸에서는 모든 색깔이 다 빠져나간다. 무색, 무명으로 돌아가는 것이다.

여자의 말을 주의 깊게 듣던 윤슬은 몸을 앞으로 기울인다. 그녀는 충동적으로 자신의 환각 증상에 대해 말한다. 상담의를 제외하고, 타인에게 O에 대해 이야기하는 것은 처음이다. 여자는 놀라는 기색 없이 윤슬의 이야기를 듣더니, 그녀의 손을 잡는다. 아이처럼 작고 부드러운 손.

"그가 당신을 찾아온 것인지, 당신이 그를 부른 것인지 지금으로서는 알 수가 없네요."

여자는 꽤 오래 뜸을 들이다가, 조용한 목소리로 말한다.

"그의 오라가 이끄는 대로 가봐요. 어쩌면 새로운 발견을 하게 될지도 몰라요."

윤슬이 이해할 수 없는 말을 남겨놓고, 여자는 자리에서 일어난다. 부스스한 파마머리에 가시처럼 마른 젊은 여자가 그녀를 부축하여 데리고 나간다. 홀로 남은 윤슬은 여자가 잡았던 손에 후끈거리는 열감을 느낀다.

윤슬은 명의 차를 타고 시내의 조용한 일식집으로 간다. 명은 횟감을 직접 보고 고른 후, 정종을 주문한다. 조용한 룸에서 줄줄이 나오는 음식을 먹으며, 윤슬은 그의 이야기를 듣는다. 부모님이 이혼한 후 외가인 부산에서 자란 이야기, 부적응자였던 학창 시절, 오토바이와 아름다운 여자들, 폭주의 밤에 대해서. 그는 뒤늦게 그림을 시작했고, 과거의 비행을 대부분 청산했지만, 여자에 관해서만큼은 고쳐지지 않는다고 했다.

"여자에 관해서요?"

"난 누구와도 진지한 관계를 맺지 못해요."

생굴을 후루룩 입에 넣으며, 명은 쾌활하게 말한다.

지난해, 그는 아버지에게서 경기도 인근의 상가 건물을 상속받았다. 상속 조건은 1층에서 식당을 운영할 여자를 데려와 결혼하는 것이었다.

"해변에서 모래성 쌓는 놀이로는 입에 풀칠하기도 어려워요. 아버지가 러시아 노파와 결혼하라고 해도, 나는 따를 수밖에 없을 거예요."

그의 아버지는 기한을 3년으로 두었다. 그 후 명은 만나는 여자마다 그 상가의 1층에 세워놓아본다. 하지만 매번 간판을 올리기도 전에 관계가 끝장나버리는 것이다.

"나는 섹스 중독이 분명해요."

그는 우습다는 듯 말한다. 윤슬은 정종을 홀짝거리며, 그가 어수룩한 사람인지 교활한 사람인지 가늠해본다. 명은 무엇이 즐거운지 그녀를 보고 연신 싱글벙글 웃는다.

"누구나 한두 가지, 해변에서 잃어버린 것들이 있기 마련이죠. 바다에서 일을 하다 보면 우연찮게 그것들을 발견하게 돼요."

명은 종일 들고 다니던 가방의 안쪽에서 뭔가를 꺼낸다. 그의 손에 작은 권총이 들려 있다. 그것은 아주 새까맣고, 반들반들 윤이 나는 베레타 권총이다. 그녀는 미국에서 한두 번 그와 비슷한 것을 본 적이 있다.

"통영 바다에서 작업했을 때, 모래 깊숙이 묻혀 있던 이 권총을 발견했죠."

명은 권총을 소중하게 들어 보인다.

"그해에 모든 일이 잘 풀렸어요. 전시회 기사도 잘 나왔고, 작품 의뢰도 받았죠."

"권총이 당신에게 행운을 가져다줬군요."

"맞아요."

명은 환하게 웃는다.

"두려워서 한 발짝도 움직이지 못할 것 같은 기분이 들면,

이렇게 두 손으로 권총을 붙잡고 방아쇠를 당기는 거예요. 총알도 없는 헛총질이지만, 그러고 나면 이상하게 용기가 생기거든요."

명은 슬라이드를 당기고 방아쇠를 당기는 시늉을 해 보인다. 잠시 그 방에 침묵이 흐른다. 윤슬은 그가 부드러운 천에 권총을 도로 감싸 가방 깊숙이 넣는 것을 지켜본다.

식사를 마치고 일어났을 때, 윤슬은 조금 비틀거린다. 명은 그녀의 어깨를 감싸고, 대리기사를 부른다. 술에 취한 그들은 뒷좌석에 나란히 앉는다. 그의 엄지손가락이 그녀의 손바닥 안에 느리게 원을 그린다. 자동차가 호텔에 도착하자, 그는 그녀를 따라 내린다.

방에 들어서자마자, 명의 손이 그녀의 허리를 잡는다. 그들은 키스하고, 그녀는 모래처럼 흘러내린다. 그는 그녀가 움직이지 못하도록 양팔을 붙잡는다. 믿기지 않는 쾌감에 그녀는 소리를 지른다. 자신의 목소리에 스스로도 놀랄 지경이다. O는 여전히 그곳에 있지만, 그들을 뒤돌아보지는 않는다.

서늘한 새벽, 윤슬은 깨달음과 함께 눈을 뜬다. 열린 창문으로 바람이 불어온다. 푸르스름하게 주변이 밝아오면서 오래전 기억이 떠오른다. 내내 눈을 덮고 있던 얇은 막이 벗겨진 것처럼, 윤슬은 낯선 그 풍경을 떠올린다.

그해 여름, 온 나라가 올림픽 준비로 시끄러울 때 그녀의 가족이 여행을 떠난 것은 어머니의 퇴원을 기념하기 위한 것이었다. 작은아버지 가족은 캠핑카를 빌려 왔고, 카세트덱에 종일 비치 보이스의 음악을 틀었다. 다들 바캉스 분위기를 내보려고 했지만, 어머니는 웃지 않았다. 윤슬과 사촌이 바닷속에서 노는 모습을 해변 그늘에서 시든 풀처럼 바라보기만 했다.

그들은 사람들로 북적이는 호텔에 겨우 방을 잡았고, 레스토랑에서 후식으로 나오는 아이스크림을 먹었다. 윤슬은 천장에 매달린 거대한 샹들리에의 반짝임을 한없이 바라보았다. 어머니가 사라진 건 한밤중의 일이었다. 아버지와 작은아버지는 손전등을 들고 해변 주위를 샅샅이 뒤졌지만, 어머니를 찾지 못했다. 모두 꼬박 밤을 지새웠다.

새벽 어스름, 어머니는 해변 한구석에서 휘청휘청 맨발로 걸어왔다. 얇은 잠옷이 축축이 젖어 그 안에 늘어진 가슴 모양과 젖꼭지까지 또렷하게 눈에 띄었다. 작은아버지는 민망하게 헛기침을 하며 고개를 숙였는데, 그럼에도 그의 시선은 어머니의 몸에 조각조각 박혔다. 작은어머니는 유해한 무언가에게서 사촌 오빠를 보호하듯 자신의 품으로 끌어당겼다.

아버지는 어머니를 보자마자 성큼 그 앞으로 다가섰고, 커다란 손을 들어 올려 한순간 그녀를 내리칠 듯했으나, 다음 순간 손을 내렸다. 어머니는 윤슬을 바라보며 말갛게 웃었다. 어머니에게서 술냄새와 지독한 악취가 진동했다. 오물에 몸을 담그고 온 사람 같았다. 아버지는 어머니의 손을 거칠게 잡아당겼다. 어머니는 짐승 같은 소리를 질렀다. 어머니는 끌려가면서, 모래 위에 뱀처럼 구불구불한 자국을 남겼다.

아버지는 어머니를 호텔 방에 넣고, 밖에서 문을 잠가버렸다. 윤슬은 아버지가 무슨 생각을 하고 있는지 짐작할 수 없었다. 어쩌면 아버지 자신도 모르는 듯했다. 그들은 아무 일도 없었던 것처럼 근처의 오래된 등대를 보러 가고, 어시장을 구경하고, 문어탕을 먹으러 갔다. 윤슬은 아버지가 탕에서 건져 주는 문어를 오랫동안 씹어 먹었다.

호텔에 돌아온 후, 작은아버지와 아버지는 술을 마시러 갔다. 작은어머니는 일찌감치 곯아떨어졌고, 윤슬과 사촌 오빠는 코미디 프로그램을 보았다. 윤슬은 옆방에 어머니가 있다는 것을 알고 있었다. 피로와 수치를 씻지 못하고 방에 갇힌 어머니. 열쇠는 눈앞의 테이블 위에 있었다. 윤슬은 언제든, 그 열쇠를 가지고 옆방에 가서 문을 열 수 있었다. 하지만 그녀는 그렇게 하지 않았다. 불이 꺼진 방에서 자정이 다 될 때까지 텔레비전을 보던 그녀는 아버지가 돌아왔을 때 자는 척 눈을 감았다. 자신이 어째서 눈을 감고 있는지, 스스로도 이해할 수 없었다. 그녀는 무엇에 대해 눈을 감았던 것일까.

윤슬은 희미하게 밝아오는 창밖의 해변을 바라본다. 해변에 명이 그린 그림은 이제 다 사라지고 없다. 흔적도 남아 있지 않다. 파도만이 밀려오고 밀려가는 움직임을 반복하며 텅 빈 모래사장을 쓰다듬는다. 영원히 부서지는 파도, 하얗게 사라지는 물보라……

침대에 엎드려 있던 명이 뒤척이며 무슨 소리를 중얼거린다. 달과 모래, 어둠에 대한 이야기. 시트가 흘러내리며, 허리와 엉덩이가 드러난다. 옆구리에서 엉치뼈 있는 데까지 가로질러 새겨진 흉터가 눈에 띈다. 누군가 그의 살을 찢고 가른 자국이다. 검붉은 흉터는 생명을 지닌 듯 꿈틀거린다. 윤슬은 숨을 죽이고 그 흉터를, 아우성치는 핏자국을 바라본다. 잠시 뒤, 명이 바로 누우며 시트를 끌어당긴다.

어머니는 단 한 번 미국으로 윤슬을 찾아온 적이 있다. 윤슬이 첫딸을 낳은 지 백일도 되지 않았을 때였다. 그즈음 그들은 새삼 연락이 잦았다. 어머니는 매일같이 병원을 오가며 치료를 받았고, 더 이상 술 이야기는 꺼내지도 말라며 너스레를 떨었다. 어머니는 딸과 손녀의 얼굴이 보고 싶어서 가슴이 저릴 정도라고 했다.

윤슬 역시 출산 후 어머니에 대해 많은 생각을 하고 있었다. 아버지가 어머니를 너무 가혹하게 대했던 것이 아닌지, 때때로 의심스러웠다. 꼬물거리는 딸아이를 보고 있으면, 자신에게도 어머니가 필요하다는 생각이 들었다.

윤슬은 충동적으로 어머니를 미국에 초대했다. 첸은 어머니를 호텔로 모시자고 했지만 그녀는 직접 손님방을 단장했다. 며칠을 머물더라도 어머니가 그녀의 집을 편안하게 느꼈으면 싶었다. 하지만 공항에서 어머니를 보았을 때, 그녀는 자신이 뭔가 잘못 생각했다는 것을 깨달았다. 어머니는 전보다 살이 많이 쪘고, 그 탓인지 몰라도 인상이 무척이나 험악해 보였다. 어머니는 윤슬을 보자마자 다짜고짜 네 남편은 어디 있느냐,고 물었다. 가져온 짐이 너무 많아서, 트렁크에 다 싣지 못할 정도였다.

집에 가는 내내, 어머니는 윤슬이 가족도 없이 친구들과 결혼식을 해치운 것에 대해 불만을 늘어놓았다. 곤히 자고 있는 아기를 잠시 내려다보더니 아쉬운 목소리로 너를 닮았다,고 말했다. 가방에는 옷만 가득 들어 있었다. 계절에 맞지 않는 옷들까지 한꾸러미였다. 어머니는 그 옷들을 꺼내서 늘어놓더니, 서랍장이 필요하다고 말했다. 윤슬은 아무 말도 하지 않았다.

저녁 식탁에서 첸을 마주했을 때, 어머니는 그의 가족들에 대해 꼬치꼬치 물었다. 자신은 텔레비전 소리가 들리지 않으면 잠을 이루지 못한다고, 한국 비디오를 빌려 오라고도 했다. 첸은 굳은 얼굴로 비디오를 빌리기 위해 집을 나갔다. 어머니는 밤새 거실에서 시끄럽게 떠들어대는 한국 드라마를 보았고, 다음 날 소파에서 종일 잠을 잤다.

어머니는 아직 완전히 술을 끊은 것은 아니었고, 솔직히 가끔 스스로를 통제할 수 없을 때가 있다고 윤슬에게 털어놓았다.

"네 아버지가 나를 정신병원에 넣으려고 해."

누가 들을까 걱정스러운 것처럼, 어머니는 목소리를 낮추고 말했다.

"우리는 실제로 같이 살고 있지도 않은데 말이야. 그 사람이 내 법적 보호자이기 때문에, 내 의사와 상관없이 나를 병원에 처넣을 수 있다는 거, 알고 있니?"

어머니는 이번 기회에 아버지와 완전히 헤어질 거라고 말했다. 그를 사랑했던 적은 한 번도 없었다고, 미국에서 두번째 인생을 살 거라고도 했다. 윤슬이 지지자가 되어준다면, 얼마든지 해낼 수 있다고 어머니는 말했다. 순간 윤슬은 머릿속이 아득해졌고, 어찌할 바를 몰라 억지 미소를 지었다.

첸은 매일 밤, 어머니가 언제 돌아갈 것인지 윤슬에게 물었다. 그는 한국말이 왕왕대는 비디오를 더 이상 참을 수 없다고 했다. 첸은 첫날 이후 한 번도 어머니와 마주 앉아 식사를 하지 않았다. 어머니에게 웃는 낯을 보이지도 않았다.

어머니는 윤슬이 자신과 함께 외출하려 하지 않는다고 비난했다. 윤슬이 잠시라도 자리를 비우면 집을 나가서 주민들과 시비가 붙었고, 구걸하는 히스패닉 소년을 데리고 들어와서 손님방을 내주기도 했다. 어머니는 몰래 화장품 용기에 술을 넣어두고 마셨다.

거실 소파에서 술냄새를 풍기며 아기를 안고 있는 어머니를 봤을 때, 윤슬은 망설이지 않고 떠나달라고 말했다. 어머니는 얼굴을 일그러뜨리면서, 눈앞의 테이블을 걷어찼다. 술을 담은 유리 용기가 바닥에 떨어지며 산산조각 났다. 윤슬은 아기를 가로채 안고, 침실로 들어가 문을 잠갔다. 밖에서 어머니가 문을 부숴버리겠다고 윽박지르는 소리, 쿵쿵, 무언가로 문을 내려치는 소리가 들렸다.

윤슬은 곧장 아버지에게 전화를 걸었다.

"저 여자는 제정신이 아니에요. 당장 데려가세요."

아버지는 커다란 가방에 어머니의 물건을 쓸어 담고, 그 안에 어머니까지 담아 떠났다. 윤슬은 그들을 배웅하지 않았다. 창밖으로 자동차가 떠나는 것을 지켜보았고, 현관문의 자물쇠를 단단히 걸어 잠갔다.

어머니가 그녀의 집에 머문 날은 겨우 닷새였다.

어머니는 다시 윤슬에게 전화를 걸었지만, 그녀는 응답하지 않았다. 할 수만 있다면 영원히 어머니에게서 숨어 살겠다고 다짐했다. 나도 살아야 해,라고 그녀는 중얼거렸다. 마치 어머니가 그녀의 숨통을 틀어쥐고 있다는 듯, 그녀가 틈을 보이기만 하면 언제든 그 끔찍한 삶을 전가할 것이라고, 하지만 누구도 타인의 삶을 대신 살 수는 없다고 변명했던 것이다.

한국에 돌아간 후 어머니는 병원 치료를 거부했다. 술만이 어머니의 애인이었고, 위로였고, 꿈이었다. 섬망에 빠져 길거리를 헤매던 어머니는 아버지의 신고에 의해 폐쇄 병동으로 끌려 들어갔다. 강제 입원에는 두 명의 보호자 동의가 필요했다. 아버지의 요청에 그녀는 기꺼이 동의 사인을 해 보냈다.

감금의 충격 때문인지, 약물이 녹내장에 악영향을 일으켰기 때문인지, 어머니는 서서히 시력을 잃어갔다. 어머니의 시야는 점점 좁아지다가 바늘구멍만 해졌다. 일상적인 생활은 점점 불가능해졌다. 어머니는 지팡이를 사용하는 법을 배워야 했다.

병원에서 요양원으로 거처를 옮긴 뒤에도 어머니는 수차례 윤슬에게 전화를 걸었다. 한밤이나 새벽에, 발신번호를 보지 않아도 윤슬은 그것이 어머니의 전화라는 걸 알 수 있었다. 무분별하고 소란한 벨소리는 결코 포기라는 것을 몰랐다. 그 끝에 등을 잔뜩 구부리고 수화기를 손에 쥔 어머니가 있었다. 귀를 기울이면 어머니의 숨소리가 들릴 지경이었다. 어머니 역시 전화기를 노려보는 윤슬의 존재를 감지하고 있었을 것이다. 그들은 팽팽하게 맞섰다. 어느 누구도 뒤로 물러서지 않았다.

어머니는 무슨 이야기를 하고 싶었던 것일까. 저주의 말이었을까, 용서의 말이었을까. 아무도 몰랐던 아버지에 대한 이야기였을까. 자식을 낳아 기르는 것에 대해, 특히 딸을 키우는 것에 대한 충고였을까. 밤은 고요하고, 바닷속처럼 깊다. 어머니는 영원한 침묵 속으로 사라졌고, 이제 그녀의 의중은 알 길이 없다.

윤슬은 창가에 서 있다. 밤새 사라진 어머니가 돌아오기를 기다리며 해변을 바라보던 계집아이에서 한 치도 자라지 못한 채로, 얼굴에 들이치는 바람을 맞는다. 머리카락이 사방으로 휘날리며 눈을 가린다. 갑자기 땅을 울리는 진동이 느껴진다. 작게 떨리던 진동은 점차 거세게 변한다. 그녀는 건물이 흔들리고 있다는 것을 깨닫는다. 눈앞의 O는 붉은 화염에 휩싸인 듯 너울거리는 형상이다. O는 언제나처럼 말이 없고, 그녀에게 바라는 것이 아무것도 없다. 그녀가 완전히 미쳐버릴 때까지, 현실과 망상을 구분하지 못하고 제 눈을 찌를 때까지, O는 그녀를 놓아주지 않을 것이다.

윤슬은 잠든 명을 한번 뒤돌아본 뒤 방에서 빠져나간다. 호텔의 복도를 지나갈 때, 그녀의 등 뒤로 땅이 무너지는 소리가 들린다. 계단, 로비, 분수대까지 화염에 녹아 사라지고 있다. 윤슬은 오직 O에게만 신경을 집중시킨다. 그들은 바람에 빠르게 도는 회전문을 지나 해변으로 간다.

바다는 창을 통해 보는 것과 다르다. 그 생명력, 힘찬 파동은 일견 아름답지도, 애상을 불러일으키지도 않는다. 성난 파도가 철썩거리면서 윤슬의 뺨에 물보라를 날린다. 그녀는 O를 따라 바다를 향해 걸어간다. 얼음장처럼 차가운 물이 그녀의 발을 적신다. 파도가 그녀의 종아리를 타고 올라간다. 허벅지까지 짜릿한 냉기가 전해진다. 윤슬은 그 자리에 우뚝 멈춰 선다. O는 바닷물이 가슴팍에 닿도록 깊은 곳까지 나아가, 그녀를 기다리고 있다.

윤슬은 주머니에서 손을 꺼내고, 팔을 쭉 뻗어 들어 올린다. 그녀는 명의 베레타를 두 손에 들고 있다. 그녀는 수평선을 향해, O를 향해 총구를 겨눈다. 덜덜 떨리는 손으로 슬라이더를 당기고, 있는 힘껏 방아쇠를 당긴다. 순간 눈앞이 번쩍하면서,

공기를 찢는 굉음이 울려 퍼진다. 예기치 못한 충격에 윤슬은 물속으로 나자빠진다. 거센 파도가 그녀의 얼굴을 뒤덮는다. 허우적거리며 바닥을 짚어보지만 그녀는 이내 맥없이 물살에 휘몰린다. 코와 입으로 물이 밀려 들어오고, 그녀는 그것을 삼킬 수밖에 없다. 숨을 쉬려고 할 때마다 바닷물이 몸속으로 들어온다. 그녀는 물을 삼키고, 또 삼킨다. 그때, 버둥거리던 그녀의 팔에 나무뿌리 같은 것이 부딪친다. 수십 갈래로 얽히고설킨 그 뿌리는 바닥에서부터 거꾸로 솟아올라 있다. 윤슬은 온 힘을 다해 그것을 붙잡는다. 그것에 의지하여 힘겹게 발을 딛고 선다. 힘겹게 뭍을 향해 나아간다.

간신히 모래사장으로 기어올랐을 때, 그녀는 탈진하여 바닥에 뺨을 대고 쓰러진다. 온몸이 흠뻑 젖어, 뼛속까지 한기가 드는 듯하다. 가쁘게 호흡을 들이마시지만, 제대로 숨을 쉴 수가 없다. 사방에 화약 냄새가 진동한다. 윤슬은 눈을 감고, 바닷속에 솟아오른 수십 갈래의 단단한 뿌리를 떠올린다. 오래전 해변에서 그녀가 잃어버린 것들, 모래 깊은 곳에 묻혀 있는 유실물들을 헤아린다.

시간이 얼마쯤 지났을까. 선선한 미풍이 불어온다. 멀리서 아침을 알리는 바닷새의 울음소리와 잔잔한 파도 소리, 비치 보이스의 음악이 들린다. 윤슬은 천천히 고개를 든다. O는 여전히 그곳에, 뒤돌아선 채 미동도 하지 않고 있다. 그녀는 한 번만 O의 얼굴을 보고 싶다고 생각한다. 하지만 O는 절대로 그녀를 돌아보지 않는다. O는 항상 저 먼 곳을 응시하고 있다. 윤슬은 O가 바라보는 곳을 향해 시선을 돌린다. 풍경은 한곳에 머무르지 않고, 미래를 향해 흘러간다. 그녀는 허공의 잔상을 본다. 해변에는 사람이 아무도 없다. 그곳은 아직 누구에게도 발견되지 않은 텅 빈 해변이다.

애니

권의 신발은 언제나 오른쪽이 먼저 닳았다. 운전 연수 강사인 그의 일이 온종일 브레이크를 밟아대는 것이었기 때문이다. 그는 보조석에 제동장치가 달려 있는 차를 타고, 도로에서 운전을 가르쳤다. 수강생들은 대부분 면허를 갓 딴 초보자들이거나, 오랫동안 운전을 하지 않다가 다시 시작하려는 이들이었다. 위험한 순간마다 그는 겁에 질린 수강생들 대신 브레이크 페달을 밟아 사고를 막았다. 일을 하지 않을 때도 긴장하면 자기도 모르게 오른발에 힘을 주곤 하는 것이 그의 버릇이었다.

그는 시간당 1만 5천 원을 받으며, 한 주에 일흔 시간씩 일했다. 주말 없이 일을 해도, 학원에 수수료를 주고 나면 남는 게 없었다. 그에게는 얼마 전 이혼한 딸과 다섯 살짜리 손녀가 있었다. 그 애들은 그에게 찾아와 자주 울었다. 그들에게는 쌀과 과일과 새 옷과 새 가방, 그 밖에 많은 것들이 필요했다. 손녀가 태어난 뒤로 권은 하루도 일을 쉬어본 적이 없었다. 그 애들은 권의 유일한 혈육이었다.

3월의 마지막 주 일요일, 권은 학원에서 보내온 수강생 명단을 살펴보다가 마리아의 이름을 발견했다. 그는 오래전 은퇴한 여배우를 잠시 떠올렸지만, 아무 감흥도 없이 그 이름을 곧 잊어버렸다. 같은 이름을 가진 사람이야 흔하다는 사실을 그도 모르지 않았다. 하지만 어떤 전조 같은 것이었는지, 그날 밤 그는 오래전 서울에서 극장에 가던 꿈을 꾸었다. 그리고 다음 날 정말이지 마리아를 만나게 된 것이었다.

"저는 자동차 사고 때문에 죽을 뻔한 적이 있어요."

처음 만났을 때, 마리아는 그렇게 말했다.

"그 때문에 아주 오랫동안 자동차를 타지 못했답니다."

그녀는 빛바랜 청바지에 분홍색 스웨터를 입고 있었다. 뱃살이 울룩불룩 튀어나온 그 스웨터는 조금 우스꽝스럽게 보였다. 마리아의 콧잔등에 땀방울이 송골송골 맺혀 있었다. 권은 그녀의 콧잔등을 멍하니 바라보다가, 혹시 영화배우 마리아 씨가 아니냐고 되물었다. 그녀는 깜짝 놀란 표정을 지었다.

"맞아요. 아직도 저를 기억하시는 분이 있군요."

그녀는 그 사실이 진심으로 즐거운 기색이었고, 손뼉을 치며 웃기까지 했다. 육십대에 접어든 그 여인에게는 스크린을 가득

메우고도 남았던 젊음이 빠져나간 기색이 역력했다. 피부는 거칠어지고 이목구비는 뭉개졌지만, 그 날카로운 눈매만큼은 그대로였다. 권이 그녀를 알아본 것도 바로 그 눈 때문이었다. 검게 반짝거리는 그 눈은 그녀를 수많은 작품에서 성녀로도, 악녀로도 보이게 만들었다.

마리아는 처음부터 운전석에 앉기를 거부했다. 그녀가 보조석에 앉아 운전법을 익히겠다고 해서 권은 적잖이 당황했다. 그는 그런 식으로 운전 교습을 해본 적이 한 번도 없었다. 하지만 그녀의 태도가 너무나 완고했기 때문에 권은 어쩔 수 없이 운전석에 앉아 시동을 거는 법부터 시범을 보여야 했다. 마리아는 그의 행동을 하나하나 집중해서 바라보았으며, 작은 수첩에 받아 적기도 했다.

권은 옆자리를 흘금거리며, 이것은 정말 기이한 일이라고 생각했다. 왜냐하면 그는 한때 마리아의 팬이었기 때문이다. 그녀의 거의 모든 작품을 찾아보았다고 해도 과언이 아니었다.

권이 처음으로 본 마리아의 영화는 「소녀의 비밀일기」라는 제목의 하이틴 영화였다. 당시 중학생이던 권은 명절에 사촌들의 무리에 휩싸여 그 영화를 보러 갔다. 마리아는 부모님의 억압과 입시 스트레스 때문에 괴로워하는 여고생 역할을 맡았다. 단 하루 일탈을 꿈꾸던 소녀가 언니의 옷을 빌려 입고 여대생 행세를 하면서 겪는 해프닝을 그린 영화였다.

한 편의 영화로 이름을 알린 마리아는 이후 「만월의 공동묘지」라는 납량극에서 유혹적인 처녀귀신 역으로 출연한 뒤, 「애니」에서 대학생인 애인을 뒷바라지하는 호스티스 '애니' 역을 맡아 스타덤에 올랐다. 고향에서부터 함께 상경한 애인에게 배신당한 후, 가면처럼 짙은 화장을 한 마리아가 알몸으로 처절하게 울부짖는 장면이 압권이었다. 영화는 흥행에 대성공했다. 실제로 호스티스들이 극장에 몰려들어 화제가 되기도 했다. 마리아는 충무로의 주목받는 신예로 주간지 표지 모델을 장식했다. 당시에는 어딜 가든 마리아의 사진이 붙어 있는 것을 볼 수 있었다.

"운전을 해서 가고 싶은 곳이 있습니까?"

학원에서 빠져나와, 교차로에 차를 세우고 권이 물었다. 마리아는 C시의 교도소가 목적지라고 했다. C시라면 서울에서 자동차로 두 시간이 넘게 걸리는 곳이었다. 게다가 교도소라니, 권은 잠시 할 말을 잃었다.

마리아는 권을 말갛게 쳐다보았다. 교도소라고 하는 데 무슨 문제라도 있느냐는 표정이었다. 마리아는 동생의 재봉 공장에서 일을 돕고 있었기 때문에 일주일에 나흘, 오후밖에는 시간을 내지 못했다. 공장은 정릉의 산비탈 사이에 다닥다닥 붙은 연립주택 지하였다. 마리아는 그곳에서 숙식을 해결하고 있었다. 정릉에서 대중교통으로 C시까지 오가는 일은 실로 복잡한 것이었다. 버스를 네 번이나 갈아타야 하는 데다 배차 시간도 띄엄띄엄이라 하루가 모자랐다.

"운전을 꼭 배워야 해요."

마리아는 결의에 찬 목소리로 말했다.

"목숨 걸었어요, 난."

권은 귀에 익은 그 말이 「애니」의 대사였던 것을 기억했다.

전역하자마자 건설 인부로 중동 지사에 갔을 때, 그는 「애니」의 포스터를 침대맡에 붙여두고 지냈다. 동료들은 아내나 애인의 사진을 붙여두었지만, 그에게는 그럴 만한 사람이 아무도 없었기 때문이다. 온종일 뜨거운 모래바람 속에서 혹사시킨 몸은 차디찬 물로 샤워를 해도 열기가 가시지 않았다. 긴 사막의 밤을 지내기 위해서는 마음을 달랠 만한 것이 필요했다. 무엇이든 매달릴 수 있는 환영 같은 것. 포스터 속의 마리아는 새하얀 슬립 원피스를 입고 있었다. 이를 다 드러내고 웃는데도, 어쩐지 그늘져 보이는 미소였다. 권은 지사 생활에 좀처럼 마음을 붙이지 못했고, 하루하루를 헤아리며 집에 돌아갈 날만을 기다렸다.

3년의 계약 기간을 채우고 한국으로 돌아왔을 때, 권의 집에는 다른 사람들이 살고 있었다. 그는 신음도 내지 못하고 힘없이 주저앉았다. 권의 아버지는 그가 보낸 돈을 모두 탕진해버렸고, 자취를 감춰버렸다. 그제야 권은 자신이 사막에서 보낸 시간을 얼마나 증오했는지 깨달을 수 있었다. 자신이 뭔가를 구축했다고, 자기 자신을 동과해서 이룩했다고 생각했던 것이

실은 돈푼일 뿐이고, 그마저도 모두 신기루처럼 사라져버렸다는 사실을 믿을 수가 없었다.

아내를 만난 것은 그즈음이었다. 술에 절어 하루하루를 보내던 그는 정신이 쨍하게 맑은 날이면 주로 극장에 가서 영화를 보며 시간을 보냈다. 그즈음 전성기를 맞은 마리아의 영화는 한 달에 두세 편, 많으면 다섯 편도 쏟아져 나왔다. 조악하고 성급하게 만든 그 영화들은 정제되지 않은 욕망으로 들끓었는데, 어쩐지 권은 그 영화들을 볼 때 도리어 마음이 가라앉는 것을 느꼈다.

극장 앞의 건널목에서 아내를 처음 보았을 때, 권은 자신이 뭔가 착각을 하는 거라고 생각했다. 방금 보고 나온 영화 「엉뚱한 남자」의 주인공인 마리아가 그곳에 서 있었던 것이다. 권은 홀린 듯 그녀를 따라갔다. 여자는 우뚝 걸음을 멈추더니 권을 뒤돌아보았다. 가까이 다가가 보자, 그녀는 마리아와 그다지 닮은 얼굴이 아니었다. 오목조목한 이목구비와 눈꼬리를 치켜올려 그린 아이라인 때문에 언뜻 그렇게 보였던 것뿐이었다.

그녀는 막 고등학교를 졸업하고 미용 학원에 등록하러 서울에 올라온 시골 아가씨였다. 그들은 둘 다 어릴 때 어머니를 잃었고, 가난했으며, 내향적이라는 공통점이 있었다. 권은 그녀와 함께 극장에 다니기 시작했고, 얼마 후 별 어려움 없이 결혼에 이르렀다. 살 집도, 살림 세간도 없이 시작한 생활이었다. 권은 다시 사막으로 돌아갈 수밖에 없었다. 적어도 이번에는 아내의 사진을 가져갈 수 있었다.

시바의 여왕이여, 그것이 권이 아내를 부르던 애칭이었다. 언젠가 텔레비전에서 방영하는 외화를 보고, 그것이 사막의 부유한 여왕을 부르는 이름인 것을 기억해두었던 것이다. 만 킬로미터가 넘게 떨어져 있었지만 그들은 매일 편지를 주고받았다. 아내는 미용사였지만 책 읽기를 좋아했고, 쉬는 날에는 시를 쓰기도 했다.

권은 아내의 시를 한 번도 본 적이 없었다. 그는 시가 뭔지 몰랐다. 아내는 미용실에서 일하면서 주말에는 방송을 통해 강의를 듣는 대학에 다녔고, 그곳에서 만난 사람들과 시 모임을 가졌다. 권은 아내가 그 모임에 나가는 것이 적잖이 신경 쓰였다. 대체 시 모임이라는 것이 무엇인지 짐작도 할 수 없었다. 모임이 있는 날이면 한 시간이 멀다 하고 전화를 걸었고, 아내가 집으로 돌아갈 때까지 채근해댔다.

권은 급여를 스스로 관리했고, 아내에게는 생활비로 빠듯한 돈만 보냈다. 그것이 아내의 부정을 미연에 막는 방법이라고 동료들이 가르쳐주었다. 아내는 그에 대한 불만을 한 번도 이야기하지 않았다. 사막에서 돌아온 권은 택시 기사 일을 시작했다. 그들은 서울에 집을 마련했고, 딸도 낳았다. 하지만 몇 년 뒤, 아내는 시 모임에서 만난 남자와 돌연히 그를 떠났다. 권과 딸아이, 둘만 남겨졌다.

한동안 그는 아내를 죽이겠다는 생각 말고는 아무것도 할 수 없었다. 그는 안주머니에 칼을 품고 다녔다. 정육 식당에서 훔친 그 칼은 신문지로 몇 겹 둘둘 말아도, 칼날의 서늘함이 느껴졌다. 그의 방 탁자에는 그 칼로 내려찍은 자국이 남아 있었다. 그는 자다가 불현듯 자리에서 일어나 그 칼을 찾아보곤 했다. 캄캄한 허공 속에서 칼자루를 손에 쥐어보는 것이 전부였지만, 그렇게라도 하지 않으면 견딜 수 없는 밤이 있었다.

C시로 접어들어 한적한 길에 이르자 권은 속도를 줄이고, 한쪽에 차를 세웠다.

"여기서부터는 직접 차를 운전해보시죠."

마리아는 깜짝 놀란 표정으로 그를 바라보았다.

"글쎄요…… 전 아직……"

"보는 것만으로 운전을 배울 수는 없어요. 운전을 하고 싶다면 내 말을 들으세요."

마리아는 내키지 않는 듯 차에서 내렸다. 운전석에 앉은 그녀는 어깨를 잔뜩 움츠렸다. 뭘 해야 할지 모르고 멍하니 앉아 있던 그녀는 안전벨트를 매라는 권의 말에 화들짝 놀랐다. 그리고 기계적으로 백미러와 사이드미러를 조종했다. 그녀는 눈에 보일 정도로 심하게 손을 떨고 있었다.

"여차하면 이쪽에서 브레이크를 잡을 테니 걱정하지 마세요. 자, 이제 부드럽게 밀어낸다는 생각으로 액셀 페달을 조금만 밟아보는 겁니다."

마리아는 뻣뻣하게 다리를 움직였지만, 자동차는 꼼짝도 하지 않았다.

"지금 액셀 밟은 거 맞아요?"

"네."

"좀더 밟아봐요. 좀더…… 좀더…… 좀더!"

권의 말이 끝나기 무섭게 자동차는 앞으로 튀어 나갔다. 마리아는 비명을 지르며 핸들을 꺾었다. 권은 순간 브레이크 페달을 밟았다. 그들의 몸은 앞으로 튕겨 나갔다가 뒤로 내팽개쳐졌다. 마리아는 덜덜 떨리는 손으로 차 문을 열고 몸을 밖으로 밀어냈다. 그녀는 혼이 나간 사람처럼 보였다.

"괜찮아요?"

차에서 내린 권은 마리아에게 다가갔다. 마리아는 땅바닥에 몸을 잔뜩 웅크리고 앉아 좀처럼 일어서려 하지 않았다. 그녀는 하나님, 맙소사, 하나님, 맙소사,라고 끊임없이 중얼거렸다. 땀인지 눈물인지 얼굴의 화장이 번져 엉망이 되었다. 운전석에서 나올 때 땅에 굴러떨어지다시피 한 탓에, 손에 피가 흘렀다. 권은 흙바닥에 새빨간 피가 뚝뚝 떨어지는 것을 망연히 바라보았다.

그들은 약국을 찾아 응급처치를 받았다. 상처는 경미했지만, 마리아는 겁에 질려 다시는 차에 타지 않으려 했다. 서울에서 그녀를 데리러 올 수 있는 사람도 없었다. 권은 다음 수업 시간에 늦을까 봐 조조해졌다.

한참이 지난 후, 권은 근처 슈퍼에서 소주를 한 병 사 왔다. 고소공포증 환자가 비행기에서 내내 술을 마시고서 미국까지 갔다는 얘기를 들은 기억을 떠올린 것이다. 마리아는 비틀거리며 차에 올랐다. 그들은 저녁때가 다 되어서야 서울에 도착했다. 해가 지며 사위가 어둑어둑해지는 가운데 퇴근길 정체가 시작되고 있었다. 자동차의 불빛들이 도로를 붉게 물들였다. 권과 마리아는 말없이 앞만 보고 있었다.

"죄송해요, 정말."

마리아는 술에서 덜 깬 듯 어눌한 발음으로 말했다.

"잘 이해가 안 되시겠지만, 저는 지금 회복 중이에요."

권은 마리아가 무슨 말을 하는 건지 알 수 없었다. 그녀는 고개를 돌리며 작은 목소리로 말했다.

"예전에는 자동차를 떠올리는 것만으로도 공황이 왔어요. 그러니까 이건 작지만 큰 발전이라고요. 저에게는 시간이 좀 더 필요해요."

마지막으로 자동차를 운전했을 때, 마리아는 무단 횡단하는 사람을 피하려고 급회전을 하다가 사고를 당하게 되었다. 그녀의 차는 무서운 속도로 빙글빙글 돌며 다리 밑으로 떨어져 전복되고 말았다. 마리아의 몸은 차체에 끼어 반쯤 으스러져버렸다. 30년이나 지났는데도, 그녀는 그때의 기억을 생생히 떠올릴 수 있다고 했다. 커다란 굉음과 함께 온몸이 부서지는 고통을 느끼는 것이다.

"그런 기억에서 벗어나기란 정말 어려워요. 저의 경우는 30년이 걸렸는걸요."

「애니」 이후 성공 가도를 달리던 마리아는 아무 해명도 없이 찍던 영화에서 하차했고, 다시는 카메라 앞에 나타나지 않았다. 은퇴 선언도 없이 잠적해버린 여배우에 대한 소문은 무성했다. 정계 인사의 후처가 되었다는 소문, 「애니」의 감독과 불륜 관계에 빠져 도미했다는 소문, 고향인 전주에 내려가 영화처럼 호스티스가 되었다는 소문까지 있었다.

아내와 헤어진 뒤, 권 역시 더 이상 영화 따위 보러 다니지 않았다. 주말에는 늦잠을 자고, 집 근처 극장에 가서 영화 시간표를 들여다보고, 구운 오징어나 쥐포를 먹으며 영화를 보는 일도 더 이상 없었다. 삶이 박살 나면서 그라는 존재도 산산조각 났다. 알 수 없는 즐거운 예감에 사로잡혀 눈을 뜨는 아침도 있었으나, 정신을 차리고 나면 이내 익숙한 절망이 그를 끌어내렸다. 극장에서 마리아가 사라졌듯이, 권 역시 사라졌던 것이다.

권은 겁에 질린 마리아가 운전 연수를 포기할 거라고 생각했지만, 다음 날 그녀는 제시간보다 30분이나 빠르게 학원에 와서 그를 기다리고 있었다. 그녀는 그를 깍듯이 '선생님'이라고 불렀다.

마리아의 운전면허는 무려 40년 전에 취득한 것이고, 그마저도 교통사고가 난 후에는 한 번도 사용한 적이 없었다. 마리아는 차에 오르기만 해도 식은땀을 흘렸다. 권은 섣불리 다시 그녀를 운전석에 앉힐 수 없었다. 그는 그녀의 요청대로 마리아를 보조석에 태우고 시범 운전을 해 보였다.

그들은 C시에 두 번 다녀왔다. 권은 수강생과 쓸데없이 밥을 같이 먹는 사람은 아니었다. 하지만 전직 배우인 그 여인과는 휴게소에서 우동을 사 먹기도 하고, 편의점 의자에 앉아 캔 커피를 마시기도 했다. 그들은 주로 마리아의 옛 영화에 대해 이야기했다. 「애니」의 마지막 장면이 주인공의 자살을 암시하는 것인지, 귀향을 암시하는 것인지 논쟁을 하기도 했다.

운전 연수를 시작하고 사흘째 되던 날, 권은 마리아가 눈에 띄게 절룩거리는 것을 보았다. 갑자기 무리해서 근육이 놀란 것 같다고 그녀는 머쓱하게 웃으며 말했다. 마리아는 동생의 구형 마티즈에서 시동을 꺼놓고, 가속 페달을 적절한 강도로 사용하는 연습을 한다고 했다. 그런 연습이 왜 필요한지 몰라도 어쨌든 그다음 주가 되었을 때, 그녀는 용기를 냈다.

그들은 강변의 공원 주차장에서 만났다. 예년 기온을 훨씬 웃도는 봄날이었다. 평일 오전 공원은 텅 비어 있다시피 했다. 하늘이 맑고 쾌청했지만 아이들은 한 명도 보이지 않았다. 연을 날리는 사람도, 자전거를 타는 사람도 다 큰 남자와 여자 들이었다. 권은 한낮에 노닥이는 사람들을 볼 때마다 그들의 생계는 누가 책임지는지 궁금했다.

아빤 먹는 입밖에 관심이 없어요? 딸애는 지겹다는 듯 고개를 가로젓곤 했다. 그래, 그에게는 그것이 신앙이고 삶이었다. 택시를 몰 때는 손님을 한 명이라도 더 태우기 위해서 주먹밥을 먹고 페트병에 오줌을 받으며 달렸다. 그는 그런 자신이 부끄럽지 않았다. 마지막에 아내는 점점 침묵 속으로 내려앉았지만, 그는 문제가 뭔지도 몰랐다.

아내는 쪽지 한 장 남기지 않고 그를 떠났다. 그녀가 가방도 꾸리지 않고 오직 몸만 빠져나갔다는 것을 알았을 때, 그는 비로소 부끄러움을 느꼈다. 아내는 자신을 떠나는 것 말고는 아무것도 원하지 않았던 것이다. 그것이 무슨 의미였을까? 그는 아내에게 묻고 싶었다.

권은 아내를 찾기 위해 땅끝까지 안 가본 곳이 없었다. 신문 광고를 내고, 신고가 들어오는 대로 쫓아다녔다. 대개는 허위 신고였지만, 간발의 차이로 놓친 적도 있었다. 인천과 울진에서는 아내가 일했던 미용실을 찾았지만, 이미 일을 그만둔 다음이었다. 역 앞에서 밤새 지나가는 사람들의 얼굴을 확인하기도 했다. 딸애가 지금의 손녀처럼 어릴 때 아내와 헤어졌으니, 자그마치 20년 가까이 계속되어온 추적이었다.

지난겨울, 그는 아내를 보았다는 소식을 듣고 전주에 내려간 일이 있었다. 아내와 닮은 여자가 노인 요양소에서 일하고 있다고 했다. 밤새 함박눈이 내려 온 세상이 하얗게 뒤덮인 아침이었다. 그는 푹푹 꺼지는 눈을 밟으며, 산속에 있는 그 요양소에 찾아갔다. 멀리서 굴뚝 위로 김이 모락모락 올라오는 4층 높이의 건물이 보였다. 마침 식사 시간이라, 방마다 배식 중이었다. 권은 열린 문틈으로 회색 원피스를 입은 여자가 산발한 노파에게 밥을 먹이는 뒷모습을 보았다. 여자의 몸은 왜소했고, 움직임이 고단해 보였다. 권은 그 여자는 자신의 아내가 아니라고 생각했다. 그런데 그때, 오래전 그날처럼 그 여자가 뒤를 돌아보았다. 그는 재빨리 그곳에서 빠져나왔다. 권은 누가 자신을 쫓아오기라도 하는 것처럼 허둥지둥 걸음을 옮겼다. 산에서 내려오자 신발이 다 젖어, 발이 시렸다. 그는 읍내의 신발 가게에서 운동화를 사 신고, 젖은 신발은 쓰레기통에 버렸다. 집으로 돌아오면서 권은 초조하게 그 여자의 생김새를 떠올려 보았다. 그것이 마지막 겨울의 일이었다.

"정말 선생님이 브레이크를 잡아주시는 거죠?"

마리아는 운전석에 앉자마자 두 손이 하얘질 정도로 핸들을 꽉 붙잡았다. 두려움으로 인해 어깨에 힘을 잔뜩 주고 있었고, 연신 땀을 흘렸다. 권은 보조석에 달린 브레이크 페달을 밟아 차를 제어할 수 있다는 것을 몇 번이나 보여주었다. 마리아는 천천히 자동차를 출발시켰다. 페달을 밟는 강도가 불안정해서 연신 쿨렁거리기는 했지만, 차는 앞으로 나아갔다. 마리아는 아주 무거운 것을 다루듯, 천천히 핸들을 돌렸다. 그녀는 공원 주차장을 한 바퀴 돌고, 또 한 바퀴 돌았다.

연습 덕분인지, 마리아의 운전은 전보다 훨씬 나아 보였다. 권은 그들이 공원 밖으로 나갈 수도 있다는 사실을 마리아에게 알려주었다. 운이 좋다면, 다음번에는 C시까지 직접 차를 운전해서 갈 수도 있다. 마리아는 잠시 망설이듯 정문을 바라보더니, 깊게 심호흡을 하고 공원 주차장을 빠져나갔다. 권과 마리아는 공원 밖 4차선 도로에 나가서 우회전과 좌회전을 시도해보고, 유턴과 차선 변경도 연습했다. 몇 차례 다른 차와 부딪칠 뻔한 순간도 있었지만 권이 재빠르게 브레이크 페달을 밟았다. 긴장한 마리아는 연신 땀을 흘렸고, 얼마 안 되어 녹초가 되었다.

공원으로 돌아왔을 때, 어디선가 아이들의 목소리가 들려왔다. 그들은 고개를 돌리고, 한 떼의 사내아이들이 공을 차며 달려오는 것을 바라보았다. 그때, 롤러 블레이드를 탄 여자가 갑자기 그들의 앞으로 지나가면서 주의를 주듯 고함을 질렀다. 권이 핸들을 붙잡고 돌려 아슬아슬하게 롤러 블레이드를 비껴갔다. 그들은 화단의 울타리를 가볍게 치고 가까스로 차를 세웠다. 마리아는 두 손에 얼굴을 묻고, 한동안 꼼짝도 하지 않았다.

그날 저녁 권은 마리아와 함께 불고기전골을 먹으러 갔다. 권이 종종 홀로 가는 단골집이었다. 날씨 탓인지 손님들이 넘쳐나, 주인은 길 밖에 테이블과 의자를 내이놓고 밀려오는 사람들을 앉혔다. 마리아와 권은 그들 중 제일 나이가 많은 축이었다. 사람들은 각자 자신의 말을 떠들어대고 있었다.

전골에 물이 졸아붙어, 그들은 몇 번이고 육수를 부어달라고 주인을 불렀다. 권은 소주를 시켰고, 금세 한 병을 다 비웠다. 해가 진 뒤에도 바람은 따뜻하기만 했다.

"사고가 난 건, 9월 15일이에요."

마리아는 권에게 말했다.

"병원에서 일어나니 크리스마스를 하루 앞둔 날이었죠. 3개월 동안 나는 의식을 잃고 있었던 거예요. 눈을 뜨고 처음 본 건 반짝반짝 빛나는 크리스마스트리였어요. 나는 찢어지는 비명을 질렀어요. 트리 불빛이 자동차 불빛인 줄 알았던 거죠. 옆에서 쪽잠을 자던 어머니가 소스라치게 놀라 깨어났어요. 간호사들과 의사가 달려와 내 상태를 체크하더니, 이제 됐다고 고개를 끄덕이더군요."

마리아는 그때를 떠올리며 쓰게 웃었다.

의식을 찾은 후 그녀는 조금씩 회복되었다. 온몸의 뼈가 다 부서졌지만, 장기에 손상을 입지는 않았고, 9개월 남짓 깁스를 한 뒤에는 다시 걸을 수 있게 되었다. 병원에서는 기적이라는 말로밖에 설명할 길이 없다고 했다.

마리아는 행운에 익숙했다. 여유로웠던 가정 형편이나 영화 데뷔, 「애니」의 성공까지, 그녀의 삶은 누군가의 각별한 보호를 받는 듯했다. 마리아는 사고 당시 촬영 중이던 영화에서 하차했지만, 회복 후 얼마든지 다른 작품을 고를 수 있었다. 영화사에서는 끊임없이 그녀에게 시나리오를 보내왔다. 아픔을 겪고 난 뒤 그녀는 좀더 성숙하고 깊은 눈빛을 갖게 되었다. 마리아는 다시 일을 시작할 준비가 되었다고 생각했다. 그녀는 파란색 실크 원피스를 입고 영화사에서 보낸 검은색 세단에 올랐다. 그런데 자동차가 출발하자마자 어지럼증이 일었다. 도로에는 자동차가 많았다. 그 자동차들은 바람을 일으키며 쌩쌩 달리고 있었고, 언제든 그녀 쪽으로 달려들 것만 같았다. 마리아는 숨을 쉬기가 곤란해졌다. 기사가 백미러로 그녀를 보며 괜찮으냐고 물었다. 그녀는 맥없이 뒷좌석에 아침에 먹은 것들을 다 토해냈다.

"나는 자동차가 두려웠어요."

마리아는 술잔을 들었고, 권이 따라준 술을 받아 한입에 마셨다.

"정신과 의사들은 내가 두려워하는 게 자동차가 아니라 자동차 사고라고 말했죠. 그런 사고는 웬만해선 잘 일어나지 않는다고요. 하지만 나는 그 둘을 구별할 수가 없더군요. 어쨌든 도로에는 수많은 자동차가 있고, 그중 운전에 미숙한 사람이나 술에 취한 누군가가 핸들을 잡고 있을 수도 있잖아요. 그러고 보니 도로에 있는 모든 사람들이 제정신이 아닌 것처럼 보이더라고요. 우연에 목숨을 맡기고 달리는 사람들 말이에요."

마리아는 더 이상 영화를 찍을 수 없었다. 점차 집에서 나가는 일도 꺼리게 되었다. 정신과 상담에도 수없이 돈을 들였지만, 별 소용이 없었다. 그녀는 캄캄하고 눅눅한 방에 누워 대부분의 시간을 보냈다. 결혼도 하지 못했고, 다른 직장을 구하지도 못했다. 그녀는 가족들의 짐이 되었다.

작년 봄, 그녀의 아버지가 암으로 투병하다가 숨을 거두었다. 말년에 사업이 기울면서 부와 명성도 그들을 떠났기에, 장례는 초라했다. 가족들은 마리아를 깨우지도 않고 새벽에 장지로 출발했다. 그녀가 버스를 타지 못할 거라고 생각했던 것이다.

일어나 얼굴을 씻고 홀로 앉아 있는데, 마리아는 문득 이게 무슨 한심한 짓인가 싶었다. 그녀의 아버지는 곧 땅속에 묻히고 말 것이었다. 마리아는 병원 근처에 있는 버스 터미널에 가서 제일 빠른 시간의 표를 끊었다. 아직 해가 뜨지 않아 새벽 공기가 차가웠다. 그녀의 옆 좌석에는 양복 차림에 군밤 봉지를 든 늙은이가 앉아 있었다. 그는 아주 열심히 밤을 까먹고 있었다. 마리아가 자신을 신기한 듯 바라보는 걸 알았는지, 그는 한 개 먹어보겠느냐며 권했다. 그녀는 순순히 그것을 받아 먹었다.

"그는 오랫동안 교도소에서 지내온 사람이었어요. 모친상을 당해서 하루 외출을 나왔다고 하더군요. 입고 있는 양복도 교도관에게 빌린 거라고, 어머니 장례에 자루처럼 커다란 양복을 입고 갈 줄은 몰랐다고, 처음 보는 나에게 그런 이야기를 서슴없이 했어요. 나는 그를 이해할 것만 같았고, 이야기를 들으며 연신 고개를 끄덕였죠. 문득 밖을 보니, 자동차가 고속도로에 진입해 달리고 있더군요. 나는 익숙한 공황 증상이 나타나기를 기다렸지만 약한 현기증 외에는 아무것도 느낄 수 없었어요. 좀더 기다려보았지만 그것은 더 이상 내 안에 없었어요. 갑자기 내 삶에 나타났던 것처럼 슬그머니 떠나버린 거예요. 그 차는 일정한 속도로 도로를 미끄러지듯 달려 나갔어요. 창밖으로 붉은 해가 떠오르고 있었어요. 움직이는 차 안에서 보니, 그 풍경은 정말 장관이더군요."

마리아는 옅은 미소를 지었다. 저녁 손님들이 빠져나가자, 식당은 한결 한산해졌다. 그들은 일어서기 전에 맥주를 한 병 더 나누어 마셨다.

마리아와 권은 다음 운전 수업 약속을 잡은 후 헤어졌다. 마리아가 버스를 타고 떠난 뒤, 권은 홀로 지하철역 쪽으로 휘청휘청 걸어갔다. 술을 마신 것도, 이토록 취해 길을 걷는 것도 오랜만이었다. 10시가 넘었는데, 길거리는 대낮처럼 환했다. 얼싸안은 젊은 남녀가 그 자리에 눕지도, 서지도 못하고 마냥 절절하게 뜨거운 모습이 눈에 거슬렸다. 어디선가 라일락 향기가 났다. 권은 자신이 꽃나무 아래 서 있다는 것을 깨달았다. 바람이 불자, 나무에서 하얀 꽃잎이 우수수 떨어졌다. 그는 자신의 손등 위에 떨어진 작은 꽃잎을 들여다보았다. 권의 아내는 그것을 봄눈,이라고 불렀다. 그 여자는 정말 시인이 되었을까? 권은 종종 그것이 궁금했다.

집에 돌아왔을 때, 권을 맞은 것은 딸애와 손녀딸이었다. 그 애들은 텔레비전을 크게 켜놓고, 배달 음식을 먹고 있었다. 연락도 없이 불쑥 찾아온 걸 보면 또 돈이 필요한 게 분명했다. 딸애는 서글픈 표정으로 그를 바라보았다. 권은 이번만큼은 넘어가지 않겠다고 마음을 단단히 먹었다.

딸애는 괜스레 손녀딸을 끌어와 그에게 안기며, 도넛 가게 일을 그만뒀다고 말했다.

"사장이 끈적거려 도저히 더 이상 못 해먹겠어요. 이혼녀라고 하면 일단 수작부터 걸고 본다니까요."

딸애는 그의 눈치를 살피며, 이제는 정말 제대로 된 직업을 가져야겠다고 말했다. 간호조무사 자격증을 따겠다는 것이었다. 그 애는 걸핏하면 간호조무사 자격증 얘기를 들먹였다. 그 단어가 앞으로의 살길을 열어줄 마법의 열쇠라도 된다는 투였다.

"딱 3개월만 학원비랑 생활비를 대주세요. 일단 취직만 되면 돈은 전부 다 갚을게요."

딸애가 작정하고 늘어지면 그로서는 거절할 방법이 없었다. 아내가 떠난 후, 권은 홀로 딸을 키웠다. 만신창이가 된 그를 이끌어준 것은 그 애였다. 건달 같은 놈팡이를 만나 일찍 학교를 그만두고 아기를 낳으면서 주저앉았지만, 눈치도 빠르고 똑똑한 아이였다. 언젠가 기회가 생긴다면 더 좋은 직장, 더 좋은 사람을 만날 수도 있으리라. 권은 그렇게 믿고 있었다.

권이 자리에서 일어나 방으로 들어가자, 딸은 금세 그를 따라 들어왔다. 한참 딸애의 앓는 소리를 듣고 있는데, 조용히 혼자 놀던 손녀딸이 어디서 찾았는지 신문지로 둘둘 만 칼을 들고 나타났다. 아이는 천진하게 웃으며 무거운 칼자루를 들어 올렸다. 바스락 소리와 함께, 신문지들이 떨어져 내렸다. 서슬 퍼런 칼날이 허공을 가로지르며 솟아올랐다.

"아버지!"

딸애가 비명을 질렀다. 권은 한달음에 일어나 손녀아이에게서 칼을 빼앗았다. 거친 그의 행동에 놀란 아이가 울었다.

권은 그들을 쫓아내듯 내보내고 방문을 잠갔다. 딸애가 문밖에서 그를 불렀다. 잠시 후 그 애들이 집으로 돌아가는 소리가 들렸다.

딸애에게서 전화가 걸려온 것은 자정이 가까운 때였다. 권은 깔깔한 목소리로 전화를 받았다. 그 애는 이제 그만 어머니를 용서하라고 말했다. 권은 용서가 대체 뭐냐고 물었다.

딸애는 잠시 침묵했다. 고요한 가운데, 손녀아이의 마른기침 소리가 들렸다. 권은 딸애가 사는 낡은 임대 아파트와 초라한 이부자리, 그곳에 누운 손녀아이를 그려볼 수 있었다.

"소현이가 얼마 전부터 저를 '아빠'라고 불러요. 제 아빠가 연락을 끊은 뒤부터요."

한참 만에 입을 연 딸애가 말했다.

"아빠, 아빠, 제 뒤를 졸졸 쫓아다니면서 그러니까 어린이집 선생님이 무척 걱정하더라고요. 오히려 제가 괜찮다고 그 사람을 위로해야 했어요. 저도 어렸을 때 아빠를 '엄마'라고 불렀잖아요. 하지만 언제까지나 그러지는 않았어요. 시간이 지나면서 다 제자리를 찾았죠."

권은 아무 대답도 하지 않았다. 딸은 전화를 끊기 전에 무슨 말인가를 더 하려다가 말았다.

"……냉장고 안에 도넛 있어요. 아침 거르지 말고 전자레인지에 데워 드세요. 하루에 한 개씩, 단 것도 나쁘지만은 않대요."

운전 연수 마지막 날, 마리아는 처음으로 C시까지 혼자 운전을 해서 가보기로 했다. 그녀는 전보다 훨씬 차분한 모습으로 운전석에 앉았다. 하지만 여전히 시야에 다른 차들이 나타나면 당황해서 핸들을 과격하게 돌리거나 속도를 높여 도망가려고만 했다. 권이 브레이크를 밟지 않으면 사고가 날 뻔한 순간도 여러 번이었다. 지난밤의 숙취에서 깨어나지 못한 권은 내내 말이 없었다. 사방에서 클랙슨을 울려대자, 마리아는 어찌할 바를 몰랐다.

권은 마리아에게 좀더 속도를 내라고 일렀다. 마리아는 차선을 바꾸려고 우측 깜빡이를 켰다. 뒤에서 달려오는 트럭 때문에 우물쭈물하던 그녀는 권이 재촉하는 소리에 속도를 올려 차를 밀어 넣었다. 트럭은 어마어마한 클랙슨 소리를 울리며 그들을 비켜가더니, 옆 차선에서 창문을 내렸고, 마리아를 향해 욕을 내뱉었다.

권과 마리아는 그 말에 후려 맞은 듯 잠시 멍했다. 권은 그런 욕을 전에는 들어본 적이 없었다. 그 말은 여자인 마리아를 향한 것이었고, 정확히 무슨 뜻인지는 몰라도, 상대방으로 하여금 더럽고 부끄러운 기분을 느끼게 하는 것이었다. 밤톨처럼 작고 매끈한 얼굴의 트럭 기사는 침을 뱉은 뒤, 창문을 닫고 그들을 떠나버렸다.

"저 차를 따라가요."

오랜 침묵을 깨고 권이 말했다.

"네?"

"저 차를 따라가라고요."

마리아는 권이 시키는 대로 가속 페달을 밟았다. 십수 년 초보 운전자들만 태우고 달린 소형차는 무섭게 흔들리면서 앞으로 튀어나갔다. 땅에 쓸리는 자동차 바퀴 소리가 요란하게 울렸다. 권은 팔을 뻗어 운전석의 핸들을 붙잡고 차선을 바꾸어 트럭을 앞질렀다. 트럭 기사가 신경질적으로 클랙슨을 울렸다.

권은 트럭 앞에 바짝 차를 세웠다. 젊은 남자가 트럭에서 내렸다. 늙은 권도 차에서 내렸다. 그들은 상대가 안되어 보였다. 하지만 먼저 주먹을 날린 것은 권이었다. 권은 주먹이 으스러지는 것 같은 고통과 희열을 동시에 느꼈다. 마리아는 영화의 여주인공처럼 비명을 질렀다.

마리아가 신고를 한 지 10분도 안 되어 경찰차가 도착해서, 드잡이하는 그들을 떼어냈다. 권과 트럭 운전수는 거세게 항의했다. 하지만 결국 그들은 나란히 차에 올라 파출소에 갔고, 사건 경위를 털어놓아야 했고, 긴 진술서도 써야 했다.

서울 외곽의 파출소는 텅 비어 있었고, 근무 중인 경찰도 둘뿐이었다. 한 명은 이제 막 고등학교를 졸업한 것처럼 보이는 어린 경찰이었고, 다른 한 명은 권과 동년배로 보이는 뚱뚱한 경찰이었다. 텔레비전에서 요란한 가요 프로그램이 나오고 있었다. 그들이 들어오자 뚱뚱한 경찰은 텔레비전 볼륨을 조금 줄였을 뿐, 화면에서 눈을 떼지 않았다.

어린 경찰이 그들에게 사고 전후의 사정을 묻자, 트럭 운전수는 버럭 화를 냈다. 도로에서 추격전을 벌인 사람도, 먼저 주먹을 날린 사람도 권이었던 것이다.

"나는 한 대 맞기만 했지, 잘못한 게 없다니까요!"

"나에게는 그럴 만한 사정이 있었소."

권은 차분한 목소리로 말했다.

"나와 동승한 여인의 자존심이 걸린 문제였어요."

어린 경찰은 고개를 돌려 마리아를 바라보았다. 마리아는 조용히 자리에서 일어나 파출소 밖으로 나가버렸다.

"저 여인은 과거에 유명한 여배우였어요. 비록 지금은 그만두었지만, 한때 세상을 다 손에 쥘 수 있는 자리에 있었지요. 나는 저 사람에게 운전을 가르치고 있었어요. 누구나 처음 운전을 할 때는 많은 실수를 하는 법이오. 그렇다고 저 여인을 그런 식으로 모욕해서는 안 되는 일이란 말이오."

"영화배우 누구요?"

멀찌감치 앉아 텔레비전을 바라보고 있던 뚱뚱한 경찰이 물었다. 권은 목소리를 높여 마리아의 이름을 말했다.

"「소녀의 비밀일기」로 데뷔했고, 히트작은 「애니」, 호스티스가 나오는 영화였죠."

뚱뚱한 경찰은 고개를 갸웃거렸다.

"글쎄요, 나는 모르겠는데요."

그는 의자에 등을 기대고, 깍지 낀 팔을 머리 뒤로 두르며 말했다.

"나도 영화는 꽤나 봤지만, 그런 제목은 들어본 적이 없어요."

권은 마리아의 영화 연보를 줄줄이 읊어댔다. 하지만 그럴수록 듣는 이는 뚱한 표정을 지을 뿐이었다. 권은 갑자기 마리아의 존재를 인정받는 것이 무엇보다 중요한 일처럼 여겨졌다. 마리아가 자신의 말을 좀 증명해주었으면 했지만, 그녀는 다시 돌아오지 않았다.

그들은 마리아가 정말 과거의 유명한 배우인가에 대한 문제를 놓고 한참이나 실랑이를 벌였다. 어린 경찰이 인터넷 검색까지 해봤지만 결과는 신통찮았다. 가수 마리아, 연극 마리아, 카페 마리아, 수목원 마리아까지 있었지만, 1970년대 영화배우 마리아는 찾을 수 없었던 것이다. 급기야는 영화진흥원 홈페이지에서 「애니」를 찾았지만 필름이 유실되었다는 안내뿐, 「애니」의 이미지도 동영상도 찾아볼 수 없었다. 마리아의 영화 대부분이 마찬가지였다.

"전 이제 가봐도 되죠?"

사건 경위서를 다 쓴 트럭 운전수는 배달이 밀려 더 이상 지체할 시간이 없다면서 자리에서 일어났다. 서로 간에 고소할 일도 합의할 일도 없으니 괜찮으면 가보겠다는 것이었다. 뚱뚱한 경찰은 흥미가 다했다는 듯 손을 휘저어 보였다.

"다 쓰셨으면 그쪽도 가보세요."

두 경찰은 이제 그만 저녁을 시켜 먹어야겠다면서 배달 메뉴판을 뒤적거렸다.

권은 마리아를 찾아 밖으로 나왔다. 어느새 어둠이 내려 앞이 캄캄했다. 마리아는 자동차 운전석에 유령처럼 앉아 있었다.

"이제 다 끝났나요?"

마리아는 그런 소동에 익숙한 사람처럼 물었다. 권은 아직도 어안이 벙벙했다.

"어떻게 그 영화들을 기억하는 사람이 아무도 없는 거죠?"

"너무 많은 시간이 지났잖아요."

마리아는 간단히 말했다.

권은 어쩐지 힘이 쭉 풀리는 기분이었다. 필름이 유실되었다는 말이 무슨 뜻인지, 그 영화들이 이제 영영 사라져버린 것인지 묻고 싶었다.

그는 어쩔 수 없이 아내를 떠올렸다. 그 영화들은 대부분 극장에서 아내와 함께 본 것들이었다. 그때 그는 구제불능이었고, 모든 게 불만투성이였지만 곧 좋은 시절이 올 거라고 믿었다. 그 여자와 함께라면 모든 일이 잘 풀릴 거라고 생각했다. 캄캄한 극장에서 아내의 손을 잡으면, 파마약에 거칠어진 차갑고 앙상한 손이 그의 손을 마주 잡곤 했다. 그는 그 영화들을 기억했다. 그것은 그가 유일하게 과거라고 부를 수 있는 것이었다.

"이제 어디로 가죠?"

마리아는 지친 목소리로 물었다. 권은 그녀가 자신의 과거에 더 이상 관심이 없음을 알아차렸다. 시간이 많이 지체되었지만, 그들은 운전 연습을 계속하기로 했다. 그곳에서 교도소까지는 그리 멀지 않은 거리였다.

그들은 왔던 길을 되돌아서 C교도소를 향해 달려갔다. 몇 번이고 오갔던 길이지만 밤이라 낯선 탓인지 마리아는 긴장한 기색이 역력했다. 권이 지시를 하지 않으면 어디로 가야 할지 몰라 우왕좌왕했다. 멀리서 교도소 건물이 보이자, 그녀는 비로소 안도한 듯 억눌린 숨을 내쉬었다. 하얀 외벽의 교도소 건물은 어둠 속에서 희부옇게 빛을 발하고 있는 듯 보였다.

이미 면회 시간이 끝난 때였고, 출입구 쪽은 단단히 문이 잠겨 있었다. 그들은 후문 가까운 곳에 차를 세웠다. 제대로 주차를 하는 데 또 한참이 걸렸지만, 마침내 마리아는 해냈고, 감격에 겨워 하며 차에서 내렸다.

권은 마리아를 따라 차에서 내렸다. 앞에서 보니 교도소 건물은 생각보다 더 컸다. 5층 높이의 콘크리트 벽은 새하얀 캔버스 같았다. 그곳에는 아무런 무늬도, 장식도 없었다. 그들은 순례자들처럼 그 하얀 벽을 따라 교도소 주변을 한 바퀴 빙 돌았다. 권은 그 안쪽에 갇혀 있는 사람들의 삶을 생각해보았다. 그것은 마치 죽음 이후의 세계를 생각해보는 것 같았다. 그는 죽음에 대해 아는 것이 아무것도 없었다.

"고마워요, 선생님."

마리아는 권에게 다가와 말했다.

"아까 날 위해서 그렇게 해준 거 잘 알고 있어요."

"아니요, 날 위해서였습니다."

그것은 진심이었다. 권은 문득 쑥스러운 기분이 들었고, 그런 종류의 감정이 너무나 오랜만이었기 때문에 가슴이 쓰렸다.

"앞으로 탈 차는 구했습니까?"

"네, 동생의 차를 헐값에 받았어요."

"잘됐군요."

그들은 침묵했다. 권은 이곳에 바로 그 군밤을 나누어 먹던 늙은이가 있다는 사실을 알 수 있었다. 그것은 별다를 것 없는 이야기였다. 실패한 두 사람이 만나서 서로를 특별하다고 느끼고, 앞으로 좋은 시절이 올 거라고 믿고, 그날이 오리라는 것은 너무나도 요원하지만, 그 둘만은 굳건히 믿고, 또 믿는 그런 이야기. 권은 어둠 속에서 오래전 그 여배우의 얼굴이 희미하게 드러나는 것을 보았다.

그들은 다시 서울로 돌아가야 했다. 마리아는 이제 아주 부드럽게 차를 출발시켰다. 권은 더 이상 마리아에게 어떤 것도 지시하지 않았다. 대신 그는 라디오를 틀었다. 트럼펫 연주가 흘러나오고 있었다. 그는 그 음악이 귀에 익었지만, 언제 어디서 들었던 것인지는 떠올릴 수 없었다. 그들은 새카만 허공과 논, 밭, 나무, 버스 정류장 들을 지나쳐 달려갔다. 이 차선 도로에 그들 외의 자동차는 단 한 대도 없었다. 마리아는 속력을 시속 150킬로미터까지 올렸다. 권은 보조 브레이크 위에 대기하고 있던 발을 슬며시 들어 올렸다. 이제 마리아의 차는 어떤 방해도 없이 빠르게 서울을 향해 달리고 있었다. 캄캄한 밤하늘에는 만월이 떠올라 그들을 비추었다. 그것은 오래전, 사막에서 본 달처럼 크고 둥글었다. 속도 탓인지 권은 자신이 땅에서 조금 떠오른 듯한 기분을 느꼈다. 그들은 밤의 도로를 끝도 없이 달려갈 수 있을 것만 같았다.

빈방

베이비시터 구인 광고를 낸 후, 어머니는 집에서 온종일 후보자들을 인터뷰했다. 한국말에 서툰 조선족 아주머니, 뾰족한 손톱에 알록달록한 매니큐어를 바른 여대생, 허리가 구부정한 칠십대의 할머니, 시급과 보너스 이야기만 늘어놓던 중년의 아주머니가 짧은 면접을 마치고 돌아갔다. 어머니는 요람 속의 동생을 내려다보면서 한숨을 내쉬었다. 동생은 맨손가락을 빨면서 뭐가 기분이 좋은지 연신 그르렁거리는 소리를 냈다. 태어난 지 10개월이 된 그 애는 우리가 새집으로 이사를 온 것도, 아버지가 영영 집을 떠난 것도, 어머니가 다시 일을 하러 나가게 된 것도 이해하지 못했다.

새집은 서울 외곽의 주택도시에 위치한 오래된 아파트였다.

아침 일찍 직장에 가는 사람들이 길게 줄을 서서 버스를 타고 떠나면 아파트는 텅 빈 것처럼 고요해졌다. 시장 한복판에 있는 것 같았던 이전 집에 비하면 숲 속에 사는 것이나 다름없었다. 가끔 아파트 뒷산에서 새가 지저귀는 소리도 들을 수 있었다.

이사 오면서 버리고 온 많은 것들 중에 천체망원경이 제일 아쉬웠다. 그것은 중학생이 된 기념으로 아버지에게 받은 선물이었다. 60밀리미터 굴절망원경으로 초보자용이었지만, 육안으로 볼 수 없는 어두운 별이나 달의 표면을 또렷하게 볼 수 있었다. '사건'이 일어나기 전, 아버지는 나와 종종 별을 보러 천문대에 여행을 다녔다. 우리는 스무 살이 되면 함께 해외의 유명한 천문대를 일주하기로 계획했었다. 어쨌든 다 지난 일이다. 어머니는 아버지의 흔적이 배어 있는 것은 수건 한 장도 남기고 싶어 하지 않았다.

마지막 면접자를 보기 전에 어머니는 점심으로 냉동실의 피자를 꺼내서 데워 주었다. 우리는 요즘 매일 냉동음식으로 연명하고 있었다. 나는 말라빠진 페퍼로니 피자를 질근질근 씹어 먹으면서 이 동네 공기가 좋다는 둥, 피자는 아무리 먹어도 질리지 않는다는 둥 실없는 소리를 나불거렸다. 어떤 식으로든 어머니에게 긍정적인 이야기를 하고 싶어서였다. 어머니는 내 말을 못 들은 것처럼 멍하니 피클을 내려다보고 있었다.

아버지에게는 다른 여자가 있었다. 어머니는 만삭이 가까워서야 그 사실을 알게 되었는데, 모든 게 너무 늦은 때였다. 여

제자와 추문에 휩싸인 아버지는 십수 년을 들여 얻은 조교수 자리를 잃었고, 대학가의 아파트촌에 살던 우리는 이웃들의 구경거리가 되고 말았다. 아버지는 홀연히 집을 나가버렸다. 나는 아버지의 아들로 살아온 지난 15년을 그만 지워버리고 싶었다. 10개월 만에 집에 돌아온 아버지는 처음으로 동생의 얼굴을 마주 보았고, 어머니의 요구대로 이혼 서류에 도장을 찍은 뒤, 아파트를 어머니의 명의로 바꾸어주었다. 그리고 우리는 곧 이사를 한 것이었다.

마지막으로 면접을 보러 온 사람은 우리와 같은 동 1층에 사는 아주머니였다. 희끗희끗한 머리칼에 육십대의 나이였지만, 키가 크고 자세가 곧아서 할머니처럼 보이지는 않았다. 그 아주머니는 젊었을 때부터 남편과 같이 학원을 운영했고, 남편이 죽은 후 아르바이트 삼아 베이비시터 일을 시작했다고 했다.

그녀는 다른 사람들처럼 집 안을 두리번거리지도, 동생의 요람을 흘깃거리지도 않았다. 어머니는 첫눈에 그녀가 흡족한 눈치였다. 같은 아파트에 산다는 것도 꽤나 믿음직스러운 부분이었다. 신생아부터 초등학생까지, 아주머니는 주로 이 아파트에 사는 맞벌이 부부들의 아기들을 돌봐왔다고 했다. 홀로 지내고 있기 때문에 시간 조정도 얼마든지 가능했다. 어머니는 동생을 1층에 맡기는 대신 CCTV를 달아도 괜찮은지 물었고, 아주머니는 망설임 없이 고개를 끄덕였다.

"그럼요, 상관없어요."

그 전에 면접을 본 사람들이 난색을 표했던 마지막 질문에 흔쾌히 대답하면서, 그 아주머니는 마지막 시험을 통과했다. 어머니는 그 자리에서 다음 주부터 일을 시작해달라고 말했다. 아주머니는 요람 속의 동생을 안아 들었다. 동생도 그녀가 마음에 드는지 침을 질질 흘리며 웃었다.

그다음 주부터 어머니는 톰 아저씨의 약국에서 시간제 근무를 시작했다. 댕글댕글한 눈동자와 오뚝한 매부리코가 톰 크루즈를 닮은 그는 엄마의 대학 동창이자, 약국의 주인이었다. 톰 아저씨는 힘들었던 지난 10개월 동안 우리에게 많은 도움을 줬다. 방 안에 틀어박혀 종일 잠을 자기만 하는 어머니를 데리고 나가서 새집을 알아봐준 것도 그였다.

톰 아저씨의 약국은 새집에서 멀지 않은 곳에 있었다. 어머니를 집에 홀로 두지 않아도 된다는 게 나로서도 다행이었다. 창문마다 두꺼운 커튼을 내리고 죽은 사람처럼 자고 있는 어머니의 모습을 더는 보고 싶지 않았다.

이사 후 나는 집 앞의 중학교로 전학 수속을 밟았고, 소리 없는 전학생으로 새 학교에 적응하고 있었다. 아무도 내게 관심을 기울이지 않았고, 새로울 것은 아무것도 없었다. 하지만 천체 관측 동아리가 없다는 것을 알았을 때는 적잖이 실망했다. 나는 대신 영어소설 읽기 동아리에 들어갔다. 어차피 모든 게 전과 달라질 것이라는 것을 잘 알고 있었다.

학교 수업이 끝나면 수학 학원에 갔고, 어머니가 늦는 날에는 대신 1층으로 동생을 데리러 갔다. 그 아주머니의 집은 우리 집과 같은 평수, 같은 구조였지만, 완전히 다른 집 같았다. 아파트 화단의 나무들이 창문을 통해 초록의 우거진 잎을 드리웠고, 지나치게 크고 낡은 가구들이 붙박이처럼 거실에 들어서 있었다.

그 집에 갔던 첫날, 아주머니는 문 앞에 엉거주춤 서 있는 나를 집 안으로 끌어들였다. 동생은 아주머니의 목에 매달려 공갈 젖꼭지를 빨면서 나를 무심히 바라보았다. 집 안은 온실처럼 뜨겁고 환했다. 걸러지지 않은 햇빛이 거실 곳곳에 웅덩이처럼 고여, 눈이 부셨다.

"어머니는 집에 오셨니?"

"아뇨, 아직이요."

"그럼, 잠깐 들어왔다 가."

나는 몇 번이나 사양했지만 아주머니는 기어코 식탁 앞에 나를 앉히고, 찜통에서 팥떡과 찹쌀떡을 꺼내주었다. 나는 끈적거리는 찹쌀떡을 집어 먹으며 거실 벽에 걸린 가족사진을 바라보았다. 지금보다 훨씬 젊은 아주머니가 남편, 아들과 함께 찍은 사진이었다. 아들은 대학생인 듯했고, 아주머니의 복사판이라고 해도 될 만큼 닮아 보였다. 오래전 사진이 그렇듯 옷차림이 영 촌스러웠다. 무거운 주석 액자가 천장에 가깝도록 다소 높게 걸려 있어서 조금 불안해 보였다.

"집이 많이 낡았지?"

아주머니가 부엌에서 말했다.

"오래된 살림이라 그래. 전부 나만큼이나 오래된 거란다."

문득, 전에 살던 집이 떠올랐다. 아버지와 어머니가 아직 학생일 때 결혼해서 나를 낳은 집이었다. 원체 비좁은 집이라 거실이며 방이며, 빈 벽을 찾아볼 수 없을 정도로 아버지의 책이 사방을 둘러싸고 있었다. 집에 놀러온 친구들은 책이 흘러넘치는 집 안 풍경에 입을 떡 벌리고 놀랐다. 나는 늘 아버지가 자랑스러웠다. 함께 책을 읽고 밤이 새도록 이야기할 수 있었던 아버지, 부엌에서 어머니 대신 앞치마를 두르고 요리를 하던 아버지, 좁은 욕실에서 같이 목욕을 하면서 내 키를 재던 아버지, 자신의 책 첫 장에 '아들에게'라고 써 넣었던 아버지……

이사를 하던 날, 집에서는 책을 담은 박스가 끝도 없이 흘러나왔다. 어머니는 그것들을 아버지와 상의도 없이 헌책방으로 넘겨버렸다. 책방 주인이 값을 쳐준 돈은 어머니조차 쓴웃음을 지을 만큼 형편없었다. 어머니는 새집에서 아버지의 빈자리를 찾을 수 없도록 새 가구며 가전제품을 닥치는 대로 사 넣었다. 책이 없는 새집의 풍경은 아직도 낯설기만 했다. 며칠이 지나도록 남의 집에 와 있는 기분이었다.

"어머니한테 동생을 칭찬해주라고 말씀드려라. 아이가 아주 순해서 잘 지낸다고."

1층 아주머니는 동생의 짐을 챙기고, 그날 만든 이유식을 도시락에 담아 넣어주었다. 동생은 아주머니의 이유식을 맛본 후로 어머니가 사오는 깡통에 든 멀건 죽에는 입을 대지도 않고 있었다.

나는 아주머니에게서 버둥거리는 동생을 받아들고, 어깨에 기저귀 가방을 멨다. 동생의 끈적끈적한 얼굴이 내 얼굴에 부딪쳐왔다. 그 애가 우리 가족의 과거를 기억하지 못한다는 게 불행인지 다행인지 가늠할 수 없었다. 어쨌든 그 무지를 힘입어 동생은 무럭무럭 잘 자라고 있었다.

동생이 1층 아주머니의 집에 잘 적응하면서, 어머니는 약국 근무 시간을 조금씩 늘려갔다. 어머니는 동생이 자신보다 베이비시터를 더 좋아하는 것 같다고 투덜거렸다. 사실 어머니는 동생에 대해 주장할 만한 게 없었다. 임신 기간 내내 어머니는 밤마다 아버지와 고함을 지르며 싸웠고, 식사도 잘 하지 않았다. 아기가 태어난 뒤에도 그 애를 제대로 돌보지 않았다. 아기가 울어도 못 본 체하거나 돌아누워버렸다. 보다 못한 외할머니가 얼마 전까지 집에 와서 아기를 돌봐주었다. 외할머니는 동생이 울 때마다 아버지에 대한 욕을 뇌까렸다. 그 애는 적대감이 가득한 외할머니의 얼굴을 빤히 바라보곤 했다. 누구도 동생한테 진심으로 환하게 웃어주지 않았다. 그러니까 그 애가 돈을 받고 자신을 돌봐주는 낯선 아주머니에게 바짝 달라붙는다고 해도 하등 이상할 게 없었던 것이다.

어머니의 퇴근이 늦어지면서 나는 대신 동생을 데리러 가는 날이 많았고, 자연히 1층 아주머니의 생활을 눈여겨보게 되었다. 그녀는 웬만해선 집 밖으로 외출을 하지 않았다. 온종일 집에서 동생을 돌보았고, 좀처럼 아이를 홀로 두지 않았다. 아주머니는 마트에 전화를 걸어 장을 봤고, 은행일도 전화로 해결했다. 그 따뜻하고 달큼한 향이 맴도는 집 안에서 동생과 함께 머무는 것이 아주머니의 생활의 전부였다.

나는 그녀가 베푸는 과한 친절이 의심스러웠다. 동생을 위해서 매일 직접 이유식을 만들고, 목욕을 시키고, 옷을 세탁하고, 어머니가 늦는 날이면 얼마든지 아이를 더 맡아주는 등, 그녀는 정해진 보수 이상의 일을 하고 있었다. 어쨌든 우리로서는 불평할 게 없었다. 어머니는 1층에 설치한 CCTV 따위는 까맣게 잊어버렸고, 나중에는 녹화를 하는 것도 그만두었다.

아버지는 일주일에 한 번 우리를 만나러 왔다. 그때마다 어머니의 신경이 유난히 날카로워지고, 또 아버지와 부딪히지 않기 위해 자리를 피해버리는 것을 알고 있었기 때문에 나는 그의 방문이 그다지 반갑지 않았다. 더 이상 그와 할 말도 없었다. 우리는 침묵 속에서 밥을 먹고 헤어지곤 했다.

"학교 생활은 어떠니?"

맥도날드에서 빅맥 세트를 주문한 후, 아버지는 내게 물었다.

"……괜찮아요."

"동생은 잘 지내고?"

나는 말없이 테이블 위에 올린 손을 바라보았다. 그가 매번 우리의 안부를 묻는 것이 우스웠다.

마침 주문한 햄버거 세트가 나왔다고 스피커가 쩌렁쩌렁 울려, 나는 자리에서 벌떡 일어났다. 감자튀김에서 기름 냄새가 모락모락 피어올랐다. 나는 꾸역꾸역 햄버거를 입속에 밀어 넣고, 빨대로 콜라를 빨아들였다. 아버지도 더 이상 내게 말을 걸지 않았다.

순식간에 식사를 마치고 나서, 딱히 할 일이 없어진 우리는 주변의 서점을 돌아다녔다. 아버지는 내가 읽을 만한 책을 몇 권 골라줬다. 나는 긍정도 부정도 하지 않고 그것들을 받아 들었지만, 집에 가자마자 내팽개쳐버렸다. 나는 더 이상 아버지가 골라주는 책을 읽지 않았다. 아버지에게도 내게도, 책의 시대는 끝이 난 것이다.

아버지의 제자는 스캔들 이후 가족들에게 끌려 한국을 떠나버렸고, 그와의 관계는 종지부를 찍은 지 오래였다. 나는 그런 이야기를 어머니와 외할머니의 대화를 엿들어 잘 알고 있었다. 아버지는 학교에서 자리를 잃은 뒤 짬짬이 번역일을 맡아 하는 것밖에 다른 일은 하지 않고 있었다. 아버지의 행색은 날이 갈수록 초라하게 변해갔다.

우리가 이사한 뒤로, 아버지는 작은 방을 하나 얻었다. 나는 그 방에 한 번 가본 적이 있다. 작은 책상, 그리고 침대가 맞닿아 있는 그곳은 몸을 움직일 한 뼘 공간도 마땅치 않았다. 침대 위에는 생뚱맞게 침낭이 펼쳐져 있었다. 아버지는 밤마다 번데기처럼 몸을 구부리고 그 안으로 들어가는 것이었다. 그제야 비로소 아버지가 모든 것을 잃었음을 실감할 수 있었다. 고작 '연애' 때문에—어머니는 종종 기가 막히다는 듯 이 말을 허공에 중얼거렸다.

며칠 뒤, 동생을 데리러 갔을 때 1층 아주머니는 집에 없었다. 그 앞에서 10분쯤 기다렸을까, 헉헉거리는 숨소리가 들리더니 동생을 둘러업은 아주머니가 위층 계단에서 내려왔다. 아주머니는 문 앞에 설 때까지 내가 온 것을 알아채지 못하더니 내 기척에 화들짝 놀라 하마터면 뒤로 넘어질 뻔했다. 나는 가까스로 아주머니의 팔을 붙잡았다.

"뭘 하고 오시는 거예요?"

아주머니는 숨을 헐떡거렸다.

"운동. 하루에 한 번씩 아파트 꼭대기까지 계단 오르내리기를 하거든."

포대기에 업힌 동생은 곤히 잠들어 있었다. 동생이 기댄 아주머니의 등이 땀에 젖어 있을 거라는 생각이 들자, 나도 모르게 인상이 찌푸려졌다.

"아파트 산책로가 있잖아요."

"글쎄, 바깥에는 차도 다니고 아무래도 위험하니까."

산책로에는 차가 한 대도 다니지 않지만, 나는 말없이 아주머니의 등에서 동생을 안아 들었다. 잠에서 깬 동생은 잠시 입술을 오물거리더니 다시 잠이 들었다. 그때 어머니의 전화가 걸려왔다. 어머니는 오늘도 집에 늦을 것 같다고 말했다. 냉동실에 있는 피자를 데워서 먹고, 동생은 분유를 먹인 뒤 일찍 재우라는 것이었다. 나는 종종 톰 아저씨가 어머니를 집에 데려다주는 것을 알고 있었다.

전화를 끊고 기저귀 가방을 챙겨 집을 나서려는데, 아주머니가 내게 물었다.

"전골 좋아하니?"

"네?"

"밥 먹고 가. 어차피 다른 식구도 없고, 너희들 집에 가면 나는 혼자인데 뭘."

나는 잠시 망설이다가, 못 이기는 척 가방을 도로 내려놓았다. 무엇보다 사흘 내내 저녁으로 냉동 피자를 먹었고, 잠에서 깨어 칭얼대는 동생을 돌보는 일도 지겨웠던 것이다.

"잠시만 기다려라. 금방 되니까."

냉장고에서 재료를 꺼낸 아주머니는 도마 위에서 경쾌한 소리를 내며 칼질을 시작했다. 어머니보다 훨씬 더 능숙한 솜씨였다. 나는 그 움직임에 매료되어, 거침없이 움직이는 아주머니의 손을 바라보았다. 마치 눈으로 보지 않고 칼질을 하는 것 같았다. 칼을 내리치는 속도는 점점 더 빨라졌다. 파, 마늘, 양파, 버섯, 당근, 양배추가 그 아래서 산산조각 났다.

전골은 아주 맛있었다. 나는 땀을 흘리며 밥을 두 그릇이나 먹었다. 초가을의 시원한 바람이 열린 창문을 통해 들어왔다. 단둘이 마주 앉아 밥을 먹고 있으니, 아주머니가 먼 친척처럼 느껴졌다. 밥을 다 먹고 일어났을 때, 동생이 깼는지 우는 소리가 들렸다.

아주머니는 동생을 안고 나와 식혀두었던 고구마죽을 먹였다. 그 애는 작은 입을 벌려 야무지게 죽을 받아먹었다. 나는 자리에서 일어나 땀을 식힐 겸 베란다로 향했다. 복도처럼 길고 좁게 나 있는 베란다 한구석에는 고구마와 감자가 담긴 박스가 있었고, 세탁 건조대, 잎이 무성한 화분들, 그리고 천체망원경이 있었다.

정확히 말하면 천체망원경 박스였다. 박스만 보고도 알 수 있었다. 다카하시에서 나온 152밀리미터 굴절망원경—언젠가 카탈로그에서 본 적 있는 물건이었다. 나는 그 안에 든 것을 살짝 보기만 할 생각으로 상자를 열어보았다.

"별을 볼 줄 아니?"

언제 다가왔는지 아주머니가 나를 보고 말했다. 공연히 남의 물건에 손을 대다 들킨 듯해, 나는 머쓱하게 뒤로 물러섰다.

"이거…… 아주머니 거예요?"

"아들 것이었단다."

나는 거실에 걸린 액자 쪽으로 시선을 돌렸다. 그녀도 나를 따라, 마치 처음 보는 것처럼 자신의 가족사진을 바라보았다.

아주머니는 아무 말도 하지 않았지만, 그 표정이 너무나 쓸쓸했기 때문에 나는 그 아들이 지금 여기서 멀리 떨어진 곳에 있으리라는 것을 직감할 수 있었다. 외국에서 유학 중이거나, 결혼을 해서 먼 지방으로 떠났는지도 몰랐다.

"그 애는 틈만 나면 별을 보러 다녔어. 그게 유일한 취미였지."

"저는 이렇게 좋은 망원경은 가져보지 못했어요."

나는 조심스럽게 아주머니를 바라보았다.

"언제 기회가 되면 이걸 한번 볼 수 있을까요? 날이 흐리지 않을 때요."

"글쎄, 조립하기가 쉽지 않을 거야."

"설명서만 있으면 제가 한번 해볼 수 있을 거예요."

아주머니는 잠시 나를 바라보더니, 천천히 입을 뗐다.

"오는 건 상관없다만, 이걸 가지고 밖으로 나갈 수는 없으니까 그렇게 알아라."

나는 얼른 고개를 끄덕였다. 조금 아쉽긴 해도, 베란다의 창문을 통해서도 볼만한 것이 있을 터였다.

그 집을 나서기 전에 나는 아주머니가 상을 치우는 것을 도우려 했다. 하지만 아주머니는 손을 휘휘 내저으며, 내가 자신의 부엌에 가까이 오지 못하게 했다. 언뜻 보기에도 그녀는 굉장한 정리광인 듯했다. 컵이나 그릇을 넣는 찬장은 물론이고 냉장고 안도 한 치의 오차 없이 일렬로 정리되어 있었다. 그러고 보니 그 집 안의 물건은 전부 줄을 맞춰 서 있는 것 같았다.

오래된 규칙과 질서가 그곳에 있었고, 아주머니는 대장처럼 그 모든 것을 지휘하고 있었다.

그날 밤, 집에 돌아온 어머니는 양손에 케이크와 빵을 잔뜩 들고 있었다. 톰 아저씨가 우리를 위해 보낸 것이라고 했다. 하늘색 리본으로 묶은 빵 봉지가 한가득이었다. 어머니는 그것들을 식탁 위에 늘어놓고, 한참 내려다보았다.

"톰 아저씨 있잖아…… 곧 결혼을 한대."

어머니는 혼잣말을 하듯 조용히 내게 말했다.

"스물다섯 살에, 빵을 만드는 아가씨래. 정말 잘되지 않았니?"

어머니의 목소리는 부자연스러웠고, 끝이 조금 떨렸다.

"……잘됐네요."

"그래, 정말 잘됐어."

어머니는 내게 등을 보이고 서서, 커피물을 끓이다가, 돌연 다시 그것을 껐다. 나는 한입 가득 크림빵을 먹었다. 잠시 침묵이 흘렀다.

"저, 오늘 1층 아주머니 집에서 천체망원경을 봤어요. 언젠가 밤에 그걸 보러 가도 될까요?"

어머니는 멍하니 나를 뒤돌아보았다.

"뭐라고?"

"그 집에 굉장히 훌륭한 굴절망원경이 있다고요. 새 학교에는 천체 관측반이 없어요. 그러니까 가끔 그 집에 가서……"

"그래, 그렇게 해."

어머니는 성마르게 내 말을 자르고 비틀비틀 화장실을 향해 걸어갔다. 그리고 부탁하듯 내게 말했다.

"다 먹었으면 저걸 좀 치워주렴."

나는 빵 봉지를 한데 모아서 냉장고에 넣었다.

그 주 주말에 톰 아저씨가 약혼자와 함께 우리 집에 왔다. 어머니는 그들을 대접하기 위해 레스토랑에서 음식을 주문했다. 동생에게는 레이스가 달린 분홍색 원피스를 입혔다. 그애는 꼭 케이크에 장식된 인형 같았다.

톰 아저씨는 약혼자와 함께 약속 시간에 딱 맞추어 도착했다. 그의 약혼자는 아저씨만큼이나 키가 컸고, 그을린 피부에 반짝거리는 눈빛이 마치 육상 선수 같았다. 그녀는 웃음소리가 유난히 컸고, 어린아이처럼 말했다. 일본에서 태어나 자란 교포 2세라고 했다.

그 여자는 흥미진진한 모험담을 이야기하듯, 한국에 잠시 친구를 만나러 들렀다가 톰 아저씨를 만나 눌러앉게 되었다고 말했다. 일본에서는 케이크와 빵을 만드는 파티시에였고, 도쿄의 유명 과자점에서 일했다. 그리고 과연, 마라톤을 뛰는 게 취미라고 했다.

톰 아저씨는 식사를 하는 내내 줄곧 그 여자의 손을 만지작거렸다. 나는 그가 자신의 약혼자를 자랑스러워한다는 것을 알 수 있었다.

그들은 가을에, 달이 제일 크게 차오른 날 결혼식을 올릴 거라고 했다.

"그렇다면 이제 한 달도 남지 않았잖아?"

어머니는 톰 아저씨에게 조용히 되물었다.

"아마 우리가 미쳤나 보지."

톰 아저씨는 우스꽝스럽게 두 손을 들어 보였지만, 얼굴이 행복으로 빛나고 있었다.

"우리에게도 이렇게 귀여운 딸이 생기면 좋겠어요."

톰 아저씨의 약혼자는 동생의 얼굴에 자신의 얼굴을 꼭 맞대며 말했다.

"사랑하는 사람의 아이를 갖는다는 건 정말 멋진 일이겠죠."

어머니는 아무 대답도 하지 않았고, 잠시 침묵이 흐른 뒤 톰 아저씨가 이만 돌아가야겠다며 자리에서 일어났다.

어머니가 주문한 음식은 양이 너무 많았다. 결국 그들이 돌아가고 난 뒤, 반이 넘게 남은 음식을 모두 싸서 냉동실에 넣었다. 그것으로 또 한 주간 저녁을 때워야 할 것이었다. 어머니는 그들이 사왔던 노란색 서양란을 베란다에 옮겨놓으라고 했다. 나는 어머니가 시킨 일을 한 뒤, 1층에 내려가도 되느냐고 물었다. 어머니는 내 말을 못 알아들은 것처럼 그게 무슨 소리냐고 되물었다.

"오늘 밤에 망원경을 보러 간다고요. 날씨가 좋아서 별을 볼 수 있을 것 같아요."

"안 돼."

어머니는 단호하게 고개를 저었다.

"시간도 너무 늦었고, 아주머니께 실례야."

"하지만 전에는 된다고 했잖아요."

"이렇게 늦은 시간에 갈 줄 몰랐으니까."

"아주머니에게도 미리 말씀드렸어요. 그리고 어차피 한낮에 별을 볼 수는 없다고요."

"아무튼 안 돼."

어머니는 찬장에서 작은 약병을 꺼내 자그마한 하늘색 알약을 먹었다. 두통이 있을 때마다 어머니가 먹는 약이었다. 나는 몇 번이나 1층에 다녀오게 해달라고 간청했지만, 어머니는 꿈쩍도 하지 않았다.

나는 방에 들어가 큰 소리가 나도록 문을 닫았다. 잠시 후 어머니가 부엌 불을 끄는 소리가 들렸다. 나는 침대에 누워 꼼짝없이 시계를 바라보았다. 그리고 한 시간 뒤, 조용히 집에서 빠져나왔다. 어머니가 알약을 먹고 나면 몇 시간 동안 꿈쩍없이 잠을 잔다는 걸 잘 알고 있었다.

1층 아주머니는 홀로 텔레비전을 보고 있었다. 벨을 누르자, 한참 만에 나온 아주머니는 정말로 내가 찾아올 줄은 몰랐는지 깜짝 놀란 표정을 지었다.

"어머니한테 허락은 받고 온 거니?"

"못 믿겠으면 전화해서 물어보세요."

아주머니는 의심스러운 듯 나를 바라보았지만, 어쩔 수 없이 나를 집 안에 들여보내주었다. 거실을 제외한 온 집 안의 불이 다 꺼져 있었고, 지나치게 높은 볼륨의 텔레비전 소리가 웅웅 울리고 있었다. 엉덩이 자국이 움푹 팬 소파와, 그 발치에 떨어진 낡은 담요가 보였다.

그 집은 한낮의 모습과 완전히 달라 보였다. 집을 가득 채우고 있던 햇빛이 모두 빠져나가 버린 탓인지도 몰랐다. 거실에는 커다란 샹들리에가 달려 있었지만, 오랫동안 크리스털을 닦아주지 않았는지 먼지가 잔뜩 끼어 있었고, 노란 불빛도 어딘지 탁했다.

"뭐 하니?"

아주머니는 베란다에서 나를 불렀다. 나는 망원경 박스가 있는 곳으로 달려갔다. 설명서를 펼쳐놓고 조립을 시작했지만, 생각처럼 간단하지가 않았다. 다리 위에 경통을 올리는 것까지는 어떻게 해냈지만, 무게중심을 맞추기가 어려웠다. 아주머니는 나를 시험하듯, 내가 이리저리 망원경의 무게추를 만지는 것을 가만히 지켜보았다. 몇 번의 시행착오가 있었지만, 마침내 전원을 켜고 파인더를 조정하자 붉은빛이 들어왔다. 뿌옇기만 했던 시야가 점차 또렷하게 초점을 맞추어갔다.

나는 성도(星圖)와 망원경 속의 하늘을 번갈아 보면서 동쪽

하늘에서 밝게 빛나는 별무리를 찾았다. 오래전, 아버지와 같이 처음으로 찾았던 성단이었다. 그 별무리는 백여 개의 별빛이 모여 하나의 푸르른 구름처럼 보였다. 그중 제일 가장 밝은 별이 알키오네라고, 아버지가 알려주었다. 중앙에 밝은 별이 여덟 개 정도 보였고, 그 뒤로 작은 별들이 수북이 뒤덮여 있었다. 별빛은 기억과 다름없이 환하게 빛나고 있었다.

나는 잠시 그 숨 막히는 별무리를 바라보았다. 그리고 옆에 조용히 서 있는 아주머니를 위해 자리를 양보했다. 아주머니는 허리를 구부리고, 아이피스에 눈을 가져다 댔다.

"아름답죠?"

"그래, 정말 아름답구나."

아주머니는 숨소리도 내지 않고, 망원경을 들여다보았다. 아주머니가 그토록 열중한 모습을 보자, 왠지 으쓱한 기분이 들었다.

"있잖아요, 우리가 보는 것은 전부 과거의 별빛들이래요."

나는 그녀에게 언젠가 책에서 본 이야기를 들려주었다.

"그러니까 저것들은 어쩌면 죽은 별들의 흔적일지도 모른다는 이야기죠."

그녀는 망원경 속을 들여다볼 뿐, 아무 말도 하지 않았다.

"그건 우리가 별과 아주 멀리 떨어져 있기 때문이에요. 너무 멀리 있기 때문에, 뒤늦게야 그 빛을 볼 수 있는 거예요."

아주머니는 잠시 후 천천히 몸을 일으키더니, 이제 됐다,라고 말했다. 아주머니가 물러난 후, 나는 망원경의 위치를 새롭게 조정한 뒤 다른 별들을 찾아보았다.

"너에게 보여주고 싶은 게 있다."

별 보기가 끝난 후, 그녀는 나를 데리고 부엌 옆방으로 갔다. 짐작건대 아들이 쓰던 방인 것 같았다. 방 안에는 ㄷ자 모양으로 나무 책상과 옷장, 침대가 놓여 있었다. 그 방은 빈방 같지 않았고, 외출한 주인이 금방이라도 돌아올 것처럼 보였다. 옷장 앞에 걸려 있는 스웨터, 뾰족하게 깎아놓은 연필이 가득한 연필꽂이, 침대맡에서 째깍거리는 소리를 내는 알람시계가 그랬다. 문득, 그가 지금 어디 있는지 몹시 궁금해졌다. 하지만 어쩐지 그런 것을 물을 수는 없었다. 그 방에 고인 무게가 내게도 느껴졌던 것이다.

아주머니는 아들의 책상 서랍에서 작은 노트를 꺼내어 내게 보여주었다. 밤하늘의 별을 찍은 사진을 모아놓은 관측 노트였다. 사진 밑에는 별을 본 날짜와 장소가 씌어져 있었는데, 10년도 더 지난 것들이었다. 아주머니는 내게 그 노트에 대해 어떻게 생각하느냐고 물었다. 나는 그녀의 말을 이해하지 못한 채 아주머니를 바라보았다. 그녀는 미세한 소리를 들으려는 사람처럼 고개를 기울이고 있었다. 문득, 아주머니가 글을 읽을 줄 모르는 게 아닌가 하는 생각이 들었다.

"이건 아주 착실하게 기록한 별 관찰 일지네요."

나는 노트에 기록된 내용을 찬찬히 아주머니에게 읽어주었다. 시간대별로 바뀌는 하늘의 모습뿐, 흥미로울 것도 없는 내용이었지만 아주머니는 주의 깊게 내 이야기를 들었다.

"노트를 쓴 사람이 무척 세심하고, 부지런하고, 또 정직한 성격이라는 게 느껴져요."

"그래 맞아."

아주머니는 속삭이듯 말했다.

"저도 언젠가 이런 걸 쓰고 싶어요."

아주머니는 내 이야기에 만족한 듯 고개를 끄덕이더니, 내게 그 노트를 가져도 좋다고 말했다.

"아니에요, 아주머니에게 소중한 것이잖아요."

"어차피 내게는 이제 소용이 없단다."

아주머니는 알아들을 수 없는 말을 하고는 자리에서 일어났다.

"어머니가 걱정하시겠다. 이제 그만 돌아가."

아주머니는 방문 앞에서 더듬더듬 손을 내밀어 문고리를 잡았다. 짧은 순간이었지만, 나는 분명히 그녀가 손을 내밀어 허공을 더듬는 것을 보았다. 그 기이한 장면은 집에 돌아온 뒤에도 좀처럼 머릿속에서 사라지지 않았다. 나는 별 관측 노트를 일부러 신발장 위에 올려놓고 나왔는데, 아주머니는 그조차 알아채지 못한 것 같았다. 그녀는 다만 내게 잘 가라고 인사를 한 뒤, 쿵 소리가 나도록 문을 닫았을 뿐이었다.

다음 날 아침, 나는 어머니가 나를 흔드는 기척에 잠에서 깼다. 어머니의 얼굴은 근심으로 일그러져 있었다. 동생의 몸이 심상치 않다고 했다. 그 애는 벌겋게 열에 들떠 끙끙 앓는 소리를 냈다. 숨을 몰아쉴 때마다 뜨거운 입김이 나오는 것 같았다.

병원에서는 열감기를 동반한 장염이라면서, 동생을 입원시켜야 한다고 했다. 열이 떨어졌다가도 금세 다시 올라, 어머니는 사흘간 약국에 나가지 못하고 동생을 간호했다. 어머니는 1층 아주머니에게 두 번이나 전화를 걸어, 병원에 나와줄 수 없느냐고 물었지만 번번이 거절을 당했다.

"자긴 절대 외근은 하지 않는단다."

어머니는 믿었던 사람에게 배신이라도 당한 것처럼 몇 번이나 너무하다는 말을 했다. 동생은 잠에서 깰 때마다 누군가를 찾는 것처럼 두리번거렸다.

사흘 뒤 상태가 호전되면서, 동생은 가까스로 퇴원을 했다. 어머니는 다시 약국에 나가야 했다. 어쨌든 일을 그만둘 수는 없는 노릇이었다. 어머니는 며칠사이 얼굴이 해쓱해진 동생의 가방에 약봉지를 넣어서, 1층 아주머니에게 데리고 갔다. 나는 동생을 그 집에 맡기는 것이 어쩐지 못 미더웠지만, 어머니한테 그런 이야기를 할 수는 없었다.

내가 학교에 있는 사이 어머니는 문자 메시지를 두 개나 보냈다. 둘 다 같은 내용으로, 수업이 끝나면 곧장 집에 오라는 것이었다. 마침 학급 당번을 서는 날이라 수업 후 교실 청소와 화장실 비품 정리까지 해야 했다. 일을 마치자마자 나는 집으로 달려갔다. 아파트 앞에 아버지의 자동차가 세워져 있는 것이 보였다.

1층 아주머니의 집 대문은 활짝 열려 있었다. 그 안에서 격앙된 어머니의 목소리가 들렸다. 내가 들어서자, 아주머니는 넋이 나간 듯 힘이 풀린 눈으로 나를 바라보았다. 아버지와 어머니가 1층 아주머니를 사이에 두고 앉아 있었다. 내가 학교에 있는 사이, 사고가 일어났다고 했다.

그날, 아침 일찍 아주머니의 집에 갔던 동생은 점심 무렵부터 열이 오르기 시작했다. 아이의 상태가 점점 더 나빠지자, 아주머니는 어머니에게 전화를 걸었다. 어머니는 서둘러 병원으로 가달라고 말했다. 아주머니는 주춤거렸지만, 결국 그 애를 데리고 집에서 나올 수밖에 없었다. 한낮 아파트 앞 도로에는 인적이 없었다. 울다 지친 동생이 맥을 놓고 축 늘어지자, 아주머니는 도로 아래로 내려가 크게 손을 흔들어대기 시작했다.

사고는 순식간에 일어났다. 코너를 돌던 자동차가 전력 질주하는 것을 미처 보지 못한 아주머니는 날카로운 경적 소리에 놀라 아기를 품에 안은 채 뒤로 넘어지고 말았다. 자동차에서 내린 운전자가 아주머니를 부축해 일으켰다. 아주머니는 그 차를 타고 동생과 함께 병원으로 갔다. 검사 결과 상처는 경미했다. 아주머니의 품 안에 있던 동생은 달리 다친 곳이 없었고, 아주머니만 등에 타박상을 조금 입었을 뿐이었다. 동생은 수액을 맞고 금세 열이 내렸다.

잠시 후, 어머니가 병원에 달려왔다. 자동차를 운전했던 사람이 기다리고 있었다. 그는 눈먼 사람을 베이비시터로 쓰면 어떻게 하느냐고 도리어 어머니를 책망했다. 어머니는 영문을 모르고 아주머니를 바라보았다. 아주머니는 입을 꾹 다물고, 아무 말도 하지 않았다.

"너, 이 여자가 앞을 보지 못한다는 거 알고 있었니?"

어머니는 축 늘어져 앉아 있는 아주머니를 가리키면서 내게 물었다.

"이 여자가 장님이라는 거 알고 있었느냐고?"

나는 위증을 저지른 사람처럼 어깨를 움츠렸다.

"걘 아무것도 몰라요."

아주머니가 갈라진 목소리로 입을 열었다.

"당신도 알아채지 못했잖아요?"

아주머니는 시세포의 손상으로 점차 시야가 좁아지는 병을 앓고 있었다. 몇 년 전 마지막으로 진단을 받았을 때만 해도 어슴푸레하게나마 주변을 인지할 수 있었다. 하지만 지금은 촛불 하나만큼의 시야밖에 남지 않은 상태였다. 그 상태로 쭉 베이비시터 일을 해왔던 것이다. 아기들을 집 안에서만 돌봐왔고, 그래서 앞을 잘 보지 못한다는 사실이 들통 나지 않았던 것뿐이었다.

"도대체 환자가 어떻게 아이 보는 일을 하겠다고 나섰단 말입니까."

아버지가 조용히 아주머니에게 물었다.

"이 집에서만큼은…… 위험할 일이 없으니까요. 난 여기서 생활하는 데 조금도 불편함이 없어요."

"지금 그걸 변명이라고 하는 겁니까."

참고 있던 분을 터뜨리듯 아버지가 소리를 질렀다. 궁지에 몰린 아주머니를 보자, 왠지 나라도 나서서 그녀의 편이 되어야 할 것 같았다. 아주머니가 얼마나 능숙하게 동생을 잘 돌보았는지, 때로는 어머니보다 더 그 애에게 필요한 존재였다고 이야기하고 싶은 심정이었다.

"지금까지 받은 급여는 모두 돌려드리겠어요."

아주머니는 고개를 숙이고 잦아들어가는 목소리로 말했다.

"죄송해요. 정말…… 죄송합니다."

"더 이상 듣고 싶지 않아요."

어머니는 신경질적으로 말했다.

"아파트 주민들에게도 이 사실을 전부 알릴 테니까 그렇게 아세요. 더 이상 여기서 얼굴 들고 살기는 어려울 거예요."

나는 아주머니를 위해 한마디도 하지 못하고, 부모님과 함께 그 집에서 나왔다.

어머니는 집에 와서 기력을 다 잃은 듯 탈진해버렸다. 동생은 요람에서 쌕쌕 잠을 자고 있었다. 그날 아버지는 처음으로 우리 집에서 함께 식사를 했다. 배달 음식을 시켜 먹자고 했으나, 아버지는 기어이 밥을 지었다. 어머니는 아버지가 부엌에 들어가는 모습을 보고도 아무 말도 하지 않았다. 애초에 아버지를 부른 것도 어머니였다. 나중에라도 동생에게 교통사고의 후유증이 있을지도 모른다는 의사의 말에 겁이 났던 것이다.

우리는 예전처럼 한식탁에 앉아서 밥을 먹었다. 아버지와 나, 그리고 어머니의 순서였다. 그렇게 앉아 있으니 거짓말처럼 예전으로 돌아간 것 같았다. 동생은 잠에서 깨어나 열에 들뜬 말간 눈으로 아버지를 바라보았다. 아버지는 커다란 손을 그 애의 이마에 올려보더니, 이제 괜찮을 거라고 말했다. 자기가 의사라도 된다는 투였다.

아버지는 얼마 전부터 입시 학원에서 강의를 시작했다고 이야기했다. 주로 밤에만 강의가 있기 때문에 낮에는 동생을 맡아 봐줄 수 있다는 것이었다. 당장 동생을 맡길 데가 마땅찮았던 어머니는 마지못해 아버지의 제안을 받아들였다. 두 사람은 서로 아기를 보고 교대할 시간을 의논했다. 하지만 그 이야기를 마치고 나자, 더 이상 할 말이 없었다. 침묵 속에서 식사를 마친 후 아버지는 집을 나섰다.

다음 날부터 아버지는 매일 아침 동생을 돌보러 왔다. 어머니는 아버지를 예의 바르게 대했고, 아버지도 그랬다. 얼마 뒤 우리는 다 같이 톰 아저씨의 결혼식에도 다녀왔다. 결혼식장 중앙에는 거대한 4단 케이크가 꽃으로 장식되어 있었는데, 하객들이 잘라 먹고 얼마 되지 않아 누더기처럼 변해버리고 말았다. 결혼식이 끝난 뒤, 아버지는 우리를 태워 집까지 데려다주었다. 조용히 자동차를 타고 가던 중, 어머니는 갑자기 차를 세우라고 외쳤다. 어머니는 차에서 달려 나가 한참 동안 구역질을 했다. 아버지는 잠자코 운전석에 앉아 어머니가 돌아오기를 기다렸다.

"너는 괜찮니?"

"저는 괜찮아요."

"음식이 뭔가 잘못되었던 모양이구나."

"그러고 보니, 케이크가 좀 시큼했어요."

나는 조금씩 아버지와 대화를 하기 시작했지만, 일상적인 내용뿐 그 이상은 한 발자국도 더 나아가지 못했다. 서로 간에 정확한 거리가 정해지자, 생각보다 편하게 지낼 수 있었다. 하지만 그로 인해 나는 우리가 다시는 예전으로 돌아갈 수는 없다는 사실을 깨달았다. 그제야 한 시절이 완전히 끝나버렸던 것이다.

1층 아주머니는 한 달도 채 되지 않아 아파트를 떠났다. 어머니의 말에 따르면 밤중에 아무도 모르게 이사를 갔다고 했다. 나는 꼭 한 번 아주머니를 만나 묻고 싶은 게 있었지만, 내가 갔을 때는 이미 짐이 다 빠져나간 후였다. 텅 빈 집에 방마다 문이 활짝 열려 있었는데, 부엌 옆방만은 문이 닫혀 있었다. 나는 그 앞으로 다가서서, 아주머니가 그랬듯 문고리를 더듬어 열어보았다. 한순간 환상처럼, 그 방의 모든 것이 그대로 남겨져 있을지도 모른다는 생각이 들었다. 하지만 방은 텅 비어 있었다.

나는 망원경이 세워져 있던 베란다에 가보았다. 그곳에서 조용히 망원경을 들여다보던 아주머니가 떠올랐다. 그때 아주머니는 무엇을 보았던 것일까. 이제는 아스라이 멀어져버린, 그래서 더욱 빛나는 과거의 한순간이었을까. 그 빛마저 사라지고 난 뒤, 텅 빈 자리에는 무엇이 남는 것일까. 열린 창으로 바람이 들어왔다. 나는 베란다의 문을 꼭 닫고, 그 집의 열린 방문을 모두 닫고, 마지막으로 현관문을 닫았다. 그리고 집으로 올라가는 계단이 아닌 밖으로 향한 계단을 따라 내려갔다.

예언의 땅

아이는 사흘만 머물다 갈 거라고 했다. 아이를 맡길 곳이 없어서 쩔쩔매는 시어머니를 보고, 지은은 달리 거절할 말을 찾지 못했다. 시부모님은 친구의 장례로 지방에 내려가야 한다고 했다. 지은이 할 일은 아이를 유치원에 데려다주고, 데려오는 것뿐이었다. 영준은 괜한 일을 맡았다고 짜증을 냈지만, 어쨌든 아이는 그의 조카였다.

영준의 동생 부부는 한 해 전, 다섯 살 난 딸을 사이에 두고 이혼했다. 둘은 공동으로 소유했던 모든 것을 두고 싸웠지만, 누구도 아이는 원치 않았다. 제 엄마와 아빠 사이를 전전하던 아이는 무슨 영문인지 고아원에도 잠시 맡겨졌다고 한다. 보다 못한 시부모님이 아이를 데려다 키우기 시작한 게 얼마 전의 일이다. 아이는 올해 일곱 살, 이름은 채린이었다.

"애는 어디서 재울 거야?"

아이가 오기 전날, 영준은 대뜸 그렇게 물었다. 그들은 한 달 전 새 아파트로 이사 왔지만, 아직 방마다 정리되지 않은 짐이 한가득이었다. 언뜻 보면 이사를 나갈 집처럼 보일 정도였다. 그들은 차일피일 정리를 미루고 있었다.

"손님방을 치우면 돼."

지은은 지끈거리는 머리를 꾹꾹 누르며 대답했다. 새집 냄새가 덜 빠졌는지 아침이면 머리가 어질어질하고 속이 매슥거렸다. 환기를 시켜도 별 소용이 없었다. 아직 난방이 제대로 돌아가지 않아 냄새가 빠지지 않는 거라고 했다. 보일러가 말을 듣지 않으니, 집 안에는 늘상 서늘한 기운이 돌았다. 관리사무소에 건의를 해도 관리자가 자리에 없다는 말뿐이었다. 영준은 덜덜 떨면서, 늦은 밤까지 아파트 시공사 홈페이지에 욕설 가득한 글을 올렸다. 그러거나 말거나 시공사 측에서는 묵묵부답이었다.

이제 그들도 뭔가 잘못되었다는 것을 짐작하고 있었다. 아파트 입주를 시작한 지 한참이 지났지만 이사를 들어오는 집이 좀처럼 눈에 띄지 않았다. 아파트 단지 내에 사람들이 다니는 모습도 찾아보기 어려웠다. 근방의 상가 건물, 학교, 도서관, 쇼핑몰 부지는 아직도 텅 비어 있었다. 멀리서 보면 폐허 한가운데 아파트가 솟아 있는 것 같았다.

그들은 2년 전 그 아파트를 분양 받았다. 부동산에 눈이 밝은 친구를 따라 주말마다 경기도 일대 아파트 분양 사무소를 돌아다니던 영준은 지은에게 상의도 없이 34평형 아파트에 청약금을 걸었다. 지은은 뒤늦게 그 사실을 알고 화를 냈지만, 나중에는 그녀 역시 그곳이 마음에 들었다. 주변이 산으로 둘러싸여 있는 것도, 새 도로가 뚫리면 서울까지 30분 안에 진입할 수 있는 거리도 적당해 보였다. 1, 2년 사이 아파트 옆에 지하철이 개통되면 매물가도 확 오를 거라고 했다.

"다 좋은데, 우리가 감당할 수 있을까?"

영준은 더 머뭇거리면 늦는다고 했다. 새로운 목표치가 있어야 삶이 바뀌는 거라고도 했다. 지은은 그의 말에 동의했다.

동, 호수 추첨을 하는 날, 지은은 영준 대신 눈을 가리고 제비를 뽑았다. 남향에 15층, 로열층이라고 사람들은 박수를 쳐줬다. 전날 북향의 1층을 뽑는 악몽에 시달렸던 지은은 그제야 영준을 보고 웃었다. 중도금 액수를 보면 머리가 복잡했지만, 곧 내 집이 생긴다는 생각에 마음이 든든했다. 그들은 이제 막 땅을 고르고 있는 아파트 부지 근처에 가서 손을 잡고 주변을 걸어보았다. 흙먼지밖에 날리지 않았지만, 그들에게는 암시와 예언으로 가득한 땅으로 보였다.

그 후 아파트 중도금과 대출금 이자를 만들기 위해 그들은 눈을 가린 말처럼 달렸다. 은행 사무직인 영준은 근무 외 수당을 받을 수 있는 일이면 가리지 않고 맡아서 했다. 매일 야근에, 주말에도 출근하는 일이 예사였다. 동네 보습 학원에서 수학을 가르치던 지은도 큰 입시 학원으로 자리를 옮겼다. 단과 강의의 개수를 늘리기 시작하자, 그녀가 영준보다 더 벌이가 좋아졌다. 그들은 두 개의 잘 맞물린 톱니처럼 서로를 밀어올리며 쉼 없이 굴러갔다. 이자 납입일이 무섭게 돌아와, 잠시라도 숨을 돌릴 틈이 없었다.

방학 특강으로 연일 강의가 몰려 있던 겨울에, 지은은 하혈을 하며 쓰러지고 말았다. 원장은 굳은 얼굴로 사흘간 휴가를 내주었다. 지은의 어머니가 그들의 집에 와서 일주일간 머물렀다. 어머니는 매일같이 약탕기에서 약을 달이고, 자라와 잉어를 고아서 지은에게 먹였다. 지은의 어머니는 독실한 천주교 신자였다. 그녀는 그들의 거실 선반 위에 작은 성모상을 올려놓고, 매일 똑같은 내용의 기도문을 외웠다. 어머니의 만류에도 지은은 사흘 만에 학원으로 돌아갔다. 지은의 어머니가 떠난 뒤, 영준은 아무도 모르게 그 성모상을 치워버렸다.

그 2년 동안 그들에게는 휴가도, 명절도, 여행도 없었다. 융자가 반 이상이라, 세입자를 찾아 시간을 벌기도 어려웠다. 그들은 매일 아침 집을 나가, 새벽녘에야 돌아왔다. 서로가 울고 싶을 만큼 지쳤다는 걸 잘 알고 있었기 때문에, 둘은 점차 말을 아끼게 되었다. 만약 그에 대한 대가가 눈에 보이기만 했다면, 좀더 쉬웠을 것이다. 하지만 아파트값은 거짓말처럼 하루가 다르게 떨어졌다. 아파트 입구에 개통될 예정이었던 지하철 구간은 예산 삭감으로 전면 백지화되었다. 서울까지 연결하는 도로의 공사 일정까지 불투명해지면서 계약을 포기한 사람도 여럿이라고 했다. 입주자 회의에 갔다가 집에 돌아오는 차 안에서, 영준은 지은에게 계약금을 통째로 날리더라도 이쯤에서 그만두는 게 낫지 않겠느냐고 물었다. 지은은 창밖을 노려보며 입을 꽉 다물었다. 그들은 그 문제에 대해 다시는 이야기를 나누지 않았다.

입주를 얼마 앞두고, 지은의 어머니가 심장 수술을 받던 중에 숨을 거뒀다. 예순두 살, 죽기엔 너무 이른 나이였다. 너무나 순식간에 일어난 일이라 장례가 끝난 후에도 실감이 나지 않았다. 죽기 몇 주 전 어머니는 지은에게 전화를 걸어, 새벽에 기도를 하러 다니고 있다고 말했다.

"뭘 기도하는데요?"

"새끼들 이름 하나하나 부르는 게 기도지."

지은은 그때 다음 수업을 앞두고 퉁퉁 분 짜장면을 먹으면서 건성으로 대답하고는 전화를 끊었다. 그것이 어머니와의 마지막 대화였다.

모친상으로 학원에서 일주일 휴가를 받았지만, 그 뒤에도 지은은 일을 하러 돌아갈 수 없었다. 지금껏 눈을 가리고 있던 천이 풀려버린 느낌이었다. 냉담한 표정으로 앉아 있는 학생들에게 시시껄렁한 농담을 하고, 등 뒤에서 비웃음을 당하는 것도 견딜 수 없었다. 영준은 그녀에게 좀 쉬는 게 좋겠다고 말했다.

어머니의 죽음으로 지은은 유산을 조금 상속받았다. 대단치는 않은 돈이지만 당분간 일을 쉴 여유가 생겼다. 마치 어머니가 죽음으로써 그녀에게 쉼을 준 것처럼 느껴졌다.

아파트로 이사하는 날, 인부들은 그들의 짐이 너무나 단출한 것에 놀랐다. 싸구려 가구 몇 가지를 제외하면 조금 긴 여행을 가는 짐이라고 해도 좋을 정도였다. 나이 든 인부가 지은에게 "애기는 없어요?"라고 물었다. 지은은 잠긴 목소리로 네,라고 대답했다.

새 아파트에서 보내는 첫날, 그들은 추위에 덜덜 떨면서 잠을 이루지 못했다. 온도를 최고치로 올려도 거실만 미지근해지다 말았다. 패딩점퍼를 입은 영준은 새벽녘, 보일러 스위치를 주먹으로 내리쳐버렸다. 지은은 그런 그에게 아무 말도 하지 않았다.

"집이 좀 춥구나."

영준의 부모님은 아이를 데리고 오후 늦게 도착했다. 지은은 얼마 전 구입한 전기난로를 그들 앞에 끌어다주었다. 영준이 없는 자리에서 시부모님을 만나는 일은 그녀에게 아직도 어색했다.

그들이 아파트를 둘러보는 동안 아이는 꼼짝도 하지 않고 소파에 앉아 있었다. 지은은 아이가 제 엄마와 너무나 닮아 깜짝 놀랐다. 그 여자의 얼굴을 자세히 본 적은 없지만, 오밀조밀한 이목구비와 피곤한 듯 무심한 표정이 아이의 작은 얼굴에 생생히 떠올랐다.

아이는 보라색 바탕에 흰색 물방울무늬 원피스를 입고 있었다. 어깨까지 오는 머리카락은 하나로 묶었고, 제 팔뚝만 한 아기 인형을 가슴에 안고 있었다. 눕히거나 앉힐 때 눈꺼풀을 떴다 감았다 하는, 한눈에도 때가 꼬질꼬질한 낡은 인형이었다.

"얘 이름은 에밀리예요."

아이는 지은을 빤히 쳐다보며 말했다.

"예쁜 이름이네."

"그런 말 마라."

시어머니는 조용히 혀를 찼다.

"자나 깨나 저걸 끼고 다니는데, 내가 아주 걱정이다. 언제 기회를 봐서 없애버리든지 해야지."

시어머니는 아이 앞에서 대놓고 그런 말을 했다. 아이는 아무 소리도 못 들었다는 듯 지은에게 물 좀 주세요,라고 말했다. 아이는 목이 말랐는지 숨을 헐떡이며 물을 마셨다. 아이는 시어머니와 아직 그리 친한 사이가 아닌 것 같았다. 어쨌든 그녀가 아이를 거두었다는 데 지은은 존경에 가까운 마음을 품고 있었다. 시부모님은 몇 년 전까지 지은의 임신 소식을 궁금해했지만, 이제 그에 대해서는 일절 묻지 않았다. 지은을 배려하는 것인지, 아니면 또다시 버려진 손주를 맡게 될까 봐 두려운 것인지도 몰랐다.

"늦어도 모레 저녁에는 올 수 있을 거다."

시아버지가 먼저 헛기침을 하며 자리에서 일어났다. 시어머니는 떠나기 전에 지은에게 아이의 유치원 알림장을 건네주었다. 그곳에 유치원 약도와 연락처가 적혀 있었다.

"말썽 피우지 말고 큰어머니 말씀 잘 들어야 한다."

지은은 엘리베이터까지 시부모님을 배웅했다. 집으로 돌아오자, 아이가 냉장고에 알림장을 자석으로 붙이고 있었다.

"할머니는 이렇게 해요."

아이는 의자 위에 서서 지은을 보고 말했다.

"그래, 좋은 생각이다."

그때 갑자기 아기 울음소리가 났다. 아이의 인형에서 나는 소리였다. 지은은 깜짝 놀라 아이를 빤히 바라보았다.

"그 인형…… 울기도 하는 거야?"

"당연하죠. 아직 아기잖아요."

아이는 신속히 바닥에 타월을 깔더니, 인형을 눕히고 옷을 벗겨 기저귀를 갈았다. 놀랍게도 하얀색 기저귀에는 누런 얼룩이 묻어 있었다. 인형의 기저귀를 갈고, 다시 옷을 입힌 아이는 제 짐가방을 뒤적거리더니, 자그마한 인형 젖병을 꺼냈다. 그러고는 능숙하게 인형을 안아 젖병을 물리는 것이었다. 아이는 몸을 앞뒤로 움직이면서 노래를 흥얼거리다 인형의 등을 두드리기도 했다. 지은은 시어머니가 왜 아이의 인형을 두고 걱정하는지 알 듯했다. 아이의 인형은 30분마다 한 번씩 울어대고,

우유를 먹은 후에는 정확히 기저귀를 적셨다. 또한 관절 부분이 아주 유연해서, 살아 있는 사람처럼 몸을 흐느적거렸다.

"나랑 같이 마트에 안 갈래?"

그날 지은은 오랜만에 제대로 된 식사를 준비할 예정이었다. 영준도 집에서 저녁을 먹기로 했다. 아이는 텔레비전을 틀더니, 능숙하게 리모컨을 눌러 만화 채널로 돌렸다.

"저는 에밀리하고 같이 집에 있을래요."

"괜찮겠니? 무섭지 않겠어?"

아이는 화면에서 눈도 떼지 않고, 고개를 끄덕였다. 지은은 거실 테이블 위에 주스와 과자를 두고 집에서 나왔다. 어느새 사방이 캄캄해져 있었다.

그녀는 자동차에 시동을 걸고, 덜컹거리는 길을 달렸다. 아파트 앞 도로는 아직 포장이 덜 되어 있었다. 주변의 신호등도 전부 노란불만 깜빡일 뿐이었다. 그 빛은 마치 검은 바다 위의 불빛처럼, 위태롭고 불안해 보였다.

그날 저녁 영준은 평소보다 일찍 퇴근해 들어왔다. 그는 소파에 앉아 있는 아이를 보고 인사말을 건넨 뒤, 몇 살이냐고 물었다. 아이는 그런 질문에는 대답하기도 지겹다는 듯 손가락 일곱 개를 들어 보였다.

지은은 불고기와 잡채를 만들고, 미역국을 끓였다. 요리를 하는 것도, 영준과 함께 식사를 하는 것도 오랜만이었다. 그는 매일 일 때문에 늦었고, 끼니를 대부분 밖에서 때웠다. 생각해 보면 그들은 근래 마주 앉는 일 자체가 없었다. 지은이 일을 할 때는 서로 시간이 없어서였고, 지금은 할 말이 없어서였다. 어머니가 세상을 떠난 뒤 지은은 눈에 띄게 말이 줄었다. 그녀는 좀처럼 외출도 하지 않았다. 영준은 지은의 기분을 풀어줄 방법을 몰랐고, 나중에는 그 모든 것들이 귀찮아졌다. 새 아파트에는 방이 세 개나 되어, 얼마든지 서로를 피해 다닐 수 있었다.

지은과 영준 사이에 앉은 아이는 밥을 먹기 전 문득 생각났다는 듯 "애기는 없어요?"라고 물었다. 이사하던 날, 나이 든 인부에게 들었던 것과 똑같은 질문이었다. 영준은 건조한 목소리로 없어,라고 대답했다. 아이는 무심하게 고개를 끄덕이고는 숟가락을 들었다.

아이는 밥을 먹으면서도 인형을 옆구리에 끼고 있었다. 영준은 아이가 틈틈이 인형을 살피고, 또 중얼중얼 말을 건네는 모습을 흘금흘금 바라보았다.

"무슨 얘길 하는 거냐?"

"이 집이 너무 조용하다고요."

아이는 더 이상 묻지 말라는 듯 새침한 표정을 지었다.

식사를 마친 다음, 아이는 샤워를 하고 싶다고 했다. 지은은 보일러의 스위치를 올리고, 혹시나 싶어 커다란 들통에도 물을 끓였다. 욕조 한가득 물을 받자, 아이는 인형과 함께 옷을 벗고 그 안으로 퐁당 들어갔다. 아이의 젖은 머리칼이 물 위에 둥둥

떠다녔다. 샤워하는 것을 도와줄까 물었지만, 아이는 고개를 가로저었다.

욕실 문을 닫고 나오자, 영준은 여전히 식탁의자에 앉아 있었다.

"재 말이야, 정상이 아니군."

"그런 식으로 말하지 마."

지은은 영준에게 말했다.

"그냥 어린애일 뿐이야."

그것은 그날 들어 그들이 처음 나눈 대화였다. 잠시 후, 아이는 욕실 문 밖으로 빼꼼히 고개를 내밀었다.

"왜, 물이 차갑니?"

"아뇨, 근데 천장에서 물이 떨어져요."

영준은 욕설을 중얼거리며 욕실로 달려들어갔다. 천장 합판 사이로 정말 물이 뚝뚝 새고 있었다. 그는 관리사무소로 전화를 걸어보더니, 연락이 되지 않자 관리자를 직접 찾아가겠노라고 자리에서 일어났다. 지은은 그를 말리지 않았다.

영준이 집을 나간 뒤, 지은은 방에서 드라이기를 가지고 나왔다.

"머리카락 말려줄까?"

아이는 순순히 지은 앞에 와서 앉았다. 그녀가 아이의 머리카락을 말리는 동안 아이는 인형의 몸을 수건으로 꼭 싸안고 있었다. 아이의 미리카락은 솜털 같았다. 머리카락이 다 마른 후에도 지은은 좀더 그 애의 머리를 만지고 싶었다. 아이는 벌떡 일어나, 인형에게 우유를 먹여야 한다고 달려갔다.

아이는 인형에게 우유를 다 먹이고 기저귀를 갈아준 뒤, 잠옷으로 갈아입혔다. 지은은 손님방의 침대맡에 작은 스탠드를 켜주었다.

“혹시 무서우면 잠들 때까지 같이 있어줄게.”

“에밀리가 있으니까 괜찮아요.”

아이는 인형을 품에 꼭 안고, 눈을 감았다. 지은은 손님방의 문을 살짝 열어두고 그 방에서 나왔다.

그날 밤, 지은은 잠결에 영준이 집에 돌아온 것을 알아차렸다. 그에게서 희미하게 술냄새가 났다. 지은은 그와 되도록 몸이 닿지 않도록 벽 쪽으로 몸을 구부렸다. 영준에게서 피식, 공기 빠지는 소리가 들렸다. 그가 그녀를 비웃는 것인지, 그저 숨을 내쉬는 것인지는 알 수 없었다.

다음 날 아침 지은이 일어났을 때, 영준은 이미 회사로 나가고 없었다. 테헤란로의 사무실까지는 버스로 두 시간이 넘게 걸리는 거리였다. 당초에 도로가 뚫리면 시간을 반으로 단축시킬 수 있을 거라고 했지만, 지금으로서는 다른 길이 없었다. 지은은 침대 옆 협탁에 영준이 남긴 짧은 메모를 발견했다.

〈관리사무소에 욕실 천장 수리 문의할 것〉

서로에게 메모를 남기는 것은 그들의 오랜 습관이었다. 예전에 출퇴근 시간이 안 맞아 종일 마주칠 수가 없으면, 장난스러운 말을 적은 포스트잇을 남겨두곤 했던 것이다. 외설스러운 농담이나 우스꽝스러운 그림을 예상 못 한 장소에 재미로 붙여놓기도 했다. 그것은 전부 마음을 전하기 위한 것들이었다. 지은은 한동안 그것들을 모아두었지만 지금은 어디 두었는지도 기억할 수 없었다.

지은은 아침에 아이에게 달걀을 입힌 토스트와 야채샐러드를 만들어주었다. 아이는 음식을 잘 먹었으나, 당근과 사과를 갈아 만든 주스는 먹지 않았다. 아이는 인형을 꼭 끌어안고 인상을 찌푸렸다.

"저는 당근을 안 먹어요."

"왜?"

"색깔도 이상하고, 냄새도 이상하잖아요."

지은은 몸서리치는 아이 앞에서 주스를 치우고, 대신 우유를 한 컵 따라주었다. 아이는 우유를 한입 마시고, 해명하듯 지은에게 말했다.

"우리 엄마도 당근을 안 먹었대요."

"그래?"

"아빠가 그랬어요. 저는 전부 다 엄마를 닮았다고요."

그들 부부의 최후를 생각할 때, 그리 좋은 의도로 한 말은 아닐 터였다.

"엄마는 지금 캐나다에 있어요."

아이는 쓸쓸한 목소리로 그렇게 말했다. 지은도 몰랐던 사실이었다.

"아빠는 엄마가 이기적이고 무책임하다고 했어요. 엄마한테 본때를 보여주겠다고 아빠는 나를 자애원에 데려갔어요."

지은은 그곳이 아이가 잠시 머물렀던 고아원인 것을 알아챘다. 그때를 떠올리니 아이의 얼굴이 어두워졌다.

"나는 그렇게 많은 침대가 있는 방은 처음 봤어요."

"그래서 무서웠니?"

"부끄러웠어요."

아이는 조용한 목소리로 말했다.

"그래도 에밀리가 있어서 괜찮았어요."

지은은 아이가 꼭 끌어안은 그 낡은 인형을 내려다보았다.

"에밀리는 내 이야기를 모두 다 들어줘요. 나를 비웃지도 않고, 나한테 실망하지도 않아요. 나는 에밀리한테 숨기는 게 없어요."

아이를 차에 태워 유치원에 가는 길, 아침부터 궂었던 하늘에서 눈이 내리기 시작했다. 뒷좌석에 앉은 아이는 유리창에 손을 대고, 바깥 창에 닿았다 곧 녹아버리는 눈꽃을 바라보았다. 아이는 간간이 인형에게 뭔가를 속삭였다.

버섯 모양 지붕을 얹은 유치원 건물은 마치 난쟁이의 집 같았다. 아이는 지은에게 손을 흔들어 보인 후 선생님을 따라 들어갔지만, 표정으로 보아 그곳을 별로 좋아하지 않는 것이 분명했다. 지은은 유치원 주차장에서 앞차가 빠지기를 기다리며 잠시 앉아 있었다. 눈발이 점점 굵어지는 듯했다. 유치원 계단 위에서 제 엄마와 떨어지지 않으려고 울며 몸부림치는 남자애와, 어쩔 줄 모르고 서 있는 정장 차림의 여자가 보였다. 여자는 결국 남자애를 밀치듯 뿌리치고 계단을 뛰어내려갔다. 아이가 엄마,라고 외치는 소리가 비명처럼 들렸다.

지은이 초등학생일 때 아버지가 돌아가신 후, 그녀의 어머니는 시장에서 노인들을 상대로 옷 장사를 시작했다. 청상이 된 어머니의 무릎 위에 지은과 그녀의 남동생, 그리고 빚더미가 남겨졌다. 어머니는 매일 새벽 도매시장에 물건을 떼러 나갔는데, 그때마다 지은은 잠에서 깨어나 다시 잠을 이루지 못했다. 어머니가 돌아오지 않을까 봐 두려웠기 때문이다.

캄캄할 때 집을 나간 어머니는 해가 뜰 무렵에야 두 손 가득 무거운 짐을 들고 집으로 돌아왔다. 어머니가 집에 들어올 때 함께 묻어 들어오는 차가운 새벽 공기의 냄새, 어머니의 끙 하는 신음 소리, 그리고 사각거리며 겉옷을 벗는 소리…… 그제야 지은은 안도하며 다시 잠들 수 있었다. 지은은 그때 어머니의 나이가 지금의 자신보다 어렸다는 것을 알고 있다.

언젠가 지은은 어머니에게 무슨 생각을 하며 그 세월을 보냈느냐고 물었던 적이 있다. 어머니는 지은을 이상스럽다는 듯 바라보았다.

"생각 같은 것은 해본 적이 없다."

그것이 어머니의 대답이었다.

"너무 많은 걸 생각하지 마라. 누구나 자기 덫에 걸리는 거란다."

지은이 하혈을 계속하고 누워 있을 때도 어머니는 그렇게 말했다. 잉어와 자라를 고아 탕을 끓이는 동안 집 안에 한약재 냄새가 진동을 했다. 어머니는 성모상 앞에서 뜻 모를 말을 중얼거렸고, 지은이 설핏 잠이 들면 그녀의 머리에 축축한 손바닥을 올리고 기도했다. 지은은 그 모든 것에 넌더리를 냈다. 그때 그녀는 이유 없이 누구든 물어뜯고 싶을 정도로 화가 나 있었다. 어머니는 그 이유를 알고 있는 듯했다.

집에 돌아와 밀린 빨래를 하고 잠시 졸다 깬 지은은 유치원에 아이를 데리러 갈 시간이 다 된 것을 보고 깜짝 놀랐다. 허둥지둥 차를 몰고 눈길을 달려가보니, 아이가 문 앞에서 그녀를 기다리고 있었다. 그녀와 눈이 마주친 아이는 슬그머니 팔을 내렸다. 자세히 보니 아이는 그녀를 기다리는 게 아니라 벌을 서고 있었다. 원장이 직접 밖으로 나와 지은을 맞았다.

원장실에 들어서자, 한 손에 붕대를 감은 남자애가 시뻘게진 눈으로 씩씩거리며 지은을 올려다보았다. 아침에 제 엄마에게 매달려 울던 남자애였다. 원장의 설명에 따르면 반 아이들이 다 같이 눈사람을 만들던 도중 남자애가 채린의 인형을 빼앗아갔고, 화가 난 채린이 남자애 손을 깨물어버렸다고 했다.

원장은 우선 보호자들끼리 합의를 봐야 한다면서 남자애의 어머니에게 전화를 걸어, 지은을 바꿔주었다. 남자애의 어머니는 아이가 다쳤다는 말에 화들짝 놀랐지만, 상처가 깊지 않은 것에 금세 안도했다. 여자는 지친 한숨을 내쉬며 앞으로 주의시켜달라는 이야기만 하고 전화를 끊었다. 원장은 일이 이쯤에서 마무리된 것이 다행이라고 말했다. 남자애는 코를 훌쩍거리며 선생님을 따라 반으로 돌아갔다. 남자애는 야간반이라, 밤 10시나 되어야 집에 돌아간다고 했다.

"할머님께도 말씀드렸지만, 그 인형이 채린이에게 별로 좋지 않은 영향을 주고 있어요. 원생들에게도 교육적으로 별로 좋지 않고요."

원장은 지은에게 딱딱한 말투로 이야기했다.

"이번에는 잘 넘어갔지만, 저희로서는 이런 일이 또 일어나지 않을 거라고 장담할 수 없어요."

지은은 원장에게 혼나는 학생이 된 것처럼 고개를 숙였다.

"채린이를 인형과 떼어놓지 않으시면 앞으로 유치원 생활이 어려울 거예요."

원장은 그것이 마지막 통보라고 말했다.

차에 타고서, 아이는 내내 말이 없었다. 지은은 백미러를 보고, 뒷좌석에 앉은 아이에게 물었다.

"벌서면서 춥지 않았니."

"걔한테 그러지 말라고 했어요."

아이는 기어들어가는 목소리로 말했다.

"그러지 말라고, 눈이 너무 차가우니까 에밀리 입에 넣지 말라고요. 그애는 에밀리를 붙잡고 미친 사람처럼 흔들어댔어요. 그리고 눈밭에 파묻으려고 했어요. 나는 그애를 말렸어요. 그런데 내 말을 듣지 않았어요."

아이는 두려운 표정으로 지은을 바라보았다.

"할머니한테 이 얘기를 할 거죠?"

"어쨌든 결국엔 알게 되실 거야."

"할머니는 에밀리를 버리라고 할 거예요."

지은은 아무 대답도 하지 않았다. 아이는 인형을 꼭 끌어안고, 고개를 깊이 파묻었다.

영준은 그날 밤 늦게 집에 돌아왔다. 종일 내린 눈으로 도로가 꽉 막혀, 만원 버스 안에서 세 시간을 서 있었다고 했다. 그는 지친 얼굴로 라면을 한 개 끓여달라고 했다.

라면이 다 익을 때까지 소파에 누워 있던 그는 지은이 부르자 비척비척 식탁에 와 앉았다. 아이는 저녁을 먹는 둥 마는 둥 하고, 일찌감치 방에 들어가서는 기척이 없었다.

"욕실 천장은 어떻게 해준대?"

라면을 한 젓가락 먹기도 전에 영준은 지은에게 물었다. 지은은 멍한 표정으로 영준을 바라보았다.

"미안해…… 깜빡 잊어버렸어."

"깜빡 잊어버렸다고?"

영준은 믿기지 않는다는 듯 지은을 보더니, 젓가락을 도로 식탁 위에 내려놓았다.

"내가 분명히 메모 남겼잖아."

그는 순식간에 식욕을 잃은 듯 얼굴을 일그러뜨렸다.

"내가 그 쥐새끼 같은 놈들 때문에 얼마나 똥줄이 타는지 모르는 거야? 퇴근하면 한밤중이라 도무지 그 새끼들을 잡을 수가 없다고. 당신한테 뭐 대단한 걸 부탁한 게 아니잖아. 말 한마디만 해주면 되는 거야. 그런데 고작 그것도 못 해?"

지은은 손님방의 문이 조금 열렸다가 금세 다시 닫히는 것을 보았다.

"미안해. 내일은 꼭 가서 이야기할게."

"내일은 토요일이야."

영준은 이를 갈듯 말했다.

"당신은 날짜가 어떻게 가는지도 모르는군. 그래, 당신은 관심 없다, 상관없다 이거지? 처음부터 내가 저지른 일이니까."

지은은 아무 말도 없이 퉁퉁 불어가는 라면을 바라보기만 했다. 영준은 주먹으로 식탁을 쾅, 소리가 나도록 내리쳤다. 라면 그릇에서 뜨거운 국물이 흘러넘쳤다.

"당신은 이 모든 게 내 책임이라고 생각하지?"

영준은 거칠게 숨을 몰아쉬었다.

"그래서 내가 미친놈처럼 날뛰는 걸 구경하면서 즐기고 있는 거야."

"마음대로 이야기해."

지은은 영준과 눈도 마주치지 않고 그렇게 말했다. 영준은 의자를 거칠게 밀고 자리에서 일어났다. 영준이 집을 나간 후, 거실에는 적막이 흘렀다.

지은이 아이의 방에 간 것은 자정이 조금 넘은 때였다. 아이의 방은 그때까지 불이 켜져 있었다. 그녀는 아이가 그들로 인해 잠에서 깼을 거라고 짐작했다. 방에 들어서자, 아이가 걱정스러운 얼굴로 그녀를 돌아보았다.

"에밀리가 아파요."

아이의 인형은 수십 장의 낡은 수건을 수북하게 덮고 있었다. 그것을 찾기 위해 이삿짐 상자를 풀어헤친 듯, 그녀의 살림살이가 바닥에 나뒹굴고 있었다. 지은은 바닥에 흩어진 그녀의 너덜너덜한 브래지어, 영준의 늘어난 티셔츠, 조금씩 남은 화장품들, 철 지난 잡지, 그리고 새하얀 아기 손싸개를 주워 올렸다. 그것들은 버릴 수도, 가지고 있을 수도 없는 물건들이라 이사한 뒤 상자 안에서 꺼내지도 않던 것들이었다.

"짐을 뒤져서 죄송해요. 이불을 찾을 수가 없었어요."

"그래, 괜찮아."

"죽는 건 아니겠죠?"

아이는 눈물을 줄줄 흘리며 지은을 바라보았다. 인형의 울음소리는 전에 들었던 것보다 확실히 약해져 있었다. 그것은 이제 확연히 기계음과 뒤섞여 늘어지는 벨 소리처럼 들렸다. 지은은 조심스럽게 수건을 젖히고, 인형을 꺼내 살펴보았지만, 뭘 어떻게 손대야 할지 알 수 없었다. 인형의 관절을 연결하는 목과 어깨, 팔, 다리 부위가 형편없이 헐거워진 것을 느낄 수 있었다. 아마도 낮에 남자애가 인형을 붙잡고 흔들어댄 탓에 내부장치에 문제가 생긴 모양이었다.

아이는 인형을 껴안고, 우는 아기를 달래듯 등을 쓸어내렸다. 하지만 시간이 지나도 차도가 보이지 않았다. 인형은 더 이상 우유를 먹지도, 기저귀를 적시지도 못했다.

지은과 아이는 밤새 인형의 곁을 지켰다. 하지만 해가 뜰 무렵에는 에밀리의 죽음을 인정할 수밖에 없었다. 아이가 인형의 몸을 마사지하듯 만지는 도중, 머리와 몸통을 연결시키는 줄이 그만 끊어져버린 것이었다. 목이 떨어져나간 인형의 텅 빈 몸속이 훤히 들여다보였다. 아이는 낮은 신음을 내뱉으며 눈을 질끈 감았다. 지은은 보자기를 가져와서, 인형을 꽁꽁 싸맸다. 매듭을 지어놓고 보니, 그것은 정말 아기의 몸을 싼 것 같았다.

인형을 땅에 묻어줘야 한다는 건 아이의 의견이었다.

"그래야 내가 에밀리를 기억할 수 있으니까요."

밤새 잠을 못 자고 빨갛게 충혈된 눈으로 아이는 말했다.

"할머니는 에밀리를 그냥 쓰레기통에 버리고 말 거예요."

지은은 아이의 말을 거절할 수 없었다. 그녀는 집 안을 돌아다니면서 급한 대로 필요한 것들을 챙겼다. 작은 꽃삽과 큰 삽, 뜨거운 물을 담은 보온병, 장갑. 그리고 더 필요한 것이 없을까 주변을 둘러봤을 때 새하얀 아기 손싸개가 그녀의 눈에 들어왔다. 그녀는 충동적으로 그것을 주머니에 챙겨 넣었다. 2년 만에 처음으로 그녀는 가슴이 뛰는 것을 느꼈다.

그들이 밖으로 나왔을 때는 사방이 희부옇게 변하고 있었다. 지은은 아이의 손을 더듬어 잡았다. 그들은 아파트 뒤뜰의 편평한 땅 위로 자리를 잡고, 각자 자신의 삽을 들고 땅을 파기 시작했다. 하지만 땅이 온통 얼어붙어 삽이 들어가지 않았다. 뜨거운 물을 붓고 또 한참을 기다려서야 겨우 인형을 묻을 만큼 작은 구덩이를 팔 수 있었다. 지은은 그 안에 보자기에 싼 인형과 새하얀 아기 손싸개를 내려놓았다. 아이는 손싸개에 대해 무엇도 묻지 않았다. 일을 마쳤을 무렵에는 완전히 주위가 밝아져 있었고, 아이는 배가 고프다고 했다. 지은은 집에 돌아와 자신을 위해 커피를 끓이고, 아이의 우유를 따뜻하게 데웠다. 그녀는 부엌 창문 앞에 서서 밖을 바라보았다. 몸이 떨렸지만, 추위 때문은 아니었다.

따뜻하게 데운 우유를 가지고 갔을 때, 아이는 잠들어 있었다. 지은은 아이를 깨워 우유를 먹일까 하다가, 그만두고 이불을 덮어주었다. 잠시 그애를 내려다보다가, 지은 역시 그 옆에서 잠이 들었다.

그날 오후, 지은의 시부모님은 약속대로 아이를 데리러 왔다. 지은과 아이는 정오가 넘어서 잠에서 깼는데, 영준은 그때까지도 들어오지 않은 듯했다. 지은은 영준이 근무 때문에 회사에 갔다고 거짓말했다.

"너무 과로하지 말고 쉬엄쉬엄하라고 해라."

검은색 양장을 입은 시부모님은 이틀간의 여독으로 지친 모습이었고, 아이를 데리고 빨리 집으로 돌아가고 싶어 했다. 지은이 찻물을 끓이려 하는 것을 마다하고, 시어머니는 직접 아이의 짐을 챙겼다. 아이는 처음 집에 온 날 입었던 옷을 입고 나왔다. 시어머니가 아이를 훑어보더니, 의아한 표정으로 인형은 어디 있느냐고 물었다.

"여기 두고 가기로 했어요."

"그래? 정말?"

시어머니의 표정이 대번에 밝아졌다. 그녀는 아이의 인형 때문에 골머리를 썩는 자신을 위해 지은이 문제를 지혜롭게 해결한 것으로 이해했다. 그녀는 지은에게 고맙다는 뜻으로 미소를 지었다. 지은은 아무 내색도 하지 않았다.

"자, 이제 큰어머니한테 인사드려야지."

아이는 공손히 두 손을 모으고 지은에게 허리 숙여 인사했다. 지은은 오래전 어머니가 자신에게 그랬던 것처럼 아이의 머리 위에 손을 올렸다. 하지만 그녀는 기도를 할 줄 몰랐다. 그들이 차를 타고 떠난 뒤, 다시 눈이 내리기 시작했다. 지은은 홀로 집으로 돌아왔다. 아이는 겨우 사흘 머물렀을 뿐인데, 집이 텅 빈 것처럼 느껴졌다.

늦은 저녁, 집에 돌아온 영준은 지은에게 당분간 회사 기숙사에서 지내겠다고 말했다. 아직도 밖에 눈이 내리고 있는지, 그의 머리칼이 젖어 있었다. 영준은 겉옷도 벗지 않고 서서, 지은을 내려다보았다.

"우리가 왜 이렇게 된 건지 생각해봤어…… 그런데 밤을 새우고 생각해봐도 모르겠어…… 아마도 내 잘못이겠지."

영준은 머리카락에서 물을 뚝뚝 떨어뜨리면서 말했다.

"당신은 나를 증오하고 있어. 이렇게 지낸다는 건 서로에게 고문이야. 잠시 떨어져 생각할 시간을 갖는 게 좋을 거야."

지은은 고개를 끄덕였다.

"당신도 동의한다는 뜻인가?"

지은은 아무 말도 하지 않았다. 영준은 장롱을 열고, 여행용 가방에 당분간 지낼 짐을 꾸렸다. 쪼그려 앉아 낡은 스웨터를 몇 장 골라 담고 있는 그의 등을 보며, 지은은 조용히 서 있었다.

그가 집을 나가기 전에, 그들은 잠시 소파에 나란히 앉아 커피를 마셨다. 그들은 버스를 기다리고 있는 사람들처럼 어색하게 침묵했다. 먼저 말을 꺼낸 사람은 지은이었다.

"당신에게 하고 싶은 얘기가 있어."

그녀는 그에게 세상에 존재하지 않는 그들의 아기에 대해 이야기했다. 그 이야기는 오래전 그들이 비밀로 묻어두었던 것이었다. 영준의 얼굴이 미세하게 떨렸다. 지은은 잠시 그를 연민이 담긴 눈빛으로 바라보았다.

"이제 와서 당신을 탓하려는 건 아니야. 우리 둘이서 같이 결정한 일이잖아. 당신의 말이 아니었어도, 나는 똑같이 처리했을 거야. 그땐 일을 그만두면 곧 죽는 줄 알았으니까. 아이는 나중에 가질 수도 있지만, 아파트는 우리 눈앞에서 당장 사라질 것처럼 보였잖아. 곧 엄마가 죽어서 돈을 남겨줄지도 몰랐고."

지은은 잠시 말을 멈추었다. 영준은 굳은 돌처럼 꼼짝도 하지 않고 그녀의 말을 들었다.

테스트기로 임신을 확인한 후에, 그들은 최대한 빨리 아이를 없애기로 합의했다. 아직 신체기관이 생기기 전에, 강낭콩이나 버섯처럼 보일 때 긁어내버리려고 했다. 하지만 그 무렵 지은은 좀처럼 시간을 내기 쉽지 않았다. 당시는 모의고사 기간이라 새벽부터 자정까지 학원에 매달려 있어야 했다. 낮에는 10분, 20분도 마음대로 움직일 수가 없는 형편이었다. 조바심을 내는 영준에게는 벌써 잘 처리했다고 거짓말했지만, 지은은 꽉 채운 3개월 차까지도 태아를 배 속에 넣어 다녔다. 그렇다고 그녀가 아이에게 무슨 미련을 가지고 있었던 것은 아니었다. 그녀는 매일 소파 수술에 대해서 생각했다. 수술이 짧을까 길까, 아기를 어떤 식으로 토막 내는 걸까, 아기 울음소리가 들린다던데 그게 정말일까. 어쨌든 그녀에겐 그 모든 과정이 공포스럽기만 했고, 버튼을 누르는 식으로 처리할 수 있다면 얼마나 좋을까 생각했다. 영준은 다 끝난 일로만 알고 있었고, 임신 초기 부풀어 올랐던 아내의 유방이 꺼지지 않는 것에 은밀하게 즐거워했다.

뒤늦게 병원에 갔을 때, 의사는 지은을 초음파 의자에 앉혔다. 먼저 임신 사실을 확인하기 위해서였다. 그녀는 화면을 보지 않으려고 했지만, 눈길이 가는 걸 어쩔 수 없었다. 아기는 몸을 웅크리고, 꽉 쥔 두 주먹을 눈두덩이에 대고 있었다. 꼭 끔찍한 소식을 들은 사람 같았다. 동그란 머리통이 아주 매끈해 보였다. 지은은 더 볼 수가 없어서 고개를 돌렸고, 의사는 한참 더 화면을 들여다보더니, 고개를 갸웃거렸다. 심장 소리도 안 들리고, 아기도 움직이지 않는다는 것이었다.

더 이상 어찌할 것도 없이, 아기는 숨을 거둔 후였다. 의사는 그런 일이 종종 있다고 했다. 죽은 아기를 제거하는 수술을 받고, 지은은 곧바로 학원으로 돌아갔다. 그런데 무슨 이유엔지 하혈이 계속됐다. 지은의 어머니가 그들의 집으로 왔고, 어머니를 본 순간 그녀는 자기도 모르게 눈물을 흘렸다. 그녀는 자신이 왜 우는지 알 수 없었다. 원치 않는 아이는 저절로 처리되었다. 잘된 일이 아닌가. 그럼에도 눈물이 멈추지 않았다.

몸을 추스른 후, 그녀는 곧장 다시 일을 하러 나갔다. 학원 근처 상가에 있는 아기용품 매장에 들어간 그녀는 새하얀 무명

천으로 만들어진 아기 손싸개를 샀다. 그녀는 그것을 영원히 그녀만의 비밀로 남겨둘 참이었다.

"당신에게 거짓말한 것이 있어."

당시 수술을 해준 의사는 그녀가 아주 건강하며, 아기는 언제든 다시 가질 수 있을 거라고 했다. 하지만 그녀는 영준에게 소파 수술 도중 문제가 생겨 그들이 다시는 아기를 가질 수 없게 되었다고 말했다. 영준은 괜찮다고 말했지만, 며칠 동안 늦은 밤까지 잠을 이루지 못했다. 지은은 그런 그를 말없이 지켜보기만 했다.

"왜 나를 속였지?"

영준은 낮은 목소리로 물었다.

"당신도 나같이 고통받기를 바랐어."

지은은 그의 눈빛이 그녀에 대한 미움으로 차오르는 것을 보았다.

"이제 와서 이야기하는 이유는 뭐야?"

지은은 다시 입을 다물었다. 그들 사이에 무거운 침묵이 흘렀다. 갑자기 숨이 막힐 듯 답답함을 느낀 지은은 자리에서 일어나, 창문을 활짝 열었다. 바깥의 차가운 바람이 방 안으로 밀려 들어왔다. 그녀는 눈으로 뒤덮인 바깥 풍경을 말없이 바라보았다. 사방이 새하얀 벌판 같았다. 언젠가 지은은 영준과 손을 잡고 저 땅 위를 걸었다. 그때로부터 너무 많은 시간이 지난 것 같았다. 지은은 영준에게 묻고 싶었다. 얼어붙은 땅이 다시

녹기까지는 얼마나 많은 시간이 걸리는지, 그 속에서는 어떤 일이 일어나는지, 그것이 삶인지, 죽음인지, 긴 잠인지, 아니면 곧 깨져버릴 꿈인지.

러브레터

집은 비어 있다. 몇 번이나 초인종을 눌러봐도, 안에서는 아무 소리도 들리지 않는다. 나는 주먹으로 두어 번 문을 두드려 본 후, 계단 밑에 있는 산세비에리아 화분을 들어 올린다. 열쇠는 그곳에 있다. 철컥, 하는 소리와 함께 자물쇠가 풀린다. 열쇠를 제자리에 밀어 넣고, 나는 재빨리 집 안으로 들어간다. 퀴퀴한 냄새와 어둠이 밀려든다.

벽을 더듬어 스위치를 켠다. 형광등은 힘없이 깜빡이다가 뒤늦게 주위를 밝힌다. 서랍장, 텔레비전, 좌식 테이블, 방을 절반이나 차지하는 침대까지 달라진 것은 하나도 없다.

한낮에도 햇볕 한 줌 들지 않는 이 지하방에서 나는 꽤나 많은 시간을 보냈다. 미로가 출근한 뒤 홀로 고요 속에서 잠을 깨고, 창문 밖으로 지나가는 사람들의 발을 구경하고, 해가 저물도록 그녀가 돌아오기를 기다리던 것이 까마득한 옛날의 일 같다. 겨우내 나는 이곳에서 추위를 피하고 언 몸을 녹였다. 오직 이곳에 미로가 있었기 때문이다.

미로와 헤어진 것은 1년 전의 일이다.

"너를 만난 것을 후회해."

마지막에 그녀는 아무 감정도 실리지 않은 목소리로 내게 말했다. 나는 시선을 피했고, 그녀는 자리에서 일어났다. 그녀는 테이블 위의 물컵을 들어 올렸다. 그것을 내게 던지려나 싶었는데 그러지는 않았고, 천천히 허공에서 거꾸로 뒤집었다. 테이블 위로 물이 떨어지면서 내게 조금 튀었다. 그녀는 컵 속의 물을 다 쏟아내고는, 돌아서서 카페를 나갔다. 그것이 그녀의 마지막 모습이었다.

오전 10시, 미로가 돌아오기까지 대략 아홉 시간이 남았다. 택배사 직원이 언제 도착할지는 알 수 없다. 나는 언제든지 그를 맞으러 나갈 수 있도록 겉옷도 벗지 않고 침대 위에 앉는다. 이 모습을 본다면 미로는 아마 얼굴이 벌게져서 화를 낼 것이다.

미로는 방 안을 정리하는 데 별로 신경 쓰지 않았고, 청소 상태도 썩 깨끗하지 않았지만 침대만큼은 성역을 지키듯 관리했다. 외출했던 옷을 입고 그 위에 앉지 못하게 하는 것은 물론,

몸을 씻지 않으면 시트 안에 들어가지도 못하게 했다. 그녀의 유일한 사치는 좋은 이불과 베개를 사들이는 것이었다. 그녀는 퇴근 후, 뜨거운 물로 씻고 나와 깨끗한 이불을 덮고 누우면 죽어서 천국에 간 기분이라고 말하곤 했다. 그것이 그녀의 두 가지 소망이었다. 고통 없이 죽는 것과 천국에 가는 것.

나는 대학로의 한 술집에서 미로를 처음 만났다. 연극 연출을 하는 친구의 초대를 받아 공연을 보러 갔다가, 극단 사람들과 동석한 자리였다. 체호프의 단막극을 각색한 작품이었는데, 배우들의 연기가 지루하게 늘어졌고 주제가 변형되어 각색 자체의 의미가 사라진 듯했지만 아무도 그런 것을 문제 삼지 않았다. 친구와 동료들은 무척 즐거워 보였다.

그날은 나의 서른세번째 생일이었다. 늦은 아침 어머니의 전화를 받고 일어난 것 말고는 별다른 일이 없는 하루였다. 식빵을 구워 먹고, 세탁기를 돌리고, 탁자에 앉아 글을 써보려고 했지만 잘 되지 않았다. 그 무렵 나는 문장을 만드는 데 어려움을 겪고 있었다. 백지를 보면 머릿속이 하얘지면서 아무 생각도 나지 않았다. 마치 눈에 보이지 않는 턱에 걸린 것처럼 앞으로 나아갈 수도 뒤로 물러설 수도 없었다.

친구와 극단 사람들이 체호프에 대한 열망을 토로하고 있을 때, 나는 찬찬히 술집 안의 사람들을 둘러보았다. 앞으로 글을 쓰지 못한다면, 무슨 일을 할 수 있을까 생각하고 있었다. 이 술집에 있는 사람들 대개가 직업을 가지고 있을 것이다. 그중

한 가지를 고르면 되는 것이다. 그때, 나와 같은 표정으로 딴청을 피우는 젊은 여자와 눈이 마주쳤다.

여자는 작업복을 입은 오십대의 남자들과 한 테이블에 앉아 있었다. 얼핏 작은 회사의 회식 자리 같은 분위기였다. 여자는 넌더리가 난다는 표정이었지만, 그러면서도 옆에서 권하는 술을 순순히 다 받아 마셨다. 나와 눈이 마주쳤을 때, 여자는 영문 모를 미소를 지었다. 어쩌면 여자는 나를 이해하는 것 같았다. 여자는 허리를 꼿꼿이 세웠고, 먼저 시선을 피하지 않았다. 그녀가 바로 미로였다.

하지만 그게 시작은 아니었다. 시작은 그날 우리가 집으로 돌아가는 길 지하철 역사에서 다시 만나면서부터였다고 이야기해야 할 것이다. 눈을 감고 벤치에 앉아 있는 나를 그녀가 흔들어 깨우면서부터, 내가 긴 잠에서 깨어난 듯 그녀를 알아본 그 순간부터, 우리가 함께 일어나 걸음을 옮기면서부터라고. 미로는 나를 길에서 주웠다고 말하기를 좋아했다. 가끔은 눈을 크게 뜨고 하늘 대신 땅을 바라봐야 할 이유가 있다고 으스대며 내 목을 끌어안았다.

빠르게 계단을 내려오는 발소리에 나는 문 쪽을 바라본다. 뭐라고 중얼거리는 중년 여자의 목소리, 카악, 침을 뱉는 소리가 가까이서 들린다. 잠시 후, 종이 한 장이 현관 문 밑 틈으로 날아 들어온다. 여자는 다시 계단을 올라가고, 나는 현관으로 나가서 종이를 들여다본다.

〈수도세 두 달 연체—12,000원, 세 달 연체 시 물 끊음.〉

3층에 사는 주인집 여자의 메모다. 총 열두 가구가 모여 사는 이 건물의 관리자이자 감시자인 그 오십대의 여자는 한 달에 한 번 이렇게 직접 수도세를 받으러 다녔다. 생쥐처럼 작고 재빠른 여자였다. 나 역시 두어 번 그 여자와 마주친 적이 있다. 늘 건물 주변을 배회하고 있으니, 감시망을 피할 길이 없었다.

"이 집에서 일주일에 며칠이나 자고 가는 거죠?"

여자는 마치 어딘가에서 쭉 나를 주시하고 있던 것처럼 물었다.

"사흘에 한 번 꼴인가요? 아니면 나흘에 한 번?"

내가 대답을 못 하고 머뭇거리자, 여자는 사흘에 한 번이라고 메모를 한 뒤 그다음부터 수도세를 20퍼센트 높여 책정했다.

사실대로 말하면, 나는 거의 매일 이 집에 드나들다시피 했다. 당시 나는 너무나 무료했던 것이다. 미로는 길 잃은 개처럼 찾아오는 나를 언제나 받아주었다. 그녀는 스물다섯 살이었지만, 도리어 나를 동생처럼 대했다. 금방 지은 밥을 수북이 퍼서 계란프라이를 얹어 주었고, 텔레비전을 마음껏 볼 수 있도록 허락해주었다.

미로는 전구 소켓을 만드는 회사에서 비서로 일하고 있었다. 말만 비서지, 공장 관리에 사무실 청소까지 갖은 일을 도맡아 하는 듯했다. 부천의 공단 지역에 있는 그 회사는 전 직원이 토요일까지 나와 일을 했고, 그녀 역시 예외는 없었다. 전화를 걸면 언제나 쾅쾅, 프레스 기계가 내려앉는 소리가 들렸다. 그렇게 일을 해서 번 돈은 어딘지 모르는 구멍으로 흘러 들어가는 듯했다. 아픈 가족이 있거나, 벗어날 수 없는 빚이 있었는지도 모른다. 나는 그렇게 추측하고 있었다.

미로는 아주 적은 돈으로도 생활을 꾸려나갈 수 있었고, 그 방면으로는 아주 도통한 사람처럼 보였다. 이를테면, 그녀는 용돈을 벌기 위해 공장의 아주머니들에게 일감을 얻어 왔다. 부업으로 소켓을 조립하는 것이었다. 작은 레고 조각처럼 생긴 소켓을 조립하는 데 한 개에 15원씩 받는다고 했다. 나 역시 한두 번 재미 삼아 그녀를 거들어본 적이 있다. 한 시간 동안 백 개를 조립한다고 해도 1,500원이라는 계산에 머리를 절레절레 흔들었다.

"뭘 그래, 재미로 하는 건데."

미로는 그런 내가 우습다는 듯 말했다. 아니야, 재미라는 건 그런 게 아니야,라고 나는 말하지 않았다. 그녀는 지금껏 내가 알던 세계의 사람들과는 너무나 달랐다. 그녀도 그 사실을 알고 있었을까? 우리가 대화할 때 이야기를 하는 사람은 주로 그녀였다. 나는 그녀를 바라보았고, 숭배하듯 손에 입을 맞추었다. 그녀는 그런 순간을 진심으로 즐겼다.

미로는 키가 크고, 가슴과 엉덩이가 납작하고, 허리가 길었다. 옆으로 서면 종잇장처럼 가느다란 여자였다. 나는 그녀의 명치 한가운데 볼록 솟아난 동그란 뼈를 좋아했다. 슬픈 일이 있을 때마다 조금씩 솟아오른 뼈라고 했다. 내가 그 뼈를 만지면 그녀는 무척 부끄러워했다. 우리는 서로의 발가벗은 몸을 마음껏 바라보았고, 가슴을 짓누르다시피 끌어안았고, 발끝을 대고 잠들었다. 그 전의 삶은 사라졌고, 기억나지 않았다.

좁은 골목에 화물차가 들어오는 소리가 들릴 때마다 나는 긴장을 억누르지 못하고 자리에서 일어난다. 하지만 기사들은 이내 물건을 다 전달하고 차를 돌려 사라진다. 내 차례는 언제쯤 돌아올지 기약이 없다. 택배사에서는 오늘 화물이 도착한다는 말뿐, 택배 기사의 이름과 연락처는 알려줄 수 없다고 했다. 수신자가 아니라는 까닭이었다. 수신자는 미로였다. 하지만 미로는 아무것도 모르고 있다.

나는 미로의 방을 서성이며 구석구석 살펴본다. 이럴 계획은 아니었지만, 어차피 할 일도 없고 지루하기도 하다. 3단 서랍장의 맨 아래 칸에는 눈에 익은 팬티와 브래지어가 가지런히 놓여 있다. 그 위 칸에는 뱀처럼 엉켜 있는 스타킹과 털이 복슬복슬한 수면 양말, 새하얀 발목 양말, 또 나의 짙은 회색 양말이 들어 있다. 아니, 원래 나의 양말이었지만 그녀가 신고 다니다가 자신의 양말로 삼은 것이다. 나는 그것에 무슨 의미가 있는 것인지 잠시 생각해보다가 그만둔다.

서랍장 위의 나무 보석함 속에는 큐빅 귀걸이와 목걸이 들이

가지런히 놓여 있다. 전부 아이들의 장난감처럼 조악한 모조 보석이다. 그녀는 몇 안 되는 액세서리를 무척 소중히 다뤘고, 아침마다 거울을 보며 번갈아 착용해보곤 했다. 나는 그녀에게 보석을 선물해준 적이 한 번도 없다.

좁은 집을 다 둘러보아도, 담요는 눈에 뜨이지 않는다. 보풀이 많이 일어난 폴리에스테르 재질의 체크무늬 담요. 그녀는 그것을 버렸을 수도 있고, 또 다른 장소에 두었을 수도 있다. 헤어지고 나서 그녀가 내게 돌려달라고 요구했던 유일한 물건이 바로 그 담요였다. 그 담요는 한동안 내 차의 보조석에 있었다.

미로는 나의 차를 타고 한밤중에 시내를 돌아다니는 것을 좋아했다. 한때 우리는 캄캄하고 텅 빈 도로를 목적지도 없이 달렸고, 라디오 채널을 정신없이 바꿔가며 제목도 모르는 음악을 들었다. 입장 시간이 지난 고궁과 성벽, 가로등 불이 꺼진 야외 공원, 미술관, 동물원 앞에 차를 세우고, 굳게 닫힌 문 앞에서 발을 동동 구르며 웃었다.

겨울밤이라 입술이 덜덜 떨리게 추울 때가 많았다. 그녀가 가져온 낡은 담요는 아기일 때부터 사용한 것이라고 했다. 첫눈이 내린 날, 우리는 그 담요를 덮고 차에서 잠이 들었다. 깨어났을 때, 창문에는 하얗게 서리가 끼어 있었다. 세상은 온통 새하얀 눈밭이었다. 그녀는 아무도 밟지 않은 눈 위를 걸어가며 기쁨의 탄성을 질렀다.

우리는 사진을 단 한 장도 찍지 않았고, 기록에 남지 않는 나

날을 함께 보냈다. 미로는 매일 아침 7시에 출근해서 꼬박 열두 시간을 일했는데, 퇴근해서 나를 만나러 올 때는 거의 녹초가 되었다. 가끔은 저녁을 먹기 전에 잠시 눈을 붙여야 할 정도였다. 눈을 떴을 때 내가 있으면 무척이나 행복해했고, 맛있는 음식을 먹을 때면 한순간 불이 켜지듯 생기가 돌았다.

미로가 나의 일을 어디까지 이해하고 있었는지 나는 아무것도 모른다. 언젠가 미로는 죽어도 자신이 쓴 책이 남는다고 생각하면 어떤 기분이 드는지 물었다. 나는 웃으며, 내 책이 그때까지 살아남을 거라는 생각은 한 번도 해본 적이 없다고 대답했다. 왜, 지구의 종말까지 살아남은 단 한 권의 책이 될 수도 있잖아,라고 그녀는 말했다. 미로는 사뭇 진지한 표정이었고, 어쨌든 그녀는 내 책을 한 권도 읽지 않았는데, 그 사실이 도리어 위안이 되었던 것을 기억한다.

12월에는 이러저러한 모임이 많았고, 나는 친구들의 출간 파티에 미로를 데리고 갔다. 친구들은 그녀를 흥미롭게 바라보았고, 왠지 어색해하는 우리를 기꺼이 받아들였다. 그녀는 친구들의 책에 사인을 받았다. 책을 무릎 위에 올려놓고 몇 번씩 책날개를 열어보기도 했다. 그녀는 누구의 말이든 귀를 기울여 경청했지만, 대화에 끼어들지는 않았다.

친구들과 나는 책에 대한 이야기는 하지 않았다. 그런 이야기가 어떤 식으로든 화를 부른다는 것을 익히 잘 알고 있었다. 다들 이르게 작가가 된 치들이었고, 자기 자신에 대한 터무니 없는 환상을 가지고 있었다. 누군가 무슨 이야기를 하면 곧잘 고개를 끄덕이면서도, 속으로는 다른 생각을 했다. 미로는 모임 내내 한마디도 하지 않으면서, 나와 눈이 마주치면 빙그레 웃기만 했다. 친구들은 그런 우리를 보며 휘파람을 불었다.

장소를 옮긴 후, 친구들은 미로에게 노래를 요청했다. 그녀는 두어 번 거절하다가 마지못해 마이크를 들었다. 그녀는 철 지난 여가수의 노래를 불렀다. 아무도 그 노래를 몰랐고, 그녀에게 관심을 기울이지 않았다. 노래를 할 때 그녀의 목소리는 좀더 허스키해졌다. 푸른 미러볼이 반짝이는 무대 위에 서 있는 미로를 나는 멀리서 바라보았다. 검정색 니트 원피스를 입은 그녀는 키가 무척 커 보였다. 화장기가 거의 없는 길쭉한 얼굴에 짙은 눈썹, 가로로 길게 찢어진 눈. 그녀는 낯선 사람처럼 보였고, 사실 그랬다.

그날, 나는 미로의 집으로 가는 대신 지하철역까지만 바래다주었다. 친구들끼리 좀더 마실 거라고 거짓말을 했다. 좋은 사람들 같아,라고 그녀는 말했다. 나는 웃으며 그래 맞아,라고 대답했다. 지하철이 도착했고, 그녀는 내게 손을 흔들어 보였다. 계단을 빠르게 올라가면서 나는 금세 그녀를 잊어버렸다. 집에 돌아가서 차가운 물을 한 잔 마시고 글을 써보려고 했지만 잘 되지 않았다.

갑자기 라디오 전원이 켜지면서, 정오 알람이 울린다. 나는 화들짝 놀란다. 미로가 라디오 타이머를 맞춰놓은 것이다. 캄캄한 집에 홀로 들어오기 싫어서 불을 켜놓는 식의 대비책인 걸까? 어쨌든 나는 그것을 그대로 둔다. 지글거리는 잡음 속에 에디트 피아프의 상송이 흘러나온다. 음악이 유난히 벽에 울린다. 땅속이라는 자각이 드는 순간이다.

미로는 집에 있을 때 온종일 라디오를 들었다. 아침에 눈을 뜨면서 라디오를 켜고, 눈을 감으면서 라디오를 끈다고 해도 과언이 아니었다. 덕분에 그녀는 다른 사람들보다 꽤나 많은 음악을 알고 있었다. 하지만 딱히 뚜렷한 취향은 없는 듯했다. 그녀에게 라디오는 음악보다 소리를 듣기 위한 것이었고, 적막하지 않도록 공간을 채우기 위한 것이었다.

미로에게는 또래의 친구가 없었다. 대신 그녀는 어머니에 대한 이야기를 자주 했다. 그녀의 어머니는 입주 베이비시터로, 성형외과 의사 부부의 집에서 두 살 된 여자아이를 돌보며 생활하고 있었다. 미로는 그 아이의 사진을 여러 장 가지고 있었고, 내게도 자주 보여주었다. 태어나자마자 그녀의 어머니가 맡아 키운 아이라고 했다. 매달 마지막 주, 미로의 어머니가 돌아오는 주말이면 나는 조용히 짐을 꾸려 그 집에서 사라졌다.

크리스마스에 나는 한 대학의 평생교육원에서 창작 강좌를 맡았다. 별것 아닌 일에 미로는 너무나 기뻐했다. 새해 첫 주에 우리는 해돋이를 보러 가기로 했다. 가는 길에 미로는 어머니에게 들러 전해줄 것이 있다고 했다. 나는 고급 맨션 입구에 차를 세웠고, 그녀가 돌아오기를 기다리며 지도를 들여다보았다. 잠시 후, 누군가 유리창 문을 두드렸다. 미로와 그녀의 어머니가 그곳에 서 있었다.

그 부인은 한눈에도 미로와 닮아 보였다. 만약 미로가 피로와 스트레스 속에서 속수무책 늙는다면 바로 그런 모습일 거라는 생각이 들었다. 부인은 반짝거리는 펄이 들어간 회색 코트를 입고 있었고, 커다란 검정색 가방을 들고 있었다. 미로처럼 키가 컸고, 마른 체구였다. 나는 잠시 그 부인을 멍하니 바라보다가 비틀거리며 차에서 내렸다.

"반가워요, 내가 미로 엄마예요."

부인은 미소를 띠며 내게 인사했다. 나도 고개를 숙이고 부인에게 인사했다. 우리 세 사람은 잠시 길을 찾는 사람들처럼 그곳에 서 있었다. 미로의 어머니는 돌아갈 생각을 하지 않았다. 우리는 결국 함께 차를 타고 근처의 찻집까지 이르게 되었다. 부인은 뒷좌석에 앉아 차가 흔들릴 때마다 운전석 의자를 붙잡았다.

찻집에는 손님이 아무도 없었다. 모녀는 레몬차를 주문했고, 나는 커피를 주문했다. 미로는 안절부절못했고, 도리어 나는 차분한 마음이었다. 우리는 침묵하며 차를 마셨다.

"우리 애한테 이야기 많이 들었어요."

부인은 앙상한 손가락으로 찻잔을 잡으며 말했다.

"작가이고, 또 대학에서 일한다고요?"

"지금은…… 네, 시간제 강사입니다."

"그렇다면 계약직인가요?"

"그렇습니다."

나는 이런 식으로 대화가 진행되는 것에 화가 났다. 미로는 어린 소녀 같았고, 연신 바닥을 뚫어져라 보고 있었다.

"사실 뭐, 요즘 같은 세상에 평생 보장되는 게 어디 있겠어요? 안 그래요? 나는 그런 걸로 사람 판단하지 않아요."

그러더니 부인은 자신과 함께 지내는 의사 부부에 대한 이야기를 늘어놓았다. 겉으로는 멀쩡해 보이지만 부부끼리 집에서 말을 한마디도 하지 않는다는 이야기, 아이 엄마가 주말에도 아이를 돌보지 않고 혼자 늦게까지 쏘다닌다는 이야기, 그 여자는 속옷 빨래도 스스로 할 줄 모른다는 이야기였다. 나는 부인이 하는 말을 잘 알아들을 수가 없었고, 무슨 뜻인지도 헤아릴 수가 없었다.

부인은 갑자기 가방을 뒤적이더니 길쭉한 종이 상자를 꺼내어 내게 내밀었다. 상자 안에는 가죽 장갑이 들어 있었다. 부인이 나를 생각하며 산 것이라고 했다. 나는 거절하지 못하고 엉거주춤 그것을 받아들었다.

"우리 애를 잘 부탁해요. 너무 순진하고 착하기만 한 애라서…… 내 말 알지요? 지금껏 그 방에 남자가 드나든 적은 한 번도 없어요. 주인집에 물어봐도 좋아요."

부인은 당당해 보였고, 나는 아무 말도 할 수 없었다. 부인은 이제 자신이 할 말을 다했다는 듯 만족스럽게 차를 쭉 들이켜더니 자리에서 일어났다.

"난 여기서 걸어가면 되니까, 두 사람끼리 좋은 시간 가져요. 만나서 반가웠어요."

부인은 우리를 남겨두고 떠났고, 좋은 시간은 영영 물 건너갔다. 우리는 계획대로 해돋이를 보러 떠났지만, 시간이 너무 지연된 바람에 차가 막혀 도로 위에 서 있다시피 했다. 내가 입을 열지 않는 것에 분통이 터진 미로는 소리를 질렀고, 그래도 나는 할 말이 없었다. 마침내 그녀는 차 문을 열고 뛰쳐나갔다. 나는 그녀를 붙잡지 않았다.

며칠 뒤, 나는 미로에게 전화를 걸었다. 우리는 광화문에서 만나 국수를 먹었다. 지난번 일에 대해서는 둘 다 말을 꺼내지 않았다. 뜨거운 국물을 먹고 나서, 우리는 종로 쪽으로 걸어갔다. 실밥 같은 눈이 내리고 있었다.

"봄이 되면 제주도에 가자."

그녀가 말했다.

"둘 다 자전거를 타고, 섬을 한 바퀴 둘러보는 거야."

"제주도가 얼마나 큰지 모르는구나."

"크면 좋지. 클수록 더 좋을 거야."

갑자기 주머니 속으로 그녀의 손이 미끄러져 들어왔다. 나는 얼음처럼 차가운 그 손을 잡았다. 갑자기 눈발이 거세졌고, 우리는 그 속에 파묻혀 길을 걸었다.

나는 겉옷을 벗고, 화장실에 간다. 화장실 벽의 깨진 타일이 여전히 그 자리에 붙어 있는 것을 확인하고, 변기 레버를 내린다. 화장실에서 나왔을 때 현관문의 자물쇠 풀리는 소리가 들린다. 나는 돌처럼 굳어서 문을 바라본다. 거짓말처럼 문고리가 돌아가고, 다음 순간 현관문이 활짝 열린다.

키가 큰 남자가 성큼 안으로 들어온다. 그 역시 나를 발견하고 깜짝 놀란 눈치다.

"집주인이세요?"

"저는…… 주인 친구입니다만. 누구시죠?"

"마트 배달이에요."

얼굴에 붉은 여드름이 가득한 남자는 대형마트의 로고가 찍힌 점퍼를 입고 있다. 원 클릭 쇼핑. 남자는 문에 기대서서, 식료품과 생활용품이 들어 있는 바구니를 안으로 집어넣는다.

"그런데 어떻게 문을 열고……"

"주문할 때 말씀하시면 안으로도 넣어드려요. 열쇠를 두고 다닌다고 하시던데요."

그는 수첩에 뭔가를 적으며 건성으로 대답하다가, 갑자기 할 말이 생각난 듯 나를 보고 말한다.

"친구분한테 말씀드리세요. 앞으로 10만 원 이하 배달은 안 된다고요. 규정이 바뀌었어요."

"……네."

그는 고개를 까딱해 보이고는, 돌아서서 집을 나간다. 화분 밑에 열쇠를 도로 밀어 넣는 소리가 들린다. 나는 그제야 바구니 앞에 다가가서 그 안에 담긴 것들을 내려다본다. 쌀 10킬로그램, 마른 미역 한 봉지, 계란 한 판, 인스턴트 커피 한 박스, 조미김 한 봉지, 모닝빵 한 봉지, 검정색 팬티스타킹 다섯 개, 크리넥스 화장지 세 개, 그리고 빨간 사과 열 개. 영수증에는 94,050원이라고 적혀 있다.

"내가 제일 좋아하는 건 겨울 사과, 겨울 사과, 겨울 사과."

미로는 사과를 좋아했다. 매일 아침 빨간 사과를 깎아 먹으면 운수가 좋다고 했다. 어느 날 아침, 미로는 노래를 흥얼거리며 사과를 깎다가 갑자기 재미있는 이야기 해줄까, 하고 운을 띄웠다. 그녀의 사무실에 자주 놀러오는 사장의 친구인 모씨가 그녀의 손에 복이 들어 있다고 칭찬했다는 것이다.

"복이 있다? 손금이 좋다는 건가?"

"몰라. 누구든지 좋아할 만한 여자의 손이래. 그런데 그 사람, 성인용품을 제작하거든. 나한테 괜찮으면 아르바이트 삼아 손 모델이 되어줄 수 있느냐고 묻더라고."

미로는 우스워죽겠다는 얼굴로 말했다.

"손 모델이라고?"

"실리콘으로 내 손을 똑같이 만들어낸다는 거야."

나는 칼을 들고 있는 그녀의 손을 내려다보았다. 그 손에는 특별한 구석이 없었다. 오히려 그녀의 손은 다른 여자보다 조금 더 거칠고, 큰 편에 속했다.

"어떻게 생각해?"

사과를 먹으면서, 그녀는 내게 물었다.

"글쎄, 그거야 내 손이 아니니까."

나는 가볍게 말했다.

"만약에 내 손을 본뜬 성인용품을 만든다고 하면 조금 끔찍하고 또 재미있기도 할 것 같아. 네가 하고 싶은 대로 해. 나는 상관없으니까."

나의 대답에 그녀는 자동인형처럼 한없이 고개를 끄덕거리다가 자리에서 일어났다. 잠시 그녀의 얼굴에 실망의 빛이 어렸지만 그것은 내가 알아챈 순간 사라져버렸고, 어쩌면 나의 착각이었을지도 모른다. 그녀는 무표정하게 부엌으로 가서 사과를 한 개 더 가져왔다. 사과는 단단하고 시원했다. 우리는 아삭아삭 소리를 내며 사과를 먹었다.

그즈음 우리는 서로 조금 거리를 두고 있었다. 매일같이 만나던 것도 일주일에 한두 번으로 줄었고, 그마저도 각자 사정이 있으면 다음으로 미뤘다. 나는 글을 써보겠다는 의지를 완전히 잃어버렸고, 학교에서는 수업 시간을 조금 늘려달라고 했다. 밤새 눈을 뜨고 지새우다가 아침을 맞는 날이 늘어갔다. 미로 역시 나의 침잠을 알아채고 있었을 것이다. 우리는 아직 서로에 대해 아무것도 몰랐고, 살얼음판에 발을 내딛기 두려운 사람들처럼 주춤거렸다.

1월 말에 미로는 출장으로 지방에 잠시 다녀올 일이 있다고 내게 말했다. 소켓을 납품하는 아파트 단지에서 불량 신고가 들어왔다는 것이다. 직접 그곳에 가서 인부들을 모으고, 불량 교체 작업을 하는 데 이틀 정도 걸릴 거라고 했다. 비서가 어째서 그런 일까지 하는지 몰라도, 그녀는 종종 현장까지 불려나갔다.

나는 불량 교체 작업이란 게 구체적으로 어떤 것인지 미로에게 물었다. 등기구 안의 소켓만 교체하는 일이라면 나도 충분히 할 수 있다는 생각이 들었다. 내가 인부로 나서겠다고 하자, 미로는 진심이냐고 되물었다. 나는 학교와 집을 떠나고 싶었고, 반복되는 생활에서 도망치고 싶었다. 미로는 나를 만류하다가 이내 포기했다.

토요일 새벽, 우리는 고속버스를 타고 B시로 향했다. 아파트 단지는 도심가에서 멀리 떨어진 곳에 있었다. 주변은 아직 개발이 안 되어 황량한 논밭이었다. 공사는 마무리 단계에 있었고, 벽지 도배까지 끝난 상태였다. 미로는 현장 감독을 만나 아파트 문을 열 수 있는 카드키를 받았다.

우리의 일은 문제가 발생한 아파트 1동에서 3동까지 전 세대를 돌아다니면서 등기구 안의 소켓을 새것으로 교체하는 것이었다. 미로와 나는 사다리와 소켓이 든 자루를 들고 엘리베이터에 올랐다. 미로는 우리가 하려는 일이 미친 짓이나 다름

없다고 고개를 저으며 웃었다. 15층까지 천 세대, 각각 세 개의 방, 두 개의 화장실, 거실과 부엌에 등기구가 달려 있었다. 내가 사다리를 타고 올라가서 등기구를 분해하면, 미로가 아래서 그것들을 받아주었다. 둘 다 동작이 굼뜨고 어설퍼서 생각처럼 진도가 나가지 않았다.

공사장은 무척 추웠고, 해가 지자 온몸이 부들부들 떨렸다. 우리는 늦은 밤이 다 되어서야 1동의 작업을 겨우 끝냈다. 근처 모텔에 짐을 풀고, 고깃집에 가서 더 이상 움직일 수 없을 때까지 음식을 잔뜩 먹어댔다. 팔다리가 얼얼한 느낌이었는데, 술이 조금 들어가자 금세 취하면서 불편한 감각이 사라졌다. 밤새 목이 타는 듯한 갈증을 느꼈지만, 일어나서 물을 찾아 마실 기력도 없었다.

다음 날 나는 극심한 근육통을 느끼며 잠에서 깼다. 미로는 나갈 채비를 다 마치고, 걱정스러운 얼굴로 나를 내려다보고 있었다. 몸을 움직일 때마다 절로 신음이 흘러나왔다. 한두 시간이 지나면 괜찮아질 거라고 미로가 말했다. 현장으로 돌아가서 정오쯤 지나자 정말 굳은 몸이 조금씩 풀리는 것을 느낄 수 있었다. 전날과 달리 우리에게도 어떤 패턴이 생겼고, 일이 진행되는 속도도 빨라졌다. 미로와 나는 음악을 들으면서 작업하다가, 나중에는 그마저도 그만두고 말없이 소켓을 빼고 넣는 데 매달렸다. 계속해서 똑같이 생긴 텅 빈 집을 드나들며, 반복되는 작업을 하다 보니 이상한 기분이 들었다. 정말 한 치의 다

름도 없이 틀로 찍어낸 것 같은 공간이었다. 이런 곳에서 사람들이 위아래로 포개져 살아간다니, 새삼 놀라웠다.

오후 늦게 우리는 2동의 교체 작업을 마치고 배달 음식으로 식사를 해치웠다. 현장은 막바지 공사 중이라 밤에도 불빛이 환했다. 3동의 작업을 시작한 지 얼마 안 되어 팔과 다리에 전기가 흐르는 것처럼 찌릿한 느낌이 왔다. 나는 사다리 위에서 한 차례 휘청했으나, 다행히 넘어지기 직전 미로의 손을 붙잡았다. 야외 조경 작업을 하는 인부들이 우리를 불러 커피와 빵을 나누어주었다. 커피는 달고 따뜻했다. 우리는 한마디 말도 하지 않았고, 열에 들뜬 듯 거의 무의식적으로 손발을 움직였다. 미로와 나의 몸은 하나였다. 하나처럼 작동하고 있었다.

희뿌연 새벽 여명 속에서 미로와 나는 3동의 마지막 소켓을 갈아 끼웠다. 현장 감독이 기계실의 전원을 올리자, 모든 창이 한 군데도 빠짐없이 불을 밝혔다. 서서히 해가 떠오르고 있었다. 우리는 너무 지쳐서 아무 말도 할 수 없었다. 그날은 월요일이었고, 미로는 제시간에 출근해야 했다. 버스에 오르자마자 그녀는 내 어깨에 머리를 기대고 잠이 들었다. 나 역시 창밖의 텅 빈 들을 바라보다가 잠이 들었다.

버스가 휴게소에서 잠시 멈춰 섰을 때, 미로는 회사에 전화를 하러 달려갔다. 나는 뭘 좀 먹을까 해서 매점을 기웃거리다가, 그 앞에 서 있는 우체부 복장의 거북이 모형을 보았다. 거북이는 한 손에 두루마리를 들고 있었다. 편지를 쓰면 1년 후 오늘 날짜에 전달해준다는 안내문이 붙어 있었다. 그것은 휴게소에서 주최하는 이벤트였다. '거북이 편지'라는 이름에 맞춰 우체통까지 거북이 등 껍데기 모양이었다.

평소라면 관심도 두지 않았을 그 일에 내가 왜 흥미를 느꼈는지 나도 모르겠다. 전날의 피로가 온몸을 나른하게 감싸고 있었고, 멀리서 전화를 거는 미로의 가느다란 뒷모습이 보였다. 나는 그곳에 놓여 있는 종이와 펜을 꺼내 그녀에게 편지를 썼다. 손이 저절로 움직이는 것 같았다. 거칠게 써 내려간 그 편지는 문맥이 모호하고, 처음과 끝에 서로 다른 말을 하며, 횡설수설 과잉된 표현이 흘러넘쳤다. 그것은 미로에게 하는 말이라기보다는 나 자신에게 하는 고백 같았지만, 결국 그 전부를 그녀에게 내어주는 편지였다. 나는 들뜬 희열을 느끼며 글을 마쳤고, 그녀가 돌아오기 전에 편지를 거북이 등 껍데기에 밀어 넣었다.

미로는 따뜻한 캔 커피를 사 와서 내게 내밀었다. 그녀는 버스가 출발하자마자 다시 잠이 들었다. 나는 유리창에 머리를 기대고, 방금 쓴 편지를 떠올렸다. 그것이 어떤 내용이었는지 처음부터 되새겨보았다. 하지만 정확한 문장을 기억해낼 수가 없었다. 버스는 무서운 속도로 휴게소에서 멀어져갔다. 창밖으로 꽁꽁 얼어붙은 호수와 헐벗은 나무들이 스쳐 지나갔다. 나는 불안해졌고, 갑자기 모든 것이 후회스러웠다. 미로는 온기를 찾아 내 품으로 파고들었다. 어깨에 기댄 그녀의 머리 무게가 고스란히 느껴졌다. 서울에 도착한 후, 나는 그녀를 흔들어 깨웠다. 화들짝 놀란 그녀가 무슨 일이냐고 물었다. 다 왔어,라고 나는 대답했다. 우리는 차에서 내렸고, 각자 집 쪽으로 흩어졌다.

B시에서 돌아온 지 얼마 안 되어, 미로 가족에게 불행한 일이 생겼다. 그녀의 어머니가 돌보던 아이가 사고를 당한 것이다. 부인이 창문을 열어 집을 청소하고 있을 때 아이가 창살 사이로 몸을 내밀었고, 순식간에 17층에서 땅으로 떨어졌다. 아이는 하루도 못 넘기고 숨을 거두었다. 의사 부부는 미로의 어머니를 고소했고, 큰 액수의 합의금을 요구했다. 미로는 분을 내며 펄펄 뛰었다.

"사고로 죽은 게 어째서 우리 엄마 책임이란 말이야?"

미로는 내게 따지듯 물었다.

"책임이 없다고는 할 수 없지."

나는 머뭇거리다가 입을 열었다. 그녀는 말을 못 알아들은 사람처럼 나를 빤히 바라보았다.

"무슨 뜻이야?"

"그 사람들 입장에서는 그럴 수도 있다는 말이야."

"엄마는 그 애를 자식처럼 사랑했어."

"베이비시터라면 아이를 안전하게 돌보는 게 제일 중요한 일이야."

미로의 얼굴이 일그러졌다. 나는 미로에게 흥분을 가라앉히라고 말했고, 그 부부를 찾아가서 진심으로 사과해보는 게 어떻겠느냐고 물었다. 다음 순간 그녀는 내 뺨을 갈겼다. 얼음장이 갈라지듯 쩍, 하는 소리가 났다. 나는 어안이 벙벙해서 그녀를 바라보았다. 뺨을 맞아본 것은 처음이었다. 그녀의 손은 무척 매웠다. 그런데도 그녀는 마치 얻어맞은 쪽이 자기 자신인 것처럼 나를 노려보았다.

미로는 다시 나를 보지 않을 것처럼 떠났다. 우리는 한 달간 연락을 하지 않고 지냈다. 시간이 꽤 길어진다는 생각은 들었지만, 별다른 수가 없었다. 길에서 키가 크고 가느다란 여자를 볼 때마다 뺨이 욱신거렸다.

3월의 어느 날, 유난히 일찍 눈을 뜬 나는 책상에 앉아 글을 쓰기 시작했고 단편 분량의 소설을 완성했다. 내 안에 끊어져버렸던 줄이 다시 팽팽하게 당겨지는 것을 느낄 수 있었다. 나는 커다란 컵에 커피를 담아놓고, 온종일 그것만 마시며 글을 썼다. 단어가 단어를 밀어내며 튀어나왔고, 문장이 통째로 쏟아져 나왔다. 머리가 그토록 맑은 적은 없었다. 녹초가 되어 침대에 쓰러져서도 마냥 즐거웠다. 나는 하루도 쉬지 않고, 글을 써나갔다.

먼저 전화를 건 사람은 미로였다. 그녀는 내게 뭘 하느냐고 물었고, 유람선을 타러 가자고 말했다. 나는 차갑게 식은 커피가 담긴 컵들을 바라보며 그래,라고 대답했다. 한강 둔치에서 만난 우리는 맥주와 감자칩을 사 들고 배에 올랐다. 초봄인데도 날이 꽤나 쌀쌀했다.

우리는 차가운 바람을 얼굴에 맞으며 지난 한 달간의 이야기를 나누었다. 미로는 오래 고심한 끝에 월급 인상을 요구했지만, 사장이 조금도 진지하게 받아들이지 않았다고 했다. 결국 사무실 사람들이 전부 다 그 사실을 알게 되었고 그녀는 웃음거리만 되었다는 것이었다. 나는 바람이 너무 차가우니 안으로 들어가자고 말했다. 그녀는 고개를 끄덕였다.

우리는 의자에 앉아 맥주를 나눠 마셨다. 지난번에는 미안해,라고 미로는 말했다. 단지 그 말뿐이었다. 나는 빨갛게 얼어붙은 그녀의 얼굴에서 눈을 돌려 먼 곳의 불빛들을 바라보았다. 반대편 선착장에 다다르자 배가 서서히 멈춰 섰다. 미로는 뒤늦게 표를 왕복으로 끊을걸, 하며 아쉬워했다. 그녀는 애써 밝은 목소리를 냈고, 나는 비로소 내가 그녀를 그리워하지 않았다는 것을 깨달았다.

미로는 다시 예전으로 돌아가기를 원했다. 나는 쉽게 대답하지 못했다. 나는 지금처럼 잠시 시간을 갖자고 말했다. 미로는 잠시 이해가 안 된다는 듯 나를 바라보았다. 우리는 선착장 앞에서 한마디 말도 없이 서 있었다. 덕분에 배에 오르내리는 수많은 사람들의 구경거리가 되었다. 마침내 미로가 먼저 자리를 떴고, 나는 죄책감과 안도감을 동시에 느끼며 집에 돌아갔다.

"난 헤어질 수 없어."

그날 밤, 내가 전화를 받자마자 미로는 다짜고짜 말했다.

"두 사람이 동의해야 끝나는 거야. 두 사람이 동의해야 시작하는 것처럼."

그리고 그녀는 더 이상 말을 잇지 못했다. 우리는 둘 다 아무 말도 하지 못했다.

"미안해."

나는 그녀에게 말했다.

"나도 이렇게 되길 바란 건 아니야."

말이 다 끝나기도 전에 그녀는 전화를 끊었다. 하지만 그것은 끝이 아니었고, 정말로 끝이 나기까지는 한참이 더 걸렸다. 미로는 시도 때도 없이 내게 전화를 걸었고, 한밤중에 불쑥 나를 찾아왔다. 때로는 우리가 아직 연인인 것처럼 다정하게 굴었다. 그렇게 몇 달이 지나갔고, 나는 점차 그녀에게 냉담해졌다.

"여자가 생긴 거지?"

그녀는 단정하듯 물었다. 그것은 절반의 사실이었다. 나는 새롭게 일을 시작하면서 출판 편집자들을 만났고, 그중에는 몇 년 전 헤어진 옛 여자 친구도 있었다. 우리는 친구처럼 지냈지만 곧 선을 넘게 될지도 몰랐다. 나는 그런 이야기들을 미로에게 전부 다 털어놓았다. 미로는 그저 나를 똑바로 쳐다볼 뿐이었다. 그녀는 뒤로 한 걸음 물러섰고, 한동안 내게 연락하지 않았다.

"내 담요를 돌려줘."

더 이상 담요가 필요하지 않은 계절에 미로는 내게 전화를 했다. 우리는 자주 가던 찻집에서 만났다. 나는 둘둘 말아 쇼핑백에 담아 온 담요를 미로에게 건네주었다. 그녀는 좀 야윈 듯했다. 긴 머리카락을 짧게 잘랐고, 반팔 셔츠를 입고 있었다. 긴장한 탓인지 연신 눈가를 실룩거렸다. 미로는 예전에 만났던 그녀의 어머니와 아주 많이 닮아 보였다. 그녀는 불운하고, 불행해 보였다.

"잘 지내지?"

나는 가볍게 물었다. 그녀는 천천히 고개를 끄덕였다. 나는 새롭게 시작한 달리기와 체조, 새로 쓰는 소설과 새로 사귀는 여자 친구에 대해 쉴 틈 없이 떠들어댔다. 목이 막힐 때만 주스를 마시느라 잠깐 말을 멈추었다. 미로는 조용히 내 말이 끝나기를 기다렸고, 마침내 내가 입을 다물자 자신의 컵에 들어 있던 물을 다 쏟아낸 후 내 인생에서 영원히 사라졌다. 여자 친구에 대한 이야기는 모두 거짓말이었고, 나는 뒤늦게 그녀가 내게 뭔가 할 말이 있는 것처럼 보였던 것을 떠올렸다.

일주일 내내 비가 내리던 8월에, 나는 익명으로 온 소포를 받았다. 꽤나 묵직한 상자였다. 상자를 뜯어보기도 전에 미로에게서 온 것이라는 직감이 들었다. 비닐 테이프로 꼼꼼하게 밀봉한 상자 안에는 스티로폼이 가득했고, 그 가운데 실리콘 손 모형이 들어 있었다. 반투명한 손톱과 주름, 지문, 실핏줄까지 실제 사람의 손과 똑같았다. 나는 그것을 뚫어져라 바라보다가 도로 상자에 집어넣었다. 그녀가 정말로 그것을 내게 보내다니, 믿어지지가 않았다.

미로의 손 모형을 받고 나서, 나는 비로소 그 편지를 떠올렸다. 아니, 편지는 늘 막연한 반감을 불러일으키며 내 머릿속을 돌아다녔지만 이제 그것을 해결해야겠다는 생각이 들었다. 제일 먼저 고속도로 휴게소에 찾아갔으나, 오래전에 끝난 이벤트라 화물은 전부 택배사로 넘어간 뒤였다. 택배사에서는 수신자의 승인 없이 편지를 돌려줄 수 없다고 했다. 발신자가 나라는 사실도 증명할 수 없었다. 어떤 회유도 변명도 통하지 않았다.

결국 편지를 가져오기 위해서는 미로의 집에 들어가는 수밖에 없었다. 미로의 퇴근 시간은 정확했고, 한 번도 어김이 없었다. 그녀는 열쇠를 언제나 화분 밑에 두고 다녔다. 나는 그 집에 수도 없이 여러 번 들어가봤다. 만약 그녀가 없는 틈을 타서 그 집의 문을 열고 들어간다면, 편지를 받아 나오는 것은 정말 간단한 일이었다. 관건은 편지가 제때 도착하는 것이었다. 나머지는 운에 달렸고, 나는 위험을 감수할 준비가 되어 있었다.

날카로운 초인종 소리가 울린다. 나는 현관문 렌즈에 눈을 바짝 갖다 댄다. 고개를 숙인 택배 기사의 모습이 보인다. 나는 문을 활짝 열고 기사를 맞이한다. 그는 거북이 스탬프가 찍힌 편지를 손에 들고 있다. 나는 미로의 이름으로 사인하고, 편지를 받는다. 기사는 조금도 의심하지 않고 웃으며 집을 떠난다.

오후 3시, 더 늦었다면 불안했을 것이다. 나는 봉투 위에 내가 쓴 그녀의 주소와 이름을 내려다본다. 흘려 쓴 글씨가 내 필적으로 보이지 않을 만큼 낯설다.

방을 나서기 전, 나는 남긴 흔적이 없는지 거듭 확인해본다. 다시 이 집에 올 일은 없을 것이다. 겉옷을 입고 침대에 앉아, 방 안을 둘러본다. 이곳에서 미로를 기다린다면, 그녀가 돌아와 나를 발견한다면 어떨까 생각해본다. 미로는 아마 담담하게 나를 향해 물을 것이다.

"잘 있었어? 밥은 먹었어? 무슨 일이야?"

우리는 작고 동그란 상을 마주하고, 사이좋은 부부처럼 밥을 먹을지도 모른다. 그녀가 따뜻한 밥 위에 커다란 계란프라이를 얹어주면, 나는 그것을 즐겁게 다 먹어치울 것이다. 오래전, 우리가 처음 만났을 때처럼. 그간 있었던 일을 이야기하고, 웃고, 두 손을 맞잡고 흔들며 앞으로의 행운을 빌어줄 수 있다면. 아니, 그것은 나의 망상일 뿐이다.

불을 끄자, 주위가 순식간에 캄캄해진다. 어둠 속에서 라디오 디제이가 만담을 하듯 떠들어대고 있다. 나는 문을 열고 밖으로 나온다. 복도에는 사람이 아무도 없다. 화분 밑에서 열쇠를 꺼내 재빨리 문을 잠그고, 그것을 다시 제자리에 밀어 넣는다. 허리를 들고 일어섰을 때, 누군가 계단을 내려오는 소리가 들린다.

"이게 누구야, 작가 양반?"

나는 고개를 돌리고, 내게 다가오는 미로의 어머니를 마주한다.

"아, 안녕하십니까."

당황한 나는 가까스로 고개를 숙여 보인다. 부인은 퉁퉁 부은 얼굴에, 어딘지 병색이 있어 보인다.

"여긴 무슨 일이에요?"

"저는…… 미로를 만나러 왔습니다."

"그 애는 지금 여기 없어요."

부인은 미간을 찌푸리고 내게 몸을 기울인다. 미세하게 술냄새가 나는 것을 느낄 수 있다. 나는 살짝 뒤로 물러선다.

"그런데 용건이 뭐지? 둘은 헤어졌잖아. 아닌가?"

"맞습니다. 그런데 저는…… 돌려받을 게 있어서요."

나는 생각나는 대로 말을 내뱉는다.

"돌려받을 게 있다고?"

"그렇습니다."

"그게 뭔데?"

부인은 재미있다는 듯 내게 묻는다. 나는 입을 다물고, 부인을 바라본다.

"말해봐요, 대체 뭘 돌려받으러 여기까지 왔는지."

부인은 입가를 실룩거리며 나를 노려본다. 순간, 나는 그녀가 나와 미로 사이의 일을 모두 다 알고 있다는 것을 깨닫는다. 부인은 갑자기 킥킥 소리를 내며 웃는다. 옆집 문이 열리더니,

허리가 굽은 노파가 나온다. 노파는 우리 두 사람의 사이를 느리게 통과해 지나간다. 시큼한 군내가 코를 찌른다. 욕지기를 느낀 나는 부인에게 인사말을 중얼거리고, 허둥지둥 그곳에서 빠져나간다.

"작가 양반, 그 애의 손을 가지고 있지?"

계단을 뛰어 올라가는 내 뒤에서 부인은 심술궂은 목소리로 외친다.

"잘 간직해둬. 평생 잊지 못할 선물이란 바로 그런 거라고!"

나는 건물 뒤편에 세워둔 차로 달려간다. 시동을 걸고, 엔진이 달궈지기도 전에 차를 움직여 좁은 골목을 빠져나간다. 몸을 웅크린 길 위의 사람들을 지나쳐 빠르게 사거리로 향한다. 고가도로로 올라가는 입구에 차들이 줄을 지어 서 있다. 그 줄의 맨 끝에 차를 대고, 주머니에서 편지를 꺼낸다. 풀로 단단히 붙인 봉투를 뜯다가, 안의 종이를 조금 찢어버리고 만다. 나는 한 손으로 핸들을 잡고, 편지를 읽는다.

잠시 후, 뒤에서 클랙슨이 울린다. 나는 편지를 옆 좌석에 던지고, 가속 페달을 밟는다. 머릿속으로 미로를 떠올려보지만, 그녀의 얼굴이 잘 기억나지 않는다. 조금 전 만났던 부인의 얼굴만이 선명하게 남아 있다. 어쩌면 그 부인이 미로였는지도 모른다는 기이한 생각이 든다. 하늘이 흐리더니, 새하얀 먼지 같은 눈이 흩날리기 시작한다. 운전석 유리창에 보석 같은 눈의 결정이 내려앉는다. 그것은 창에 닿자마자 녹아 사라져버린다. 나는 와이퍼를 켜고, 앞차의 붉은 미등을 바라본다. 도로는 멈춰 선 차들로 가득하다.

신행 新行

결혼식을 마치고 공항으로 가는 차 안에서, 이영은 반지를 잃어버린 것을 깨달았다. 예식 직전 잠깐 빼둔 은반지를 깜빡 잊어버리고 나온 것이다. 은반지는 돌아가신 어머니의 것이었다. 텅 빈 신부 대기실에 떨어져 있을 반지를 생각하니, 그녀는 왠지 모르게 불길한 예감이 들었다. 왼손 약지에는 늘 끼고 다니던 은반지 대신 묵직한 결혼반지가 끼여 있었다. 이영은 말없이 옆에 앉아 있는 윤호를 흘긋 바라보았다. 그는 피로연 이후 기분이 풀리지 않은 눈치였다.

애초에 이영과 윤호는 레스토랑에서 가까운 사람들만 초대해 조촐하게 치르는 결혼식을 원했다. 하지만 결혼식이 시작되기도 전에 이영의 일가친척이 들이닥쳐 레스토랑은 이내 시장 바다처럼 어수선해지고 말았다. 한복을 입은 나이 든 여인들이 그녀를 향해 손짓했지만, 이영은 누가 누구인지도 알 수 없었다. 좁은 레스토랑 곳곳에 하객들이 바글거렸다. 미국에서 온 윤호의 동창들은 앉을 자리가 없어 서성대다가, 차가워진 스테이크에는 손도 대지 않고 떠났다.

예식 후 피로연이 시작되자, 사회자는 너스레를 떨며 신랑인 윤호에게 노래를 한 곡 시켰다. 그는 고개를 저었고, 굳은 표정으로 입을 꾹 다물고만 있었다. 시끄럽던 장내가 점차 고요해졌다.

"제가 대신 한 곡 불러도 될까요?"

갑자기 자리에서 일어난 사람은 일영이었다. 사회자는 얼른 일영에게 마이크를 넘겨줬다. 그는 반주도 없이 「러브 포션 넘버나인」을 불러젖혔다. 그 노래는 어느 모로 보나 결혼식과는 어울리지 않았고, 1절이 끝나기도 전에 아버지는 일영을 억지로 끌어 앉혔다.

윤호는 피로연이 끝나자마자 공항으로 뜰 채비를 서둘렀다. 이영은 허둥지둥 그를 따르다가 그만 은반지를 빼둔 것도 잊어버렸다. 웨딩리무진 기사는 달콤한 발라드 음악을 끝도 없이 틀어댔다. 이영은 머리가 아프니 제발 음악을 꺼달라고 말했다. 뒷좌석에 앉은 두 사람은 침묵 속에 창밖을 보고 있었다.

"처남 말이야. 올해 다시 대학에 들어갔다고 했지?"

이영은 흘긋 그를 바라보았다.

"전에 얘기했잖아요. 최근까지 요양원에서 지냈다고요."

"신경증 같은 건가?"

"비슷해요."

이영은 짧게 말을 맺고, 잠이 오는 것처럼 두 눈을 감았다.

일영은 얼마 전까지 사이비 종교 단체에 몸을 담고 있었다. 대학 1학년 때 학과 선배를 따라 모임에 나갔다가 명상을 통해 절대자를 만나고, 신성을 지니게 된다는 종교에 빠진 것이다. 아버지의 기대를 한몸에 받으며 명문대에 입학했던 일영은 이내 공부에 흥미를 잃었다. 가족들이 알아차렸을 때는 학교를 그만둔 지 한참이나 지난 뒤였다. 당시 일영은 막무가내였다. 방에 가두면 밥을 굶고, 창을 깨고 뛰쳐나갔다. 일영은 구원과 헌신에 대한 이야기를 반복했다. 자신은 그 안에서 진정한 만족을 찾았고, 다시는 돌아오지 않을 거라고 했다.

그 종교 단체는 경기도 인근에서 농장을 경영하며 자급자족 생활을 하고 있었다. 공동체 생활을 통해 자아의 번민에서 벗어나고 성가족의 일원이 된다는 이념이었는데, 직접 찾아가보니 닭장 같은 컨테이너 박스에서 모여 살며 멀건 죽을 끓여 나눠 먹는 게 전부였다. 일영은 그곳에서 부엌 관리와 화장실 청소를 맡고 있었다.

일영은 2년간 그 컨테이너 박스 안에 갇혀 살다가 어느 날 불현듯, 집으로 돌아왔다. 교주가 공금을 가지고 도주해서, 단체가 하루아침에 분해된 것이다. 당시 일영은 만성 결핵에 심각한 영양 결핍 상태였다. 몸을 추스르고 나서도, 나사가 한두 개 빠진 사람처럼 보였다. 집에서 빈둥거리며 몇 해를 더 보낸 뒤, 그는 올해 겨우 학교로 돌아갔다.

이영은 그런 이야기를 윤호에게 하지 않았다. 다만 한때 일영이 뛰어난 수재였고, 몸이 안 좋아 학업을 그만두었다고만 이야기했다. 윤호와 일영은 결혼식장에서 처음 만났다. 일영은 그를 보자마자 덥석 껴안고, 등에 손을 두드려댔다. 윤호는 당황한 듯 웃었지만, 그를 밀어내지는 않았다. 사진사는 그들 앞에서 몇 번이나 플래시를 터뜨렸다.

이영은 공항에 도착하자마자 미용실에서 화장을 지우고, 머리를 감았다. 올린 머리에서 수십 개의 실핀이 빠져나왔다. 지친 얼굴에 눈만 퀭한 거울 속 자신의 모습을 바라보자, 그제야 결혼식이 끝났다는 게 실감났다.

윤호는 미국의 집수리업자와 통화 중이었다. 그들이 새로 들어가 살 집의 증축 공사 때문이었다. 버지니아 주 시내의 오래된 집을 싼값에 사들인 윤호는 건물 내부를 완전히 새롭게 고치는 공사를 벌이고 있었다. 2층짜리 집을 단층으로 헐고, 널찍한 작업실을 만드는 공사였다. 천장의 높이, 창문의 크기, 벽지 색깔, 바닥 재질까지 그에게는 세밀한 계획이 있었다. 이영은 줄곧 그 집에 대한 이야기를 들었지만, 어떤 모습일지 감이 잡히지 않았다. 미국에서 펼쳐질 그녀의 삶 역시 그랬다.

멀리서 그들이 탈 비행기의 탑승 신호가 뜨자 윤호는 이영의 가방을 들고 앞서 걸어갔다. 게이트 앞에는 비슷한 차림의 신혼부부들이 수십 쌍 줄지어 서 있었다. 이영은 윤호와 함께 그 대열에 섰다. 앞에서 한몸처럼 붙어 있는 커플의 티셔츠에 씌어진 '영원히 너를 사랑해'라는 영문이 눈에 들어왔다.

이영과 윤호는 만난 지 5개월 만에 결혼 계획을 알려 주위 사람들을 놀라게 했다. 미술작가인 윤호가 뉴욕의 예술대학에 임용되어 결혼 준비도 서둘러 진행했다. 윤호는 미국에서 태어나 자랐고, 부모님이 모두 돌아가셨기 때문에 가족이라고는 시애틀에 사는 누나 한 명뿐이었다. 주얼리 디자이너라는 그의 누나는 사업 때문에 결혼식에 오지 못했지만, 대신 직접 만든 자수정 티아라를 선물로 보냈다. 카드에는 새로운 가족이 된 것을 축하한다는 메시지와 사진이 한 장 들어 있었다. 이영은 단발머리에 커다란 선글라스를 끼고 환하게 웃는 젊은 여자의 사진을 찬찬히 들여다보면서 윤호의 어머니 모습을 그려보았다.

이영의 아버지는 그림쟁이라는 윤호의 직업을 탐탁지 않아 했지만, 그가 대학에서 자리를 얻은 것에 마음을 놓았다. 솔직히 그는 아버지의 기대 이상이었다. 결혼 전 아버지는 이영에게 그들의 가족사를 구구히 털어놓지 말라고 충고했다.

"그런 게 전부 너의 흠이 되는 법이다."

"나를 두고 하는 말이야."

일영이 아버지의 말에 참견하고 나섰다. 아버지는 아무 말도 하지 않았다. 일영은 한때 아버지의 꿈과 미래였지만, 이제 두 사람은 서로 눈도 마주치지 않았다.

"죽은 너희들 어머니…… 말이다."

아버지는 잠시 후 자그맣게 입을 뗐다.

"거짓말을 할 필요는 없지만, 모든 걸 다 말할 필요도 없어."

어머니는 이영이 아홉 살 때 세상을 떠났다. 세간을 떠들썩하게 한 살인 사건이었고, 가족 간에 벌어진 비극이었다. 이영은 그 일을 목격한 유일한 사람이었다. 그날은 설 연휴라 아버지와 일영은 본가 할머니 댁에 가고 없었다. 어머니와 이영이 집을 떠나지 못했던 것은 작은 이모 때문이었다. 작은 이모는 이모부와 싸우고 나와 그들의 집에 머물고 있었다.

음대를 졸업하고 금융인과 선을 봐서 결혼한 둘째 이모는 이상하리만치 싸움이 잦았다. 점차 야위어가는 이모의 팔다리에 어린 이영이 보기에도 심상치 않은 상처가 눈에 띄었다. 이모는 몇 차례 가방을 싸서 집을 나왔지만, 가족들의 만류로 돌아가곤 했다. 이영의 어머니만 매번 이모를 받아주었다.

그날 이모는 한겨울인데 점퍼도 입지 않고, 맨발에 가방 하나 챙기지 않은 차림이었다. 이모는 쫓기듯 시계를 봤고, 전화벨이 울리면 깜짝깜짝 놀라곤 했다. 더 이상 이렇게 살 수 없다고 중얼거렸고, 여기도 안전하지 않다고 말했다. 까무룩 잠들었던 이모는 밤중에 깨어나 뭔가를 감지한 것처럼 그 집에서 뛰쳐나가버렸다. 어머니는 밤새 이모를 기다렸지만, 돌아온 것은 이모가 아니라 아내를 찾으러 온 이모부였다. 자다 일어난 이영은 이모부와 마주 서 있는 어머니를 보았다. 그는 손에 칼을 들고 있었다.

이영은 그 일을 파편처럼 부서진 몇 개의 장면으로 기억할 뿐이다. 이웃의 신고로 경찰이 들이닥쳤고, 피를 너무 많이 흘려 유령처럼 창백해진 어머니는 병원으로 실려 갔고, 아버지는 뒤늦게 도착했다. 수술은 꼬박 이틀간 계속되었다. 수술실에서 나온 의사는 보호자를 찾았다. 외할머니는 통곡하며 주저앉았고, 아버지는 꿈쩍도 하지 않았다.

아버지는 1년 가까이 술에 빠져 지냈다. 직장에서 해고당한 후에는 온종일 집 안에서 술병을 늘어놓고 있었다. 가족과 친구들이 와도 문을 열어주지 않았고, 최소한의 먹을 것을 사러 나갈 때 외에는 외출도 하지 않았다. 그들은 어둠 속에서 어머니의 망령이 나타나기만을 기다리며, 소리 죽여 숨을 내쉬었다.

제일 먼저 일영이 열병으로 쓰러졌다. 고열에 헛소리를 지껄이는 일영을 보고, 아버지는 뒤늦게 정신을 차렸다. 그들은 일영이 태어나면서부터 줄곧 살아온 아파트에서 떠나, 할머니가 계신 시골의 단층 주택으로 이사를 했다. 아버지는 간호사 출신의 고향 후배와 재혼했다. 새어머니가 들어오자, 금세 냄새나는 옷과 냉동 음식에서 벗어날 수 있었다. 새어머니는 어머니와 달리 체구가 아담했고, 목소리도 나긋나긋했다. 이영은 그녀가 서먹하고, 또 화도 났지만 현실을 받아들일 수밖에 없었다.

아버지는 가족들을 두고 혼자 떠나는 일을 다시는 하지 않았다. 그는 삶을 되찾기로 마음먹었고, 이영과 일영은 그에 부응하고자 노력했다. 이영은 미대에 가서 아버지를 실망시켰지만, 일영은 명문대 공과에 수석으로 입학했다. 그들은 어머니에 대한 이야기를 입 밖에 내지 않았다. 그 상처는 너무나 끔찍해서, 꽁꽁 싸매고 잊어버리는 수밖에 없었다. 시간이 지나자, 어머니는 깊이 가라앉아버린 섬처럼 느껴졌다. 가끔 그곳에서 기포가 떠오르거나 물 밑으로 뭔가가 스쳐 지나가는 듯해도, 애써 들여다보지 않는 한 아무 일도 일어나지 않았다.

열 시간의 비행 끝에 창밖으로 파란 바다와 꽃다발 같은 섬들이 보이기 시작했다. 신혼여행지로 몰디브를 선택한 것은 윤호였다. 수천 개의 작은 섬 안에는 오직 휴양객들을 위한 리조트 시설뿐이라, 세상과 떨어져 완벽하게 두 사람만의 시간을 보낼 수 있으리라는 계획이었다. 아침 일찍 리조트에 도착한 그들은 바다 위에 지어진 워터빌라로 안내 받았다. 유리로 된 바닥에 물고기들이 움직이는 게 보였다. 발코니에서 곧장 바다로 뛰어들 수도 있었다. 열린 창으로 잔잔한 물결이 이는 소리와 시원한 바람이 들어왔다. 침대 위에는 타월로 접은 백조와 장미꽃잎이 흩어져 있었다.

윤호는 침대 베개에 깊숙이 얼굴을 묻고, 딱 사흘만 자면 좋겠다고 말했다.

"이리 와."

윤호는 그녀를 불렀다.

"잠시만 쉬었다가 밥을 먹으러 가자고."

그는 이영의 손목을 단단히 그러쥐고, 한숨을 내쉰 후 곧 잠이 들었다. 이영은 불편한 자세로 그의 옆에 누워, 잠든 그의 얼굴을 바라보았다. 미간을 찌푸린 채 눈을 감은 윤호는 금세 코를 골기 시작했다. 전시회가 끝나자마자 결혼식을 치렀으니, 고단할 만도 했다.

이영은 윤호가 전시회 내내 불면에 시달렸던 것을 알고 있었다. 그의 전시회는 거대한 전자제품의 내부 같았다. 특수 효과가 필요한 설치 작업이라 연결된 장비가 수도 없이 복잡했다. 그중 하나라도 오작동을 일으키면 작품 전체가 망가져버리는 것이었다. 경비의 실수로 단 한 번 문제가 생겼을 때, 윤호는 거의 공황 상태에 이르렀다. 그는 경비실로 달려가, 실수를 저지른 늙은 경비의 멱살을 잡고, 숨을 할딱일 때까지 흔들어댔다. 사람들이 빙 둘러섰지만, 아무도 그를 막지 못했다. 경비원은 저항하지 않고, 그가 놓아주기만을 기다렸다. 노인의 축 처진 몸뚱이를 벽으로 떠밀면서, 윤호는 짓씹듯 욕을 내뱉었다. 그 후로 그는 직접 전시관을 순찰하고 다녔다. 주변 사람들은 그의 스트레스가 너무 심한 것 같다는 염려의 말을 하는 것으로 그쳤다. 이영은 전시회를 앞둔 작가의 마음이 어떤 것인지

도무지 알 수 없었다.

비록 데뷔는 하지 못했지만, 이영 역시 한때 작가가 되기를 꿈꾸던 미술학도였다. 미대를 졸업한 뒤 그녀는 줄곧 작업실에 처박혀 살았다. 서른이 되던 해, 공모전에 낼 작품을 만들던 도중 이영의 손목에는 원인 모를 마비가 왔다. 어머니를 모티프로 손톱만큼 자그마한 목각 인형을 만드는 작업이었다. 이영은 돋보기를 쓰고 쌀알만 한 얼굴, 가슴, 다리를 깎아나갔다. 손목에 불편한 감각이 찾아온 것은 마감을 얼마 앞둔 시점이었다. 의사는 하루 두 시간 이상 손을 쓰지 말라는 지시를 내렸다.

결국 작업을 그만둘 수밖에 없었다. 그녀의 삶은 하루아침에 텅 비어버렸다. 종일 시간이 남아돌아서 당황스러울 정도였다. 이영은 아버지에게 얼마간의 돈을 융통하여 화실을 시작했다. 윤호를 만난 것은 바로 그즈음이었다.

이영은 대학 선배인 K의 설치 전시회에서 윤호를 처음 만났다. 한낮 기온이 1년 중 최고치를 기록한 날이었다. 너른 공원에 드문드문 세워진 작품들을 따라 걷던 이영은 지쳐 쉴 곳을 찾고 있었다. 멀리 벤치 하나가 보였다.

벤치에 앉은 남자는 눈앞의 작품을 바라보면서 담배를 피우고 있었다. 찌그러진 자동차에 '사건'이라는 제목을 붙인 설치물이었다. 이영은 그 옆에 앉아, 가방에서 물병을 꺼냈다. 홀짝홀짝 물을 마시며, 남자와 나란히 앉아서 말없이 「사건」을 바라보았다. 공원에서 그토록 느긋하게 담배를 피우는 사람은 처음이었다. 담배 연기에서 과일 향기가 났다.

"저건 쓰레기요."

남자가 말했다.

"폐차장에서 가져온 쓰레기를 전시하는 거지."

남자는 이영 쪽으로 고개를 돌리고 그녀를 바라보았다. 반박하려면 해보라는 태도였다. 이영은 입을 다물고 있다가, 그만 피식 웃었다.

남자는 K의 미국 유학 시절 룸메이트였다. 그는 한국에 들어온 지 3개월밖에 되지 않았고, 설치 작업과 사진 작업을 같이 한다고 했다. 한국에 들어온 이유는 전시회 때문이었다. 남자의 이름을 들은 이영은 그가 최근 화단에서 주목받는 신예임을 알아차렸다. 윤호는 외국에서 나고 자란 사람답지 않게 한국어가 자연스러웠다. 그는 그녀보다 네 살이 많았는데 훨씬 나이 든 사람처럼 굴었다. 그들은 K선배에 대한 이야기를 나누다가, 최근 볼만했던 다른 작가들의 작품 이야기를 했고, 저녁때가 다 되어 공원에서 빠져나와 밥을 먹으러 레스토랑에 갔다. 그들은 둘 다 말을 재미있게 하는 타입이 아니었고, 대화는 중간중간 침묵으로 빠져들었다. 하지만 그 침묵에는 알 수 없는 기대감이 있었다.

식사를 마친 뒤, 그들은 근처의 강변으로 커피를 마시러 갔다. 여름밤이라 사람들이 북적이고 있었다. 윤호는 담배 마는 종이를 꺼내 잎을 조금 덜고, 돌돌 말아 불을 붙였다. 잎담배였다. 공원에서 맡았던 담배 향이 특이했던 이유를 알 것 같았다. 자신을 쳐다보는 시선을 느꼈는지 그가 담배를 들어 보이며 한 번 피워보겠냐고 물었다. 이영은 고개를 저었다. 늦은 밤 집에 들어간 이영은 인터넷으로 그의 작품을 찾아보았다. 새벽까지 그의 포트폴리오를 훑어본 그녀는 깊은 인상을 받았고, 좀처럼 잠을 이룰 수 없었다.

다음 날, 그는 그녀에게 전화를 걸었다. 다음 날, 그다음 날에도. 전화가 걸려오는 시간은 불규칙했다. 어떤 날은 아침부터 운동을 하러 가는 길이라고 전화를 했고, 어떤 날은 하루 종일 연락이 없다가 새벽녘 작업실에서 전화를 했다. 그의 음성은 낮고 부드러웠다. 이영은 그의 전화를 놓치지 않으려고 화실에서 수업을 할 때나 잠을 잘 때도 휴대폰을 꼭 쥐고 있었다.

대학원 졸업전의 성공으로 미국에서 순식간에 유명세를 탄 윤호는 자신이 언제든 추락할지 모른다는 불안을 가지고 있었다. 그는 줄곧 화단의 유행이 얼마나 변덕스러운 것인지, 작가들을 무력한 패배자로 만들어버리는지에 대해 이야기했다. 그는 이영이 작가가 될 마음을 접은 것이 도리어 대단한 용기라고 했다.

"접은 게 아니라, 시작도 못 한 거예요."

이영은 잠시 생각에 잠겼다가 말을 이었다.

"나는 아직 기대를 버리지 않고 있어요."

윤호는 담배를 말며, 고개를 절레절레 저었다.

"불꽃이 예뻐 보인다고 해서 꼭 불구덩이에 뛰어들 필요는 없어."

이영은 뭔가 '예뻐' 보여서 미술을 하고 싶은 건 아니었다. 하지만 그의 잎담배 연기를 맡으면 꼭 뭔가에 취한 기분이 들었고, 그만 할 말을 잊어버렸다.

윤호는 전시회를 준비하는 동안 지방의 작업실에 머물고 있었다. 그리고 작업 사이 틈이 날 때마다 서울에 올라와 이영을 만났다. 이영은 윤호에게 서울을 안내한다는 구실로 63빌딩, 고궁, 아쿠아리움을 돌아다녔다. 하지만 곧 윤호가 어디에도 별 흥미를 보이지 않는다는 사실을 알게 됐고, 그 후로는 주로 호텔의 레스토랑에서 만났다. 윤호는 침실에서 자신이 원하는 것을 말하는 데 거침이 없었다. 그는 그녀가 만났던 어떤 남자보다 집요하고 뻔뻔스러웠다. 그녀는 그의 몸 아래 누워, 관객처럼 그를 바라보곤 했다.

전시회 날짜가 다가오면서 윤호는 점점 더 시간을 내기 어려워졌다. 잠시 짬이 날 때면 급하게 이영을 불러내서, 빠르게 관계를 가졌다. 섹스 후 그는 담배를 말아 피우면서 말없이 노트에 뭔가를 메모했다. 그러고는 곧 일어나, 작업실로 떠났다. 그는 무슨 일이 있어도 밤에는 작업실로 돌아갔다. 그것이 자신의 철칙이라고 했다.

"내일 아침에 체크아웃해도 되니까, 당신은 여기서 쉬지."

커다란 방에 홀로 남은 이영은 거울 속, 붉은 손자국이 새겨진 자신의 목을 바라보았다. 복도에서 왁자지껄 웃는 중국인들의 목소리가 들렸다. 넓은 욕조에 뜨거운 물을 받아 몸을 담그니 현실이 아닌 것처럼 아득한 기분이 들었다.

크리스마스 연휴를 맞아 그의 작업실 근처에서 만났을 때, 윤호는 눈에 띄게 어두운 안색이었다. 작업이 생각했던 대로 풀리질 않는다고 했다. 함께 식당에 가서도 그는 줄곧 생각이 딴 데 팔린 것 같았다. 허둥지둥 밥을 먹고 자리에서 일어났을 때 한 남자가 그들에게 알은척을 해왔다. 이영의 선배 K였다. 지난 전시의 성공으로 K의 얼굴은 느긋해 보였다. 그들은 그 자리에 서서 잠시 K와 이야기를 나누었다. K는 그들이 붙어 서 있는 모습을 의미심장한 표정으로 바라보았고, 이영에게 작업실로 한번 놀러오라는 말을 전했다. K는 나중에 전화하라는 뜻으로 엄지와 약지를 흔들어 보였다.

"저 녀석하고 많이 친했나?"

차에 오르면서, 윤호는 이영에게 물었다.

"그냥 학교 선배예요."

"서로 작업실에 드나드는 선배?"

이영은 잠시 할 말을 잃고 윤호를 바라보았다.

"왜 아무 말도 안 하지?"

"……황당해서요."

"뭐가 황당하다는 거야?"

그는 계속해서 말꼬리를 잡고 이영과 K선배의 관계를 추궁

했다. 이영은 지친 나머지 더 이상 상대하기 싫다는 뜻으로 굳게 입을 다물었다. 윤호는 방에 들어오자마자 그녀의 블라우스 안으로 손을 집어넣고, 가슴을 거칠게 움켜쥐었다. 이영이 고통스러운 신음을 내뱉자, 그의 숨소리가 거칠어졌다. 그는 그녀를 침대 위에 엎드리게 하더니, 일방적으로 거칠게 삽입했다. 이영은 비명을 지르며 몸부림쳤지만, 그가 위에서부터 꼼짝도 할 수 없도록 짓누르고 있었다. 침대 시트에 얼굴을 묻은 이영은 눈물을 줄줄 흘렸다. 일이 다 끝난 후, 그는 그녀 옆에 잠시 앉아 있다가 작업실로 떠났다.

윤호는 며칠간 연락이 없었고, 이영은 그것으로 끝이라고 생각했다. 하지만 그는 그녀에게 돌아왔다. 몇 년 만의 한파가 몰려왔다는 날이었다. 청바지와 해진 검정색 티셔츠만 입은 그는 구부정하게 서서 더듬더듬 용서를 구했다. 핏발이 선 두 눈은 뚫어져라 바닥을 보고 있었고, 무섭게 몸을 떨었다. 전시회가 실패하면 모든 것을 잃어버릴까 봐 두렵다고 그는 말했다.

이영은 그를 화실로 들였다. 전기난로의 불을 지피고, 따뜻한 차를 끓여다 주었다. 그는 의자에 앉아, 그녀의 허리를 붙잡고 머리를 기댔다. 이영은 아무 말도 하지 않았다. 그즈음 이영의 사정도 그리 좋지 않았다. 방학이 시작되면서 어린아이들이 대형 학원으로 옮겨 갔고, 입시생들이 실기 시험을 끝으로 빠져나가면서 화실이 문을 닫을 지경에 이른 것이었다. 그녀는 온종일 텅 빈 화실에서 보일러도 틀지 않고 버티다가 독감에 걸렸다.

새해에 열린 윤호의 전시회는 성공적이었다. 일간지 문화면에 연일 그에 대한 기사가 뜨자 윤호는 비로소 안도하는 것 같았다. 그는 모든 기사를 읽어보더니 찍어낸 것처럼 구태의연한 글이라고 투덜댔다. 전시회 후에 윤호는 한국에 체류할 수 있는 몇 가지 일자리를 제의받았지만 모두 거절했다. 뉴욕으로 돌아갈 날이 두어 달 앞으로 다가와 있었다. 윤호는 그들이 처음 함께 식사를 했던 레스토랑으로 그녀를 데리고 갔다. 그날 윤호는 굉장히 유쾌한 기색이었다. 뉴욕의 작은 미술관에서 전시회 제의가 왔다고 했다. 그는 자신에게 행운이 따르는 것 같다고, 그것이 이영의 덕분이라고 말했다. 지금껏 그녀만큼 자신을 이해하고 보조해준 사람은 없다는 것이었다.

"함께 뉴욕에 가자."

윤호는 테이블 위 그녀의 손에 자신의 손을 올려놓으며 말했다.

"당신만 좋다면, 결혼하자는 말이야."

이영이 아무 말도 하지 않고 침묵하자, 윤호는 초조한 듯 농담을 내뱉었다.

"다이아몬드 반지를 사줄게."

"반지는 필요 없어요."

이영은 조용히 대답했다. 이영은 새삼 어머니의 반지를 낀 자신의 손을 내려다보았다. 그 반지는 아버지가 어머니의 유품을 모조리 태워버릴 때 이영이 가까스로 빼낸 것이었다. 어머니의 죽음은 그녀의 삶에 드리운 거대한 그늘이었다. 이영은 지금까지 거기서 한 발자국도 벗어날 수 없었다. 화실 문을 닫고부터, 그녀는 막연한 우울감에 빠져 있었다. 윤호는 그 모든 것을 뒤로하고 이 땅을 떠날 기회를 주겠다고 말한 것이다.

결혼을 결심하자, 모든 과정이 순조로웠다. 아버지와 새어머니도 그녀가 미국에 가는 것을 반겼다. 화실을 정리하고, 아버지에게 빌린 돈을 상환하고 나자 더 이상 이영을 붙잡는 것은 아무것도 없었다. 윤호는 이영에게 뉴욕에서 미술사학이나 디자인을 공부해보는 건 어떠냐고 물었다. 그는 하루빨리 그녀를 데리고 떠나고 싶어 했다. 그곳에서 그녀의 두번째 인생이 시작될 거라고 했다. 이영은 홀로 준비한 혼수용품을 미국으로 부쳤다. 결혼식 전날, 텅 빈 방의 달력을 보던 그녀는 임신 사실을 깨달았다. 그녀는 그 사실을 윤호에게 말하지 않았다.

몰디브에서 보낸 사흘간 윤호는 온종일 빌라 밖으로 나갈 생각을 하지 않았다. 그는 물놀이를 좋아하지 않았고, 햇볕에 쉽게 지쳤다. 리조트의 도서관에는 꽤나 다양한 DVD 컬렉션이 있었다. 그는 주로 로봇이나 우주선이 나오는 영화를 보았고, 식사 시간에는 룸서비스를 주문했다. 전화 한 통이면 흰색 유니폼을 입은 직원들이 나란히 쟁반을 들고 들어와서, 테라스에 음식을 차렸다. 이영은 빵을 떼어 먹으며, 바다에서 스노클링을 하는 사람들을 바라보았다. 바다를 구경하고만 있자니 지루하기도 했지만, 그렇다고 홀로 바다에 뛰어들 마음도 없었다. 윤호는 이영의 팔을 꽉 움켜쥐고 잠을 잤다. 마치 그녀와 떨어지는 걸 견딜 수 없다는 듯이.

리조트를 떠나기 전날, 이영은 일찍 자리에서 일어났다. 새벽까지 영화를 본 윤호는 좀처럼 일어날 기색이 없었다. 조용히 방에서 빠져나온 이영은 자전거를 타고 섬을 돌아보기로 했다. 오랜만에 자전거에 올라 운전이 서툴렀지만, 바닷바람을 맞으며 해변을 달리자 기분이 상쾌했다. 섬 곳곳에 화려한 꽃들이 흐드러지게 피어 군락을 이루고 있었다. 꽃에 마음을 빼앗긴 이영은 숲 속으로 한없이 들어가다가, 그만 길을 잃어버렸다. 이끼와 버섯, 덩굴나무가 우거진 그곳은 리조트 주변의 야자수 정원과 전혀 다른 풍경이었다. 이영은 자신이 계속 같은 곳을 빙빙 돌고 있는 것을 깨닫고 그 자리에 멈춰 섰다. 인적이 끊긴 그 숲은 너무나 고요했다. 벌레 한 마리 우는 소리도 들리지 않았다.

빨간 낙조의 하늘 아래 주저앉아 있는 이영을 발견한 것은 나이 지긋한 원주민 선장이었다. 그는 밤낚시 투어에 리조트 손님들을 데리러 가는 길이었다. 그의 도움으로 이영은 겨우 리조트에 돌아왔다. 리셉션의 직원이 윤호가 수차례 그녀를 찾으러 나왔다는 말을 전했다. 이영은 노크도 하지 않고 급하게 문을 열었다. 불이 꺼진 방은 캄캄했고, 텔레비전에서는 사무라이 전쟁이 한창인 영화가 나오고 있었다.

"어디 갔다 오는 거야?"

윤호는 그녀를 돌아보지도 않고 물었다.

"……자전거를 타고 섬 근처를 돌아다니다 길을 잃었어요."

"바다에 배를 타고 나갔나?"

팽팽한 그의 목소리에 이영은 다리의 힘이 풀리는 듯했다.

"자전거를 탔다니까요."

"거짓말하지 마."

그는 자리에서 일어나 그녀에게 다가왔다. 그녀는 자신도 모르게 몸을 움츠렸다.

"손바닥만 한 섬을 두 번이나 돌아봤어. 자꾸 거짓말을 할 거야?"

그는 이영을 방구석으로 몰고 갔다. 차가운 벽에 등이 닿았을 때, 그녀는 스르르 주저앉고 말았다. 그녀는 두 팔로 배를 끌어안았다. 그는 그녀의 목을 한 손에 그러쥐고, 위협하듯 숨을 죄며 을러대었다.

"바다에 나가서 뭘 했지? 누구를 만난 거야?"

그녀는 더 이상 대답하지 않았다. 무슨 말을 해도 소용없었다. 그녀는 앞으로 닥칠 일이 뭔지, 자신이 어떤 역할을 맡게 될지 알고 있었다. 그것은 아주 오랫동안 반복되어온 일 같았다. 그는 그녀의 뒷머리를 내리쳤고, 꼼짝하지 못하도록 두 손을 붙잡았다. 이영은 아무 소리도 내지 않았다. 일이 다 끝났을 때 그녀는 죽은 듯 엎드려 있었고, 피를 조금 흘렸다. 윤호는 그녀의 옆에서 담배를 말아 피웠다.

"거짓말하지 마. 다른 건 몰라도 거짓말만은 용서할 수 없어."

그는 그녀의 몸을 직접 닦은 후, 그녀를 아이처럼 안아 침대로 옮겼다.

다음 날 아침, 이영은 머리와 손목에 희미한 통증을 느끼며 잠에서 깼다. 햇살이 방 한가득 밀려들어 와 한쪽 벽이 스크린처럼 환하게 빛나고 있었다. 윤호는 먼저 일어나 섬을 떠날 준비를 마치고 있었다. 그는 지난밤 일에 대해 아무 언급도 하지 않았고, 태연한 얼굴로 몸은 좀 어떠냐고 물었다. 이영은 벌겋게 손자국이 난 팔과 다리에 옷을 꿰어 입었고, 화장실로 들어갔다. 세면대 수도꼭지를 틀고, 그 세찬 물소리를 들으며 생각을 해보려고 했지만 머릿속이 멍하기만 했다. 마치 오래전 경험했던 손목의 마비 증상 같았다. 이영은 꼼짝도 할 수 없었고, 막연한 두려움 말고는 아무 감각도 느낄 수 없었다.

그들은 일정대로 늦은 아침을 먹고 한국으로 떠나는 비행기에 올랐다. 이영은 간신히 커피 한 잔을 마셨을 뿐이었다. 비행기 안에는 그들과 같은 날 한국에서 출발했던 낯익은 커플들이 가득했다. 출발하기 전과 달리 하나같이 고단한 안색이었다. 비행기가 이륙하자, 윤호는 눈을 감았다. 이영은 그의 옆에서 생생히 깨어 있었고, 한두 차례 화장실에 다녀온 것 외에는 미동도 하지 않았다.

한국에 도착한 이영과 윤호는 공항에서 가까운 호텔에 짐을 풀고, 저녁이 가까워서야 아버지의 집에 도착했다. 택시를 타고 가는 길에 윤호는 그녀에게 어제 일은 잊어버리자,고 말했다. 이영은 침묵했다. 환하게 불 켜진 집이 멀리서도 보였다. 이영이 십대를 보내고, 이십대가 되자마자 뛰쳐나온 집이었다. 택시가 들어오는 소리를 들었는지 아버지가 그들을 맞으러 나왔다.

문을 열고 들어서자마자 부침개 냄새가 진동을 했다. 부엌에 있던 새어머니는 에이프런 차림으로 그들을 맞았다. 아버지와 새어머니는 귀한 손님을 맞듯 깍듯하게 그녀를 대했다. 이영은 그들에게 공항에서 일괄로 구입한 선물들을 안겨주었다. 새어머니는 녹차와 떡을 내어 왔다. 접시에 담긴 색색의 찹쌀경단이 꽃봉오리처럼 보였다.

"미국에는 언제 들어간다고?"

아버지가 윤호에게 물었다.

"이 사람 비자 문제가 해결되는 대로 들어갈 생각입니다."

아버지는 미국의 집에서 마트나 우체국까지 멀지 않은지, 자동차가 없어도 버스나 지하철을 타고 다닐 수 있는지 물었다. 윤호는 아버지가 묻는 질문에 차분하게 대답했고, 만족한 아버지는 고개를 끄덕였다.

"더 늦기 전에 아이를 가지도록 하게."

할 말을 다 끝냈다는 듯, 아버지는 입을 다물었다. 잠시 침묵이 맴돌았다. 아버지는 큰 소리로 헛기침을 했다.

"일영이는 언제 오죠?"

이영이 물었다.

"모르지, 제멋대로인 녀석이니까."

일영 이야기에 아버지의 안색이 금세 어두워졌다. 새어머니는 이영에게 피곤하면 일영의 방에서 몸을 좀 눕히라고 했다. 이영은 소파에 우두커니 앉아 있는 아버지와 윤호를 두고, 일영의 방으로 들어갔다. 거실에서 멀리 떨어진 그 방은 원래 이영의 것이었지만, 그녀가 오피스텔로 나간 뒤 일영의 것이 되었다. 볕도 들지 않고, 바깥의 소리도 잘 들리지 않는 방이었다. 침대에 누운 이영은 물속에 서서히 잠겨드는 듯한 기분을 느꼈고, 자기도 모르게 설핏 잠이 들었다.

잠시 후, 이영은 자신을 흔드는 손짓에 흠칫 놀라며 잠에서 깼다. 일영이 그녀를 내려다보고 있었다. 피케셔츠에 배낭을 멘 일영은 그야말로 늦깎이 대학생처럼 보였다.

"무슨 잠꼬대를 그렇게 해?"

일영은 그녀가 팔다리를 휘저으며 잠꼬대를 하더라고 말했다. 그녀는 허둥지둥 자리에서 일어나 거실로 나왔다. 아버지와 윤호는 술상을 마주하고 있었다.

"곤히 자기에 안 깨웠어. 이제 식사해야지."

새어머니는 김이 모락모락 나는 따뜻한 밥을 퍼서 상에 놓아주었다. 명절보다 더 푸짐한 상차림이었다. 아버지는 다 먹지도 못할 걸 유난을 떨었다고 하면서도 새어머니가 자랑스러운 눈치였다. 음식은 고루 맛이 있었지만, 낯선 음식을 가리는 윤호에게는 고역이었다. 새어머니가 이것저것 먹어보라고 권했지만, 그는 두세 접시에만 손을 대다 말았다. 밥도 거의 반을 남겼다. 아버지는 요새 그의 가장 큰 관심인 상가형 주택을 건축할 계획에 대해 이야기했다. 일영은 말없이 묵묵히 밥만 먹었다.

상을 치운 뒤, 이영은 새어머니 대신 설거지를 하겠다고 나섰다. 일영도 이영을 돕겠다고 부엌으로 따라왔다. 일영과 이영은 접시에 담긴 음식을 밀폐용기에 담고, 기름이 번들거리는 그릇을 닦았다. 그들은 제법 손발이 잘 맞았다. 부엌 정리를 마친 이영은 커피를 만들어 거실로 가지고 나갔다. 아버지는 뉴스를 보고 있었고, 윤호는 자리에 없었다. 아버지가 베란다 쪽을 손짓했다. 윤호는 담배를 피우고 있었다.

이영은 일영과 부엌의 식탁에 앉아 단둘이 커피를 마셨다.

"학교 생활은 어때?"

이영이 물었다.

"어린 학생들이랑 학교 다니기 쉽지 않지?"

"뭐, 그럭저럭."

일영은 어깨를 으쓱하며, 힘없이 웃어 보였다. 그리고 잠시 입을 다물고, 뭔가를 생각하는 듯했다. 이영은 커피를 한 모금 마시며, 베란다에서 서성이는 윤호의 실루엣을 바라보았다.

"나 오늘 외갓집에 다녀왔어."

일영의 말에 이영은 멍하니 그를 바라보았다. 어머니가 세상을 떠난 뒤, 그들은 외가에 발길을 끊고 살았다. 벌써 20년째였다.

"누나 결혼식이 끝나고, 내가 먼저 연락했어."

일영은 낮은 목소리로 말했다.

"미안해, 누나한테 먼저 말했어야 하는데."

"널, 알아보시든?"

이영은 가까스로 그렇게 물었다.

"외할머니는 아직 정정하셔. 이모들을 만나고 나니까, 이젠 어머니 얼굴도 어렴풋이 그려볼 수 있을 것 같아"

일영은 흐리게 웃었다.

"나는 지금껏 어머니의 죽음에서부터 도망치며 살아왔어."

그는 그 말을 하고 스스로 놀란 것처럼 입을 다물었다. 잠시 침묵이 흘렀다.

"외가 사람들한테 그 일에 대해 묻고 싶었어. 정확히 어떤 일이 벌어졌는지, 마지막은 어땠는지 알고 싶었거든. 그래야 거기서 벗어날 수 있을 테니까."

"그래서, 무슨 이야기를 들었니?"

이영은 거친 목소리로 속삭였다.

"아니, 아무도 그 일에 대해 이야기하고 싶어 하지 않았어. 작은 이모는 장례 마치고 일본으로 떠났대. 재혼했다고 하더라고. 그 자식에 대해서도 기억하고 있는 사람이 없었어. 평범한 얼굴에, 조용한 말투에, 별 존재감이 없는 놈이었대."

일영은 고개를 가로저었다.

"마리화나 중독에…… 잎담배를 피우는 게 취미였다더군."

"잎담배라고?"

"그래, 경찰이 들이닥쳤을 때도 도망치지 않고 담배를 말아 피우고 있었다는 거야."

일영은 커피 잔의 검은 수면을 들여다보며 말했다.

"작년에 집행유예로 나왔대. 모범수였던 모양이지."

베란다에서 작은 불빛이 깜빡깜빡하는 게 보였다. 이영은 윤호가 자신을 바라보는 시선을 느낄 수 있었다. 갑자기 속이 울렁거렸다.

"다들 누나를 보고 싶어 해."

일영은 커피 잔을 빙빙 돌리더니, 탁 소리가 나게 탁자 위에 내려놓았다.

"미국에 가기 전에 외가에 한번 찾아가봐."

일영이 자리에서 일어난 뒤에도 이영은 한동안 식탁에 홀로 앉아 있었다.

잠시 후 베란다에서 나온 윤호가 이영을 찾았다. 미국 집을 공사하던 중에 문제가 생겼다고 했다. 건물을 허물고 보니 철골구조가 기울어졌다는 것이었다. 윤호는 이야기를 하다 말고, 이영의 얼굴을 들여다보았다.

"이봐, 왜 그래? 안색이 창백한데."

"속이 좋지 않아요."

이영은 중얼거리듯 대답했다. 윤호의 차가운 손이 이마에 닿자, 온몸이 바르르 떨렸다.

윤호는 호텔로 돌아갈 채비를 했다. 나란히 앉아서 뉴스를 보던 아버지와 어머니가 자리에서 일어났다. 아버지가 택시를 부르는 동안 새어머니는 미리 싸둔 신행 음식을 보자기에 묶어 주었다. 기름진 부침 냄새가 진동을 했다. 이영은 말없이 그것을 받아 들었다. 아버지는 호텔까지 가는 택시비를 내주고 싶어 했다. 택시가 집 앞에 도착하자, 아버지와 새어머니, 일영이 모두 밖으로 나와 그들을 배웅했다.

"와줘서 고맙네."

아버지는 윤호와 악수를 나누며, 한 손으로 그의 어깨를 친밀하게 두드렸다. 그들은 차에 올랐다. 택시가 막 움직이려고 할 때, 일영이 달려와 이영 쪽 창문을 두드렸다. 이영은 창문을 천천히 내렸다.

"이걸 깜빡했어."

그는 주머니에서 뭔가를 꺼내더니 그녀에게 건네주었다. 결혼식 날 잃어버린 그녀의 은반지였다.

"그날 레스토랑 바닥에서 주웠어. 누나 반지 맞지?"

이영은 고개를 끄덕이며 반지를 받아 들었다.

"그게 뭐지?"

윤호가 물었다.

"전에 잃어버렸던 거예요."

서서히 택시가 출발했다. 아버지와 새어머니는 노쇠한 모습으로 나란히 서서 그녀를 지켜보고 있었다. 그녀는 그들에게서 고개를 돌렸다. 택시는 미끄러지듯 밤의 도로를 달렸다.

윤호는 창문을 좀더 내리고, 잎담배를 꺼내 말았다. 익숙한 담배 연기가 이영에게 훅 끼쳐왔다.

"아무래도 일정을 좀 앞당겨서 공사 현장에 가봐야 할 것 같아."

윤호는 그 집의 철골구조를 아예 허물어버린 다음 공사를 처음부터 다시 시작할 작정이라고 했다. 그의 목소리는 힘이 넘쳤다. 그들은 대리석 현관을 가지게 될 것이고, 아치형의 천장에 색유리가 빛나는 거실 창을 가지게 될 것이다. 정원에는 아이들이 뛰어놀 수 있는 푸른 잔디가 깔릴 것이고, 새장 모양의 우편함에는 그와 그녀의 이름이 달릴 것이다. 이영은 윤호의 이야기를 들으며 주머니에 손을 넣고, 창밖을 바라보았다.

손끝에 차가운 금속의 촉감이 느껴졌다. 오래전 봤던 영화의 한 장면처럼 그날의 기억이 떠올랐다. 이모부가 어머니의 몸에 어떻게 칼을 밀어 넣었는지, 칼에 찔린 어머니가 어떤 표정을 지었는지, 그날의 소리와 냄새까지도 점차 선명하게 떠올랐다. 어머니는 피를 쏟으며, 물에서 건져낸 물고기처럼 한참을 퍼덕거렸다. 이모부는 어머니를 내려다보며 지쳤다는 듯 긴 한숨을 내쉬었다. 이영은 어머니에게 다가가지도 못했고, 그렇다고 다시 방으로 도망치지도 못했다. 이모부는 잎담배를 말아 피우면서, 작은 벌레를 관찰하듯 이영을 바라보았다. 방 안 가득 달콤한 사과향 담배 연기가 들어찼다. 어머니는 완전히 숨을 거둘 때까지 발작적으로 손발을 떨었다.

이영은 주머니 속에서 은반지를 꼭 쥐고 있었다. 갑자기 물컹한 것이 밑으로 쑥 빠져나가는 느낌이 들었다. 비릿한 냄새가 택시 안에 진동했다. 새하얀 이영의 스커트가 붉게 물들고 있었다. 윤호는 놀란 얼굴로 그녀의 이름을 불렀다. 운전기사가 욕설을 내뱉으며 뒤를 돌아보았다. 이영은 자신이 큰 무례를 저지른 것을 알고 있었다. 사과하고 싶었지만, 온몸이 뜨겁게 끓어올라 꼼짝을 할 수 없었다. 택시는 도로를 이리저리 횡단하며 빠른 속도로 달렸다. 당황한 윤호의 목소리가 낯설게 들렸다. 이영은 곧 그들이 아무도 없는 캄캄한 거리로 내던져질 것을 예감했다. 표지판도 없고 지명도 없는, 아무리 소리를 질러도 듣는 이가 없는, 땅속과 같은 침묵이 기다리는 곳으로.

해먹

남편은 차에서 기다리겠다고 했다. 나는 트렁크에서 아이의 짐가방을 꺼냈다. 아이는 친정집 앞에서 들어가지 않겠다고 버티더니 다음 순간 울음을 터뜨렸다. 아침 내내 커다란 가방에 짐을 싸는 걸 지켜봤던 아이는 부모들이 자기를 두고 먼 곳으로 떠나는 줄 알았다. 10년 만에 대학 친구들이 모이는 자리에 가는 길이었다.

"금방 올게. 외할머니랑 하룻밤만 자면 내일 아침에 올 거야."

아이는 고개를 가로저으며 연신 울기만 했다. 친정엄마는 현관문 앞에 서서 어쩔 줄 모르고 우리를 지켜보았다.

"재를 어떻게 두고 가니. 그냥 데려가면 안 돼?"

"안 돼요. 감기 기운도 있는데 야외에서 자게 될지도 모른단 말이에요."

통곡하다시피 울던 아이는 이내 바닥에 드러누워버렸다. 아침에 갈아입힌 옷이 땅바닥에 쓸리는 걸 보자, 기운이 쭉 빠졌다. 이제 막 네 살이 된 아이는 날이 갈수록 감정 표현이 과격해졌다. 한국에 들어온 뒤로는 아이를 제어하기가 점점 더 어려워졌다.

"엄마는 내일 올 거야. 그때까지 울든 말든 알아서 해."

나는 애써 냉정한 표정을 지으며, 아이의 가방을 땅바닥에 내려놓았다. 아이는 멍하니 나를 올려다보더니 갑자기 주먹으로 제 머리를 쥐어박기 시작했다. 친정엄마가 달려와서 아이의 머리를 감싸 안았다. 나는 못 본 척 그 자리에서 돌아섰다.

아이가 제 몸을 때리며 자해를 시작한 건 지난해부터였다. 병원에 찾아가자, 의사는 아이가 비슷한 행동을 할 때마다 과잉되게 반응하지 말라고 했다. 그리고 남편과의 관계에 대해 묻는 것이었다. 나는 미국에서 남편을 만나 10년간 유학 생활을 했고, 한국에 돌아온 지 이제 막 석 달이 되었다고 대답했다. 의사는 고개를 끄덕이며 종이에 뭔가를 적더니, 부부관계에 대한 상담을 받을 의향이 없느냐고 물었다. 나는 그 후로 다시 병원에 가지 않았다.

"전화할게요, 엄마. 부탁해요."

대문을 닫고 나온 뒤에도 아이 우는 소리가 귓가에서 웅웅거리는 듯했다.

남편은 자동차 보조석에 앉아 담배를 피우고 있었다. 운전석 문을 열자, 연기가 뿌옜다.

"생각보다 짧게 끝났네."

"한번 나와보지. 엄마도 계신데……"

"이것만 태우고 나가려고 했지."

나는 아무 말도 하지 않고 차를 출발시켰다. 귀국 후 남편은 눈에 띄게 담배가 늘었다. 일자리를 구하는 게 생각보다 쉽지 않았다. 지난주에도 지방대 두 군데의 면접을 보고 왔지만, 별다른 소식이 없었다. 유학 시절에는 후보군으로 생각지도 않던 학교였다. 아무렇지 않은 척해도, 남편은 무척 낙심한 눈치였다. 절대로 거르지 않던 운동도 빼먹고, 늘어지게 잠만 잤다. 일주일에 이틀, 강의하러 나가는 날이 아니면 외출도 하지 않았다.

서울을 빠져나가는 톨게이트는 틈도 없이 꽉 막혀 있었다. 옆 차선에 있던 주황색 스포츠카가 갑자기 물고기처럼 튀어 올라 내 앞으로 들어왔다. 사방에서 클랙슨이 울렸다. 반쯤 열린 창문으로 이십대의 젊은 남자와 그의 팔에 매달린 여자가 보였다. 스포츠카는 몇 차례 차선을 가로지르며 붕, 소리를 내고 앞질러갔다.

"오늘 그 사람도 오나? 제이유?"

남편이 하품을 참으며 내게 물었다.

"동기 모임이라니까 오겠지."

"게이라니, 캠핑 동아리와 어울리는데."

"그런 식으로 말하지 마."

"그냥 하는 말이야."

남편은 귓바퀴를 긁적거리더니, 의자에 머리를 기대고 눈을 감았다.

우리를 캠핑장으로 초대한 사람은 대학 동창인 미지였다. 지난 주말, 나는 10년 만에 그녀의 전화를 받았다. 목소리만 듣고도 금세 두 볼이 통통하고, 눈동자가 새카만 그녀의 얼굴을 떠올릴 수 있었다. 학위는 잘 마쳤느냐는 미지의 물음에 나는 말끝을 흐리고 웃었다. 그녀는 졸업 후 직장에 다니다가 동아리 선배와 결혼했고, 경기도 외곽에 살고 있다고 했다. 나는 그녀의 남편이 누구인지 기억했다. 등산용 로프로 온갖 매듭을 묶을 줄 알던 동우 선배였다. 그들은 주말에 자주 캠핑 여행을 간다고 했다. 다른 약속이 없으면 남편과 함께 놀러 오라는 미지의 초대를 받고 나는 대답을 망설였다.

"부담 갖지 마."

미지는 내 생각을 읽은 듯 말했다.

"종종 동아리 사람들하고도 같이 만나거든. 이번에 동기 모임이나 하자."

아무것도 챙길 필요 없이, 그저 시간 맞춰 캠핑장에 오기만 하면 된다고 미지는 말했다. 나는 말끝을 흐리며 전화를 끊었지만, 며칠 뒤 초대에 응하겠다는 메시지를 보냈다. 종일 집에 있는 남편에게도 내게도 바깥 공기가 필요했던 것이다. 남편은 처음부터 여행에 따라나서지 않으려 했다. 나는 심드렁한 남편을 억지로 끌고 나왔다. 집에 남겨두면, 아이에게 배달 음식이나 먹이고 늘어져 있을 게 뻔했다. 차라리 아이를 친정에 맡기는 게 더 마음이 편했다.

"괜히 애한테 짜증이나 내지 말고, 나랑 같이 가."

"나는 캠핑 타입이 아니야."

"타입이라니, 그런 게 왜 필요해?"

"당신 친구들 말이야. 그 친구들하고 무슨 말을 하겠어?"

그는 답답하다는 듯 나를 바라보았다. 10년이 지났으니, 나 역시 그들을 만나도 할 말이 있을까 싶었다. 애초에 말이 잘 통하거나 마음이 잘 맞는 치들은 아니었다.

'크눌프'는 대학 내에 하나씩은 있는 캠핑 동아리였다. 내가 그 동아리에 들어가게 된 것은 당시 사귀고 있던 같은 과 남자 친구 때문이었다. 비밀 연애를 하고 있던 우리는 학교에서 되도록 멀리, 함께 떠날 수 있는 동아리가 필요했다.

크눌프는 눈에 띄지 않는 마이너 동아리였다. 교내 동아리 행사에도 참여하지 않았고, 동아리방도 없었다. 회원도 일곱 명이 전부였다. 그들은 하나같이 비쩍 말랐고, 시든 풀처럼 아무 의욕이 없어 보였다. 함께 동아리에 가보았던 남자 친구는 금세 흥미를 잃어버렸고, 나와 헤어진 뒤로 다시는 그곳에 얼굴을 내비치지 않았다.

미지와 제이유는 나와 같이 크눌프에 들어온 신입 회원이었다. 제이유는 신학기 회원 모집이 다 끝난 후 뒤늦게 동아리에 들어왔다. 그는 보통 신입생과는 좀 달랐다. 삼수까지 한 이력에다 외모도 확실히 눈에 띄었다. 호리호리한 몸에 큰 키, 깊은 눈, 새하얀 피부가 그랬다. 그는 국내에서 유명한 패스트푸드 업체의 아들이었다. 학교에 행사가 있을 때마다 그 회사의 로고가 찍힌 햄버거가 트럭 가득 실려 왔다.

제이유는 다른 학교 법학과를 다니다 그만두고 사진학과에 들어왔다. 그는 종잡을 수 없는 인물이었다. 틈만 나면 수업을 빼먹고, 동아리 사람들을 차에 태우고 산이나 바다로 떠났다. 캠핑에 참여하는 것도 제멋대로라 떠나는 날 불쑥 나타나거나 한밤중에 소리 없이 사라지곤 했다. 그가 찍은 사진은 별로 특별할 게 없었지만, 기타 치는 솜씨만큼은 정말 훌륭했다. 모닥불 앞에 앉아서 그가 기타를 연주하면, 한 사람도 딴청을 피우지 않았다.

제이유에게는 부족함 없이 자란 사람 특유의 밝은 빛이 있었다. 그것은 그가 고급 외제 차를 타고, 일련번호가 붙은 라이카 카메라를 들고 다니며, 한도가 없는 신용카드를 쓴다는 차원의 '빛'은 아니었다. 그것은 그보다 훨씬 단순하게, 얼굴에서부터 드러나는 것이었다. 당시 우리의 얼굴이 뭔지 모를 불안과 조급함, 분노로 가득 차 있었다면, 그의 얼굴은 늘 느긋한 장난기로 반짝거렸다. 그는 어떤 일도 심각하게 받아들이지 않았다. 다르게 말해서, 그는 세상만사에 무심했다. 나는 그와 같은 전적인 무심함, 자아도취적인 무심함은 이전에도 후에도 본 적이 없다. 그는 오직 즐거움을 찾기 위해 사는 사람이었고, '크눌프'에 온 것도 그 때문이었다. 바람에 펄럭거리는 나일론 텐트에서 다른 사람들과 애벌레들처럼 엉켜 잠을 자고, 양은 냄비에 라면을 끓여 먹고, 숲을 향해 길게 오줌을 누려고. 그것은 그의 삶에서 경험해본 적 없는 종류의 즐거움이었을 것이다.

제이유는 오피스텔형 아파트에 혼자 살고 있었다. 나는 동아리 사람들에게 둘러싸여 단 한 번 그가 사는 집에 가본 적이 있다. 칠흑처럼 검은 소파에 와인 바까지 갖춘 그 집 한구석에는 어울리지 않게, 해먹이 매달려 있었다. 아주 촘촘하게 짜인 직물 해먹이었다.

"이게 뭐야?"

누군가 묻자 그는 이렇게 대답했다.

"지난번 캠핑 때 해먹에 누워보니까 정말 좋더라고. 꼭 요람에 누워 있는 느낌이라서."

"요람에 누워 있던 시절을 기억하기나 해?"

"나는 전부 다 기억해. 어머니 배 속부터 기억할 수 있다니까."

제이유는 진지한 표정이었다. 다들 조용히 그를 바라보았다. 다음 순간 그는 참았던 웃음을 터뜨렸다.

"맥주 마실래?"

캠핑 동아리에는 항상 돈이 부족했고, 그때마다 제이유는 유연하고도 빠르게 지갑을 열었다. 그러면서도 결코 으스대거나 거드름을 피우지 않았다. 그는 친절하고, 유머러스하고, 관대했다. 당시 동아리 안에 여자 회원들은 전부 조금씩 그에게 마음을 두고 있었다. 하지만 한 명도 제대로 나서보지 못하고, 기묘한 연대 같은 것을 이루어 그에게 친절을 베풀고 있었다. 미지도 그중 한 명이었다. 다른 점은 그녀만이 그에게 자기 마음을 고백했다는 것이다.

그해 가을에 미지는 제이유에게 고백했고, 모두의 예상대로 거절당했다. 그녀는 꽤나 오랫동안 그를 단념하지 못했다. 미지는 그에게 수십 통의 전화를 걸고, 오피스텔 앞에서 밤새 그를 기다리며 서 있었다. 제이유는 그녀에게 아무 반응을 보이지 않았다. 잔인한 말을 하거나, 화를 내지도 않았다. 그는 미지가 눈에 보이지 않는 것처럼 무시해버렸다. 동아리 회원들은 그의 그런 행동을 묵인했다. 미지는 방학이 끝난 뒤 전역한 동우 선배와 가까워졌고, 천천히 모든 게 원위치로 돌아왔다.

정체가 가장 심한 도로를 빠져나올 때쯤, 미지에게서 전화가 왔다.

"어디쯤이니?"

"우리는 좀 늦을 거야. 아이와 실랑이를 하다가 지체됐어."

"천천히 와. 마지막 산길이 좀 험할 거야."

그들 부부는 생각보다 일찍 도착해서, 벌써 짐을 풀고 있다고 했다. 나는 제이유도 왔느냐고 물으려다 그만두었다. 곧바로 친정으로 전화를 걸었지만, 받는 사람이 없었다. 엄마가 아이를 데리고 바깥에 나간 듯했다. 마트에 데려가면 뭐든지 사달라고 조를 텐데, 엄마가 감당할 수 있을지 걱정이었다.

남편은 계속 눈을 감고 있었다. 약하게 코를 고는 소리와 푸우, 내뱉는 숨소리가 들렸다. 6번 국도로 접어드는 간판이 보였다. 오래전, 제이유와 같이 갔던 길이었다. 잊고 있던 그날의 기억이 불쑥 떠올랐다.

그날, 제이유와 나는 남양주의 호숫가로 향하고 있었다. 겨울 캠핑을 앞두고 신입 회원끼리 답사차 가는 길이었다. 미지는 모든 사람과 연락을 끊고, 시골집에 내려갔다. 나는 그가 미지에게 너무 가혹했다고 생각하고 있었다. 그는 나의 반감을 눈치채지 못했고, 늘 그렇듯 느긋하게 차를 몰았다. 독일산 지프차가 산비탈길을 가볍게 오르내렸다. 가시처럼 헐벗은 나무들이 도로 옆으로 휙휙 지나갔다.

날이 추워서인지, 호숫가에는 사람이 한 명도 없었다. 나는 땅에 굴러다니는 잔돌을 발로 차면서, 주변을 돌아보았다. 캠핑장에 카라반 한 대가 서 있었다. 음악도 말소리도 없이, 사방이 조용하기만 했다. 제이유는 사무실에 가서 캠핑 예약금을 낸 다음, 내게 차를 한 잔 마시자고 했다.

호숫가에서 멀리 떨어지지 않은 곳에 미술관을 겸하는 2층짜리 카페가 있었다. 널찍한 잔디밭에 군데군데 조각품이 서 있었고, 은은한 클래식 음악이 들렸다. 그는 따뜻한 와인을 주문했다. 우리는 날씨에 대해 몇 마디 주고받았고, 침묵 속에서 언 손을 녹였다. 그때, 갑자기 누군가 우리가 앉아 있는 테이블 앞으로 다가왔다. 검정색 캐시미어 코트를 입은 오십대의 남자였다. 눈매가 날카로운 그 남자는 제이유를 보고 반갑게 웃으며, 그동안 어떻게 지냈느냐고 물었다. 제이유는 무척 당황한 듯 그를 올려다보았고, 더듬더듬 잘 지냈노라고 말했다.

"누구니?"

남자가 떠난 뒤, 나는 제이유에게 물었다. 그는 애인,이라고 아무렇지 않은 듯 툭 내뱉었다. 그러더니 금세 고개를 가로젓고, 아니, 애인이었던 사람,이라고 바꾸어 말했다. 나는 처음에 무슨 말을 하는지 알아듣지 못했고, 잠시 후에야 고개를 끄덕였을 뿐이었다.

"눈이 내린다."

창밖을 바라보던 제이유가 나지막한 목소리로 말했다.

그날 서울로 돌아오는 길, 흩날리던 눈발은 함박눈으로 바뀌었다. 눈이 땅에 쌓이면서 꽝꽝 얼어붙어, 도로는 곳곳마다 정체였다. 자동차는 그냥 제자리에 서 있다시피 했다. 제이유와 나는 커피숍에서 나온 다음 한마디도 하지 않고 있었다. 라디오에서는 채널마다 캐럴이 흘러나왔다.

"크리스마스에는 뭘 할 거니?"

차 안의 침묵을 견디기 어려워, 나는 간신히 할 말을 찾아냈다.

"가족들을 만나러 갈 거야."

종소리가 댕댕 울리는 음악 사이로 제이유가 말했다.

"아버지는 나를 환자라고 생각해. 몇 번이고 나를 병원에 넣으려고 했어. 큰형이 겨우, 목숨을 걸고 막았지."

그는 고개를 좌우로 가볍게 흔들었다.

"아버지는 햄버거에 대한 신념이 있어. 그 사람은 가족도 햄버거 같은 거라고 생각하는 거야. 햄버거 빵에 들어가는 쇠고기 패티, 양상추, 토마토, 치즈 같은 게 돼야 한단 말이지."

자동차 불빛에 번진 제이유의 얼굴이 어린아이 같았다. 나는 뭐라 할 말이 없었고, 그의 손 위에 잠시 내 손을 올려놓았다. 그의 손이 놀랍도록 차가웠던 기억이 난다.

캠핑장 답사를 다녀온 뒤로, 나는 심한 독감을 앓았다. 크놀프의 겨울 캠핑에도 가지 못했다. 봄이 오기 전에 나는 미국으로 어학연수를 떠났다. 문과였던 나는 이과로 전공을 바꿔 미국 대학에 편입했다. 그 후로 몇 년간 나는 전공 공부에만 매달렸다. 그때는 지금처럼 온종일 아이에게 붙들린 삶을 살게 될 거라고는 상상도 못 했다. 학위를 다 마치지 못하고 남편을 따라 귀국하게 될 줄도 몰랐다.

"아직 멀었어?"

잠에서 깬 남편이 제 정수리를 꾹꾹 누르며 물었다. 자동차는 산 중턱의 구불구불한 길을 달리는 중이었다. 계곡 끝에 있다는 캠핑장은 아무리 가도 눈에 보이지 않았다. 해가 넘어가는 시간이라 주변 풍경이 아슴아슴 보였다.

"여기쯤이라고 했던 것 같은데……"

곧 캠핑장으로 향하는 이정표가 나타났다. 도로가 비포장으로 바뀌면서 차체가 심하게 흔들렸다. 멀찌감치 북적이는 사람들의 모습과 불빛이 보이기 시작했다. 자동차들이 줄지어 서 있는 주차장을 지나 계곡 안쪽으로 들어가자, 주황색 텐트와 연두색 텐트 옆에 세워진 스포티지 차량을 찾을 수 있었다. 불을 지핀 화로를 둘러싸고 테이블, 의자까지 완비되어 있었다. 차에서 내리자, 나무에 해먹을 고정시키고 있던 남자가 뒤를 돌아보았다. 미지의 남편인 동우 선배였다.

"은주…… 맞지?"

"오랜만이에요. 선배."

나는 예전에도 그와 별다른 이야기를 나눠본 적이 없었다. 캠핑 때 늘 말없이 등산용 로프로 매듭을 묶었다 풀던 모습만 기억날 뿐이었다. 까맣게 그을린 얼굴에서 오래전의 희미한 인상이 떠오를 듯 말 듯했다. 나는 선배에게 옆에 서 있는 남편을 소개했다. 남편은 선배와 악수를 나누었다.

"초대해주셔서 감사합니다."

"어서 오세요. 반갑습니다."

계곡 아래 식수대 쪽에서 냄비를 들고 올라오는 미지가 보였다. 우리를 발견한 미지는 멀리서 손을 흔들었다. 나는 마주 손을 흔들었다. 오르막길을 빠른 걸음으로 올라온 그녀는 작게 숨을 헐떡였다.

"얘, 이게 얼마 만이니? 배 안 고파? 오는 길은 헷갈리지 않았어?"

미지는 속사포처럼 질문을 쏟아내더니, 내가 자신의 얼굴을 들여다보는 게 민망했는지 두 손으로 양 볼을 감싸고 웃었다.

"알아, 내가 많이 상했지?"

"아니…… 너무 오랜만이라 그래."

미지는 두 볼이 통통했던 과거에 비해 몰라볼 정도로 야윈 모습이었다. 나는 미지에게 남편을 소개시키고, 집에서 챙겨온 와인을 건네주었다.

"뭘 이런 걸 다 가지고 왔어. 그냥 오라니까……"

"자, 이렇게 서 있지들만 말고 자리에 앉아요."

동우 선배는 테이블 의자를 빼고, 맥주와 땅콩을 가지고 왔다.

"밥이 되려면 아직 기다려야 되니까, 목이나 좀 축이자고."

"식사도 하기 전에 무슨 술이에요."

미지가 눈살을 찌푸렸다.

"맥주 한 잔인데, 뭘. 괜찮아."

남편은 의자에 앉아, 동우 선배가 따라주는 맥주를 받아 마셨다. 남편은 선배보다 두 살 많았지만, 왠지 어수룩한 동생처럼 보였다.

우리는 미지근한 맥주를 마시면서, 그간 어떻게 지냈는지 이야기를 나누었다. 동우 선배는 전자기기 부품을 만드는 중소기업에서 일한다고 했다. 자세히 말하지는 않았지만, 이전에 사업에서 크고 작은 실패를 경험한 듯했다.

"작년까지 힘든 시간을 보냈습니다. 일은 일대로 엉키고, 집사람 몸도 안 좋았거든요."

동우 선배는 맥주를 한 잔 들이켜고, 남편을 향해 말했다.

"그래도 이제 위험한 고비는 넘겼어요. 다 경험이지요. 안 그렇습니까? 안 좋은 일도 지나가고 나면 값진 경험이 되니까요."

남편은 그렇죠, 하고 맞장구를 쳤다. 미지는 밥이 다 되었나 보러 간다고 자리에서 일어났다. 바람이 불자, 나무에 매달린 해먹이 흔들렸다. 남편은 주위를 둘러보더니 대뜸, 그런데 제이유 씨는 오늘 안 옵니까,라고 물었다. 갑자기 동우 선배의 얼굴이 굳었다.

"제이유를…… 어떻게 아시죠?"

"아내한테 자주 들었습니다. 재미있는 친구라고요."

"그 사람은 초대하지 않았어요."

동우 선배 대신, 멀찌감치 서 있던 미지가 대답했다. 나는 '그 사람'이라는 말에 그녀를 돌아보았지만, 더 이상 아무 말도 묻지 않았다.

곧 우리는 저녁 식사를 시작했다. 온다고 했던 사람들이 제각기 사정이 있다고 빠진 탓에 캠핑장에는 우리 두 부부가 전부였다. 캠핑장에서 만든 음식이라고는 믿어지지 않을 만큼 훌륭한 상차림이었다. 남편은 샤브샤브의 국물을 떠 먹어보더니, 맛있다는 말을 연발하면서 허겁지겁 음식을 먹었다. 동우 선배는 우리가 가져온 와인을 잔에 따랐다. 가을밤의 정취가 가히 나쁘지 않았다. 순간이나마 과거의 한때로 돌아간 느낌이었다. 동우 선배는 남편에게 캠핑 동아리에서 미지와 내가 신입생이던 시절의 이야기, 당시 나의 남자 친구 이야기까지 꺼냈지만 제이유 이야기는 하지 않았다. 건드리지 않는 그 부분이 시간이 지날수록 더욱 도드라지는 느낌이었다.

저녁 식사를 거의 다 마쳤을 때, 나는 엄마에게서 걸려온 전화를 받았다. 아이는 오후 내내 놀이터에서 놀고 들어와 저녁을 먹고, 지금은 사촌 조카들과 같이 텔레비전을 보고 있다고 했다. 엄마는 아이를 바꿔줄까 물었지만, 나는 괜찮다고 말했다.

"아이가 몇 살이야?"

전화를 끊자, 미지가 내게 물었다. 그녀는 아이의 사진을 보고 싶어 했다. 나는 휴대폰에 담긴 아이의 사진을 보여주었다. 미지는 한참 동안 그 사진들을 들여다보더니 빙긋 웃었다.

"너를 닮았구나."

미지와 동우 선배 사이에는 아이가 없었다. 그녀는 몇 년 전에 암 판정을 받았고, 4차에 걸친 대수술을 받았다고 했다. 그녀는 그런 이야기를 아무렇지 않게 했다 .

"사람들은 내가 그 말을 하면 다 똑같은 표정을 짓는다니까."

미지는 조용히 웃었다.

"다행히 치료돼서 이제는 건강해. 암 치료가 얼마나 재미있는 건 줄 아니? 유기농식, 채식, 단식, 냉수욕, 명상법, 거꾸로 매달리기까지, 안 해본 게 없어. 암세포를 없애는 데 내 인생을 바쳤지."

"재발만 되지 않으면 말이야."

동우 선배가 말했다. 동우 선배는 아까부터 음식에는 손을 안 대고 와인만 마셨다. 남편은 턱에 손을 올리고, 생각에 잠겨 있었다. 멀리 다른 텐트에서 흘러나오는 음악이 들렸다. 오래전에 인기가 많던 발라드 음악이었는데, 제목은 기억나지 않았다.

우리가 가져온 와인이 바닥나자, 동우 선배는 차에서 스카치 병을 들고 나왔다. 미지는 술안주로 버터새우구이를 만들었다. 노릇노릇 익은 버터새우구이를 보고, 남편은 과장된 감탄사를 내뱉었다.

동우 선배는 새우에는 눈길도 주지 않고, 술잔에 술을 따랐다.

"교수 양반, 아까 제이유 얘기를 물었죠?"

남편과 나는 잠시 멍하니 동우 선배를 바라보았다. 조금 취한 듯했지만, 목소리는 멀쩡했다. 그는 왠지 화가 난 사람처럼 보였다.

"그 녀석이 바로 암세포 같은 존재예요."

"여보, 그만해요."

미지가 조용히 눈을 내리깔며 말했다.

"다 끝난 일이잖아요. 뭐하러 그 얘기를 다시 꺼내요."

"여기 손님이 그놈 이야기를 물었잖아."

"선배…… 제이유와 무슨 일이 있었어요?"

나의 물음에 그는 기다렸다는 듯 입을 열었다.

"그 자식과 얽혔던 사람들 중 누구 하나 지금 멀쩡하게 사는 사람이 없어."

"여보 제발……"

동우 선배는 마치 물속을 들여다보는 사람처럼 투명한 호박색 액체를 한참 동안이나 응시했다. 나는 그가 이야기를 시작하기를 기다렸다.

그는 천천히 술을 들이켜고, 테이블 위에 빈 잔을 내려놓았다.

"네가 미국에 가고 나서, 크눌프는 사실상 문을 닫았어. 신입 회원도 더 이상 들어오지 않고, 그냥 우리끼리 모여 술이나 푸는 모임이 됐지. 워낙 다른 주변머리가 없는 인간들이라 졸업 후에도 관계가 끊어지지 않았어. 어느 날, 그 자식이 집에서 쫓겨났다고 하더군. 아버지가 호모 짓을 그만두지 않으면 유산이고 뭐고 끝장이라고 했대. 그 자식이 게이라는 건 그즈음 우리도 다 아는 비밀 같은 거였지. 그래, 그 자식도 더 숨길 게 없다는 식으로 나오더군. 아무튼 집에서 쫓겨 나와 한 푼 없이 되니까, 꽤나 괴로운 눈치였어. 워낙 사치스러운 녀석이잖아."

동우 선배는 잠시 말을 멈추고, 빈 잔에 술을 따랐다. 미지는 그 옆에서 잠자코 이야기를 듣고만 있었다. 남편은 오늘 들어

제일 흥미로운 표정이었다. 동우 선배는 목을 축이듯 술잔에 담긴 술을 들이켰다.

"제 어머니가 돈을 조금씩 부쳐주고, 또 어찌 됐든 대학을 졸업했으니 마음만 먹으면 평범하게 살아갈 수도 있었을 거야. 하지만 그 녀석은 그런 삶에 아무 의미를 느끼지 못했어. 그 녀석은 늘 즉흥적으로 뭔가를 원하고, 또 그것을 성취하는 삶을 살아왔지. 그 녀석 환경이 그렇게 만들었단 말이야. 녀석은 얼마 안 있어 사업을 한다고 나섰어. 캠핑장 사업. 그즈음 캠핑장 사업이 붐이었거든."

"거기 끼어든 거예요?"

나는 그의 말 중간을 자르고 물었다.

"동아리 사람들 전부, 마치 뭐에 홀린 것 같았어. 우리도 캠핑이라면 알 만큼 안다고 생각했거든. 그 녀석이 사업에 끌어들인 늙은이가 있었는데, 그 사람이 소개해준 땅을 주말마다 보러 다녔어. 그땐 정말 우리도 금세 돈방석에 앉을 것만 같았어. 예금, 적금을 깨부숴도 딱히 자금이랄 게 없으니 다들 알음알음으로 돈을 끌어왔어. 시설비며 건축비며 나중에는 대출까지 얻어 돈을 대야 했지. 잔금을 다 치르고서, 늙은이와 연락이 닿질 않았는데 그때까지도 우리는 상황이 어떻게 된 건지 몰랐지. 제이유는 기다리라고만 말했어. 더는 못 참겠다고 몇 명이 녀석을 찾아갔더니 사람 꼴이 아니었다더군. 그 늙은이와 보통 사이가 아니었던 것 같은데, 그 녀석도 당했던 거야. 투자금은 전부 잃고 쓸모없는 맹지 천여 평만 떠안게 되었다고 했지. 정말 신기하더군…… 구경해본 적도 없는 돈이 전부 빚더미가 된 거야."

스카치 병을 거의 반이나 비웠지만, 동우 선배는 안색 하나 바뀌지 않았다. 남편은 우리에게 양해를 구하고, 담배를 꺼내 물었다. 전부 다 조금씩 취했지만, 미지만은 술을 한 모금도 입에 대지 않았다. 그녀는 조금 전과 똑같이 흐트러지지 않은 자세였다.

"그래도 우리는 조금씩 빚을 갚아나가고 있어요. 눈에 보이지 않을 만큼 조금이지만, 회복되고 있다는 게 중요하죠."

"그 친구는 어떻게 되었습니까?"

남편이 미지에게 물었다.

"제이유 그 친구 말입니다."

미지는 남편을 조용히 바라보더니 그 친구는 부모님에게 돌아갔어요,라고 말했다.

"아버지가 원하는 여자와 결혼하고, 햄버거 회사에 들어갔죠."

동우 선배는 코웃음을 쳤다.

"우리한테 청첩장까지 보냈더군. 전부 다 빚 때문에 길거리로 나앉을 판이었는데, 청첩장을 보냈다고! 도무지 무슨 심보인지 알 수가 없더라고. 나는 그 새끼가 호모라는 사실을 전부 까발릴 작정으로 결혼식에 갔어. 광화문 한가운데 있는 호텔이었는데, 그 자식이 희멀건 면상을 하고 제 아버지 옆에 서 있더군. 신부는 카펫보다 긴 베일을 쓰고 있었어. 나는 달려 나갈 때를 기다리다가…… 식 중간에 그냥 나와버렸어. 주례사가 너무 길었던 데다, 내가 너무 땀을 흘려서 사람들이 자꾸 나를 쳐다봤거든. 지금은 잘했다고 생각해. 그 자식과는 그걸로 완전히 끝이 났으니까."

"완전히 끝이 났죠."

미지는 동우 선배의 어깨에 손을 대고 일어섰다.

"이제 이 얘기도 끝을 내죠. 그만 들어가서 쉬는 게 좋지 않겠어요?"

남편은 피우던 담배를 비벼 껐다. 동우 선배는 두 손으로 마른세수를 하더니, 조용히 자리에서 일어났다. 11시가 넘은 시간이었다. 우리는 테이블을 대충 정리하고, 인사를 한 뒤 각자 텐트에 들어갔다. 텐트는 작고 아늑했다. 남편은 팔베개를 하고 누워 천장을 바라보았다.

"정말 안됐군. 당신 친구랑 남편 말이야."

평소보다 술을 많이 마신 남편은 얼굴이 벌겠다.

"착한 사람들 같은데. 정말 안됐어."

남편은 크게 하품을 하더니, 잠시 뒤척이다 잠이 들었다. 미지네 텐트에서 뭐라고 웅얼거리는 소리가 들렸다.

자정이 지나, 나는 남편이 깨지 않도록 조심스럽게 텐트에서 나왔다. 조금 전까지 네 사람이 앉아 있던 화롯가는 불꽃이 다

사위어져가고 있었다. 캄캄한 어둠 속에 매달린 해먹이 보였다. 그것은 마치 공중에 그냥 떠 있는 것처럼 보였다. 밤의 정적 가운데 멀리서 계곡의 물소리가 들렸다. 나는 의자에 앉아 화로에 손을 가져다 댔다. 아직은 따뜻한 기운이 조금 남아 있었다.

그때 뒤에서 텐트 열리는 소리가 나더니, 미지가 조용한 목소리로 나를 불렀다.

"잠이 안 오니?"

"밤공기가 좋네."

미지는 빙긋 웃더니 "커피 마실래?" 하고 물었다. 나는 고개를 끄덕였다. 과거에도 그녀와 나는 이렇게 단둘이 텐트에서 빠져나와 커피를 마시곤 했다. 미지는 버너에 물을 올리고, 인스턴트 커피의 봉지를 뜯어 양철컵에 털어 넣었다.

"치료 받으면서 인스턴트는 몽땅 다 끊었는데, 이건 못 끊겠더라."

"몸은 이제 괜찮은 거니?"

"지금은. 앞으로가 문제지. 순식간에 재발되고 전이되니까. 정기검진 때마다 내장이 다 졸아붙는 것 같아."

곧 물이 끓는 소리가 났다. 알싸한 밤공기 중에 달콤한 커피 향기가 퍼졌다. 미지는 담요를 두 개 꺼내 와서, 내게 한 개를 건네주었다. 그리고 내 옆으로 의자를 끌어다 앉았다.

"그래도 캠핑 다니기 시작하면서 몸 상태가 눈에 띄게 좋아졌어. 항암 치료 결과도 좋아졌고."

미지는 의자에 등을 기대고 깊이 숨을 들이마셨다.

"최근에 동아리 사람들도 다시 보기 시작했지. 서로 보면 언짢은 기억만 떠올라서 한동안 연락 끊고 살았거든."

"제이유 때문에……"

"다 그 친구 때문은 아니야."

미지는 부드럽게 내 말을 막았다.

"나는 상황이 이렇게 된 게 다 그 친구 때문이라고 생각 안 해. 문제는 오히려…… 그 친구를 대하는 이쪽의 태도였지. 늘 이상한 편향이 있었잖아. 그 친구가 하는 말이면 뭐든지 따라가고, 동조하는 분위기가 있었어."

나는 고개를 끄덕였다.

"아마도 그 친구한테 있는 밝은 빛 같은 걸 흠모했던 걸 거야. 결국 헛것이었지만."

미지는 어깨를 덮은 담요를 더욱 바짝 끌어당겼다. 그녀와 나는 잠시 침묵한 채 커피를 마셨다. 텐트 안에서 잠든 남편의 코 고는 소리가 작게 흘러나왔다. 미지는 잠시 커피 잔을 들여다보더니, 조용히 입을 열었다.

"얼마 전, 제이유한테 연락을 받은 적이 있어."

나는 테이블에 괴고 있던 팔꿈치를 떼고 그녀를 바라보았다.

"집으로 전화를 했더라고. 남편은 집에 없었고, 비가 내리는 겨울밤이었어. 술을 많이 마셨는지 어지간히 횡설수설이었어.

결혼하고 그다음 해에 이혼한 후 아버지에게서 쫓겨났다는 이야기는 나도 들어서 알고 있었지. 지금은 지방도시에서 수제가죽 신발 가게를 하고 있대. 세계 각국 사람들의 발 모양을 모아놓은 표본이 있는데, 그게 수천 가지가 넘는다, 뭐 그런 시답잖은 이야기를 계속 하더라고. 언젠가 내가 찾아오면 날 위한 신발을 찾아주겠다나? 한참 신발 얘기를 늘어놓더니, 내게 그제야 어떻게 지내냐고 묻더라. 난 잘 지낸다고만 이야기했지. 그 친구는 새로운 애인과 함께 살고 있는데, 어쩐지 잘되지 않을 것 같다고 했어. 어쩌면 다른 지역으로 이사를 가야 할지도 모르겠다고, 모든 걸 다시 시작해야 할 때인 것 같다고 말이야. 목소리가 계속 떨려서, 혹시 추운 데 있는 게 아니냐고 물었더니 괜찮다고 하더라. 그리고 잠시 아무 소리도 들리지 않기에 전화를 끊은 줄 알았어. 그래서 나도 끊으려고 했더니, 황급하게 내 이름을 부르더니, 돈을 좀 꿔줄 수 있느냐고 묻는 거야. 많이도 필요 없대. 딱 백만 원만. 솔직히 너무 화가 나더라고."

미지는 야윈 얼굴로 나를 보며 말했다.

"비상금으로 가지고 있던 딱 그만큼의 돈이 있었어. 전화를 끊고 그 돈을 부쳐줬지. 남편이 다 죽는 소리를 해도 단 한 번 건드린 적 없는 돈인데, 왜 그랬는지 모르겠어. 젊은 시절의 연정이 남아 있어서였을까. 암튼 돈을 부치자마자 곧장 다시 전화가 걸려왔는데 정말 고맙다고 돈을 꼭 갚겠다고 하더라. 내 돈 뿐 아니라 우리들한테 빚진 돈 전부, 잊지 않고 있다는 거야. 그 돈을 갚지 못하면 자긴 아마 눈을 감지 못할 거라고 너스레까지 떨더군. 나는 투자금을 돌려받을 이유는 없고, 내 돈 백만 원은 못 받아도 상관없으니 다시는 전화하지 말라고 했지. 그는 아무 말도 하지 않더니 잠시 후 툭 전화를 끊었어. 그게 마지막이야. 알고 보니 다른 친구들에게도 다 전화를 돌렸다더라. 넌 외국에 있었으니 몰랐을 거야."

이야기를 마치고, 미지는 입을 꽉 다물었다. 나는 커피 잔을 입에 가져다 대보았지만 커피는 이미 차갑게 식어 있었다. 화롯가에도 더 이상 온기가 남아 있지 않았다.

"시간이 그렇게 많이 지난 것 같지도 않은데, 모든 게 변해버렸다는 게 정말 신기해. 젊은 시절 한때밖에 돌아볼 게 없다는 건, 인간이 결국 보잘것없는 존재라는 뜻일 거야. 그렇지 않니?"

텐트로 돌아간 후에도 나는 오랫동안 잠을 이루지 못했다. 바람 부는 소리가 유난히 크게 들렸다. 남편은 잠결에 내 가슴을 더듬다가, 내가 손을 밀어내자 잠시 투덜거렸다. 텐트 밖의 나뭇가지 그림자가 일그러져 보였다. 바람이 심한 새벽이면 잠에서 깨어 내 침실로 찾아오는 아이가 떠올랐다. 외가의 낯선 방에서 일어난 아이는 무슨 생각을 할까.

미국에서 아이를 낳았을 때, 나는 심각한 우울증에 빠졌었다. 남편의 대학 근처에 있던 값싼 아파트는 웃풍이 심해, 자리에 누워 있으면 문이 덜컹거리는 소리가 들렸다. 아이는 밤새 잠을 자지 않고 울기만 했다. 나는 아이를 증오했고, 그 아파트의 지저분한 창문 밖으로 보이는 겨울 산의 황량한 풍경을 증오했고, 나를 그곳에 이르게 한 남편을 증오했다. 아이가 우는 소리를 듣지 않기 위해, 낮에는 종종 귀마개를 끼고 잠을 잤다. 아이는 탈수증세로 몇 차례나 병원에 실려 갔다. 나는 그 일을 지금껏 누구에게도 들키지 않았다.

다음 날 아침 눈을 떴을 때, 남편은 두 눈을 크게 뜨고 나를 내려다보고 있었다.

"왜 그래?"

나는 깜짝 놀라 자리에서 벌떡 일어났다.

"지민이한테 무슨 일 생겼어?"

남편은 말없이 휴대폰 메시지를 보여주었다. 면접을 보러 갔던 학교 측에서 보내 온 뒤늦은 합격 통보였다.

"어제 회의 끝나고 연락한다는 게, 회식이 길어져서 깜빡했대. 이따가 오전에 전화하겠다는군."

남편은 벌써 옷을 다 갖춰 입고 있었다. 그는 집에 돌아가서, 정돈된 마음으로 '소식'을 듣고 싶어 했다.

"어머님한테 들러 지민이를 데리고 가려면 시간이 없어. 서두르자고."

텐트 밖으로 나가자, 동우 선배가 술에서 덜 깬 듯 부스스한 얼굴로 나무에 묶어둔 해먹을 풀고 있었다. 사방에서 새들이

지저귀는 소리가 들렸다. 아침 준비를 하던 미지가 반색을 하며 우리를 맞았다.

"잘 주무셨어요, 불편하지 않으셨고요?"

"네, 덕분에 정말 편히 잤습니다."

남편은 시계를 내려다보며 대답했다. 아침 메뉴는 달걀죽이었다. 남편은 입안이 깔깔해서 음식 생각이 없다고 했다. 나는 죽을 후후 불어가면서 두 그릇이나 먹었다. 남편이 자꾸 시계를 들여다보자, 미지가 무슨 일이 있느냐고 물었다.

"갑자기 중요한 손님이 오기로 해서요."

"그럼 먼저 내려가시죠. 어차피 우리도 조금 있다가 내려갈 테니까요."

동우 선배가 말했다. 남편은 뒷정리를 돕겠다고 했지만, 선배는 고개를 가로저었다.

"혼자 하는 게 더 편해요. 오래 걸리지도 않고요."

미지와 나는 자동차 앞에 서서 작별 인사를 나누었다. 미지는 곧 동아리 사람들과 다 같이 한자리에서 보자며, 그때 내게 다시 연락하겠다고 말했다. 나는 꼭 연락을 달라고 당부했다.

자동차에 짐을 다 실은 남편은 동우 선배에게 손을 내밀어 악수를 청했다. 그는 전날의 어수룩함을 벗어던졌고, 유쾌한 어투로 말했다.

"초대해주셔서 다시 한 번 감사합니다."

"아닙니다. 집사람도 나도 즐거웠어요."

남편은 직접 운전대를 잡았다. 조수석에 앉은 나는 사이드 미러에 비친 미지와 동우 선배를 바라보았다. 그들은 우리가 완전히 시야에서 사라질 때까지 그 자리에서 꼼짝도 하지 않고 서 있었다.

"온몸 구석구석 안 쑤시는 데가 없군. 재미 삼아 한 번이지, 두 번 할 일은 아니야."

남편은 한 손으로 목을 주무르며 굽은 길을 빠르게 달렸다.

"오늘 저녁에는 근사한 데서 외식을 하자고. 지민이에게 전화해서, 뭘 먹고 싶은지 한번 물어봐."

"그 애는 햄버거나 먹자고 할 텐데."

"그래도 한번 전화해봐. 지민이 목소리를 듣고 싶어."

산비탈길을 지나고 있을 때, 뭔가가 차 앞으로 휙 지나가면서 둔탁한 소리를 내고 앞 범퍼에 부딪쳤다. 남편은 급하게 브레이크 페달을 밟았다.

"무슨 일이야?"

"모르겠어."

남편이 차에서 내린 후, 나는 그를 뒤따라 내렸다. 도로는 텅 비어 있었다. 보이는 것은 핏자국뿐이었다. 도로 위에 점점이 떨어진 핏자국은 숲 쪽을 향하고 있었다. 우리는 잠시 말없이 그것을 바라보았다.

"어서 차에 타."

남편은 주변을 둘러보더니, 먼저 차에 올랐다. 나는 점점이 떨어진 핏자국에 손을 대보았다. 손에 끈적끈적한 피가 묻어났다. 나는 몸서리치며 그것을 도로 땅바닥에 문질러 닦아내려 했다. 하지만 핏자국은 사라지지 않았다. 사방이 고요한 가운데, 계곡의 물소리가 귓가를 울렸다. 햇볕이 점점 더 강해지면서 숲의 나뭇잎이 하얗게 부서져 보였다. 멀리서 아이의 울음소리가 들리는 듯했다.

오픈하우스

새벽녘, 복도는 캄캄하고 고요하다. 나는 발소리를 죽이고 계단을 내려간다. 육중한 무게의 현관문을 온 힘을 다해서 밀고 나간다. 숙소 뒤편에는 감나무 숲이 우거져 있다. 숲 안쪽으로 깊숙이 들어가서, 담배에 불을 붙인다. 치료소에서는 식욕을 떨어뜨린다는 이유로 담배의 반입을 엄격하게 금지했지만, 나는 직원들의 눈을 피해 속옷 속에 말보로 한 갑을 숨겨 들어왔다.

S치료소는 섭식장애를 앓는 여성 환자들을 위한 시설로, 의사와 간호사, 영양사까지 상주하는 곳이다. 엄마는 나흘 전, 나를 직접 이곳에 데려다주었다. 원래대로라면 예약 환자가 밀려 한참을 기다려야 하는데, 치료소 측에서 갑자기 빈방이 나왔다

는 연락을 해온 것이다.

"너도 내년이면 서른 살이다."

나를 내려다 주고 떠나기 전에 엄마는 말했다.

"이제 더 이상 어린애가 아니란 말이다."

아버지와 이혼한 후, 엄마는 서른 살에 공부를 다시 시작했다. 엄마는 초등학교 교사부터 장학사를 거쳐, 얼마 전 모교의 교장 자리에 앉았다. 가히 성공 스토리라 부를 만한 이야기다. 그사이 나는 외할머니의 손에서 자라다시피 했다.

내가 거식증이라는 말을 꺼내놓았을 때, 엄마는 아무 말도 하지 않았다. 아마 무슨 말을 해야 할지 몰랐을 것이다. 엄마는 원래 자기 감정을 드러내는 사람이 아니었다. 대신 엄마는 이 치료소를 찾아냈고, 돈을 지불했다. 사실 정말 만만치 않은 금액이었다.

지난 1년 사이 나는 몸이 줄어드는 물약을 먹은 앨리스처럼 작아지고, 작아졌다. 제일 먼저 가슴이 납작해지더니, 뼈마디가 불거졌고, 월경이 끊겼다. 온종일 두꺼운 담요를 덮고 누워 있다 보니 일흔 살 노인처럼 피부가 흐물흐물해졌다. 부스럼이 일어나고 탈모가 시작되었지만, 나는 별로 심각하게 받아들이지 않았다. 그런데 어느 날 밤, 나는 갑자기 심장에 충격이 오는 느낌을 받았다. 숨을 쉴 수 없는 마비 상태가 30초쯤 지속되었다. 나는 겨우 엄마에게 전화를 걸었다. 그 일이 아니었다면 여전히 방 안에서 치즈 한 장을 열 조각으로 나누어 먹는 작업에 골몰하며 하루하루를 보냈을 것이다.

치료소에 도착한 첫날, 나는 이곳의 의료 지원과 생활수칙에 따르겠다는 동의서에 사인했다. 휴게소에 모여 있는 여자들 몇 명이 호기심 어린 눈으로 나를 바라보았다. 7평 남짓한 방에 가구라곤 침대와 옷장, 의자 한 개가 전부였다. 방은 무척 깨끗했고, 향기가 없었다. 우려했던 소독약 냄새도 나지 않았다. 한 번도 누군가 머문 적이 없는 것 같은 방이었다.

나는 침대에 누워 멀뚱멀뚱 천장을 바라보았다. 매트리스는 푹신한데, 자꾸 등이 배기는 느낌이었다. 몸을 움직일 때마다 자그맣게 바스락거리는 소리가 들렸다. 참다 못해 자리에서 일어난 나는 매트를 들어 올렸다. 움푹 파인 나무 프레임 속에 색색의 포장지에 싸인 초콜릿이 처박혀 있었다. 장미향 초콜릿, 귤맛 초콜릿, 녹차맛 초콜릿, 화이트 초콜릿, 아몬드 초콜릿, 럼주 초콜릿…… 나는 잠시 이것이 몰래카메라나 입소 신고식 같은 것일까 생각해봤다. 하지만 거식증 환자들에게 음식과 관련된 장난은 조금도 우습지 않을뿐더러, 치료소 분위기는 그런 식의 위트와 어울리지 않았다. 그렇다면 이것은 전에 방을 쓰던 사람이 급하게 떠나면서 두고 간 분실물인지도 몰랐다. 나는 어둠 속에서 반짝이는 초콜릿 포장들을 검정색 비닐봉지에 거칠게 쓸어 담아 옷장 깊숙이 숨겨두었다. 하지만 나흘이 지나도록 주인은 나타나지 않았다.

치료소의 기상 시간은 7시, 힘찬 클래식이 잠든 여자들을 깨운다. 나는 머리를 감고, 옷을 갈아입은 뒤 식당으로 내려간다. 3층 저택을 개조한 치료소 건물은 일반 가정집과 비슷한 구조다. 거실에는 커다란 10인용 크림색 소파가 놓여 있다. 먼저 식사를 마친 간호사 둘이 그곳에 앉아 이야기를 나누고 있다. 음식 냄새에 위장이 꼬이는 듯하다. 나는 식당 앞의 유리문에 붙은 두 가지 아침 메뉴를 뚫어져라 바라본다.

"들깨죽은 맛없어요."

식당에서 식사를 마치고 나오던 옆방 여자가 내게 말한다.

"된장국 백반이 훨씬 나아요."

엉거주춤 뒤를 돌아본 나는 여자에게 고개를 까딱하고 인사한다. 중년의 나이에, 꼬챙이처럼 마른 그녀는 매일 같은 트레이닝복 차림이다. 운동선수처럼 짧은 헤어스타일이 흔치 않음에도, 나는 그 여자가 어쩐지 낯이 익다. 나와 같은 날 이곳에 들어온 옆방 여자는 종일 치료소 주변을 달리고, 또 달린다. 그녀의 단단한 팔과 다리를 바라보는 다른 여자들의 표정이 샐쭉하다.

나는 옆방 여자의 조언대로 시금치된장국을 주문한다. 치료소의 식사 시간은 학교의 수학 시험 풍경과 비슷하다. 환자들은 자신의 식판 위에 놓인 음식을 노려보면서, 머릿속으로 칼로리를 계산한다. 숫자를 더하고, 빼고, 음식을 최소한 자그맣게 조각내서 천천히 씹어 먹는다. 소꿉놀이를 하듯, 작게, 더 작게. 얼마 안 되는 음식의 맛을 제대로 느끼기 위해서는 오랜 시간과 집중력이 필요하다.

나는 밥에 섞인 콩을 골라 먹으며, 창밖을 바라본다. 낮은 담 너머로 옆집의 정경이 보인다. 상아색 외벽에, 금빛 지붕을 가진 3층집이다. 우아한 곡선을 이루는 발코니, 반원형 창문에 반사되는 햇빛, 잔디밭의 하얀색 티 테이블이 한 폭의 수채화 같다. 그 집의 푸른 대문은 누군가를 초대하는 듯 활짝 열려 있다. 나는 풍경을 유심히 지켜보면서 콩과 브로콜리, 사과 반쪽을 먹는다.

아침 식사 시간이 끝날 무렵, 원장이 식당에 나타난다. 단정한 검정색 슈트를 입은 오십대의 원장은 치료소 안의 환자들처럼 마른 몸집이다. 원장은 치료소의 연말 행사인 오픈하우스 일정에 대해 이야기한다.

나는 대학 시절 기숙사 오픈하우스를 떠올린다. 초봄, 흐드러진 벚꽃과 꽃가루, 룸메이트들의 속삭임, 키득거림. 나는 늘 과체중이었고, 공대를 다녔는데도 졸업할 때까지 남자 친구를 사귀어보지 않았다. 키가 크고, 친절하고, 말이 없는 남자애들, 나는 그들을 어떻게 대해야 할지 몰랐다. 오픈하우스 날이면 룸메이트의 남자 친구가 떠날 때까지 기숙사 근처를 서성이기만 했던 것이다.

"손님 초대가 의무 사항은 아니죠?"

앞에 앉아 있던 여자애가 손을 들고 원장에게 묻는다. 원장은 의무 사항 같은 것은 없다고 대답하며 활짝 웃는다. 여자애는 한숨을 내쉰다. 자세히 보니, 지난 저녁 집단 상담 시간에 화자로 나섰던 아이였다.

"내가 원하는 건 날씬해지는 것뿐이에요."

여자애는 파랗게 핏줄이 드러난 팔로 팔짱을 끼고, 낮은 목소리로 말했다.

"뭔가를 먹으면 나 자신이 뚱뚱해지는 기분이 들고, 그러면 정말 기분이 언짢아요. 차라리 굶고 마는 게 낫죠. 굶으면 깨끗하잖아요."

스무 살이라는데, 얼굴의 주름 때문에 훨씬 더 나이가 들어 보여 기억에 남는 얼굴이었다. 늙은 아기 같은 얼굴.

"……여기 오신 지 얼마 안 됐죠?"

자신을 바라보는 시선을 느꼈는지 여자애가 고개를 돌리고, 내게 묻는다.

여자애의 이름은 수미. 수미는 3년째 이 치료소에서 겨울방학을 보내고 있다고 한다. 집으로 돌아가면 여지없이 구토를 시작하기 때문이다. 그녀는 치료소의 단골인 만큼 시설이 돌아가는 사정을 누구보다 잘 알고 있다.

"원장은 우리처럼 정상적인 식사를 안 해요. 저 할망구가 블랙커피, 아몬드, 사과 말고 다른 걸 먹는 모습을 본 적이 없다니까요."

수미는 쓴웃음을 짓는다.

"여기서는 모든 게 다 계산속이에요. 갑자기 오픈하우스다 뭐다 하는 데도 이유가 있죠."

그녀는 목소리를 낮추고 말한다.

"이런 얘길 해도 될지 모르겠는데…… 언니가 쓰는 방이요. 307호 맞죠? 전에 열여섯 살짜리 여자애가 썼어요. 체중이 30킬로그램이었는데, 좀처럼 몸무게가 늘지 않았죠. 먹는 척하면서 음식을 버리고, 토해냈거든요. 그 애는 주사를 맞으며 하루하루를 버텼어요. 해골처럼 말라서 앰뷸런스에 실려간 게 일주일 전이었는데…… 결국 죽어버렸대요. 간호사 언니들이 말하는 걸 들었어요."

수미는 잠시 입을 다물었다가, 기어들어가는 목소리로 말한다.

"그 애는 매일 밤 윗몸일으키기를 수천 개씩 했어요. 고작 윗몸일으키기나 하다가 스무 살이 되기도 전에 죽어버린 거예요."

수미는 미간을 찌푸리고 혼잣말을 하듯 중얼거린다.

"죽기 전에 대체 무슨 생각이 들었을까요."

나는 아무 말도 하지 않는다. 굶주림은 모든 생각을 앗아간다. 팽팽하게 긴장된 위장에 대한 느낌 말고 그곳에서는 아무 감정도 느껴지지 않는다. 두려움도, 불안도, 슬픔도, 혼란도 끼어들 틈이 없다. 허기, 오직 허기뿐인 것이다. 숙소로 돌아온 나는 옷장 문을 열고, 숨겨놓은 초콜릿 꾸러미를 꺼낸다. 색색

깔의 초콜릿 포장이 바스락 소리를 낸다. 달콤한 향기와 함께 위장에 싸르르한 느낌이 스치고 지나간다.

석사 과정을 마친 후 대기업의 LCD 연구소에 들어갔을 때 나는 스물여섯 살이었다. 연구소는 전자부품 공장이 모여 있는 지방에 있었다. 태어나서 한 번도 서울을 떠나본 적 없던 나는 아침마다 뿌옇게 안개가 끼는 낯선 도시에서 새로운 생활을 시작했다. 연구소의 독신자들이 모여 사는 아파트 창밖으로 지역의 명물이라는 호수가 한눈에 들어왔다.

백여 명이 모인 연구소 안에서 나는 제일 젊은 여자였다. 2밀리미터의 유리 액정을 1밀리미터로 줄이는 기술 개발을 위한 프로젝트가 진행 중이었고, 경쟁사와 촌각을 다투는 시국이었다. 연구원들은 일주일 내내 야근을 하거나, 일거리를 집으로 가져가곤 했다. 매일 쏟아져 나오는 논문을 짧게 요약해서 총알처럼 퍼 나르는 게 내 일이었다. 때로는 독일어, 일어로 된 논문까지 봐야 했다. 입사 동기들은 전부 남자들이라 별말이 없었고, 쉬는 시간이면 저들끼리 담배를 피우러 몰려 나가곤 했다. 일이 많아지면서 책상 서랍 안에는 온갖 종류의 먹을거리가 늘어갔다. 음식이 마음을 달래주고, 힘든 생각에서 벗어나게 해주었다. 체중을 유지하기 위해 손가락을 집어넣어 토해냈기 때문에 늘 턱이 반쯤은 부은 상태였다.

당시 나는 옆 부서의 연구원과 사귀고 있었다. 밥을 먹을 때

허리띠를 푸는 것과, 섹스 중에 다소 거친 말을 하는 걸 빼면 딱히 나무랄 데 없는 남자였다. 그는 처음부터 결혼 이야기를 서슴없이 꺼내어 나를 놀라게 했다. 그와 나는 중형 평수의 아파트와 SUV 차량, 그리고 4인 가족에 이르는 환상을 무리 없이 공유했다. 우리는 일주일에 한 번 극장에 가거나 야구장에 갔고, 주로 회사 사람들에 대한 뒷소문과 험담을 주제로 대화했다. 그는 내가 다른 여자들과 달리 잘 먹고, 잘 웃어서 좋다고 했다. 나는 그의 앞에서 끝없이 음식을 먹으며 즐겁게 재잘댔고, 그가 잠들고 나면 조용히 일어나서 먹은 것들을 토해냈다. 토사물 냄새 때문에 샤워는 꼭 두 번 했다. 구토가 끝나면 욕실 창문 밖의 검은 호수를 바라보며 턱 끝에 수건을 대고 서 있었다. 얼얼한 턱 끝으로 침이 흐르는 것을 제어할 수 없었다. 나는 내가 가질 수 있는 것과 가질 수 없는 것이 무엇인지 잘 알고 있었다. 대체로 운이 좋은 편이었다는 것을 인정하고, 감사해야 한다고 생각했다. 내게는 학위도 있고, 그럴듯한 직업, 나만의 방, 휴일에 타는 일제 스쿠터도 있었다. 그리고 곧 결혼도 하게 될 것이었다.

관계의 종지부를 찍은 건 그쪽이었다. 기념일을 며칠 앞둔 날이었는데, 그는 심상하게 창밖을 보면서, 내게 더 이상 욕망을 느끼지 않는다고 말했다. 이런 식으로 결혼할 수는 없잖아, 라고 그는 말했다. 나는 아무 말도 할 수 없었고, 그 역시 나의 대답을 원하지 않았다. 나는 꼿꼿이 허리를 세우고 일어나 연구실로 돌아갔다. 책상 위에는 눈에 띄는 곳마다 초코바, 비스킷이 가득했다. 손에 잡히는 것을 아무거나 입속에 밀어 넣었다. 배 속에서 쓰고 신 맛이 올라왔다.

그 후 나는 한동안 누구와도 만나지 않았다. 데이트에 의욕이 사라져버리기도 했고, 업무량이 늘어나기도 했다. 일주일에 반은 야근을 하고, 야근이 없는 날이면 혼자 마트에 가서 먹을거리를 사들였다. 떡볶이, 순대, 튀김, 닭강정, 김밥, 볶음우동, 햄버거, 피자, 도넛, 초코시폰케이크 따위를 아기처럼 소중히 품에 안고 집에 돌아와서, 옷도 갈아입지 않고 바닥에 주저앉아 음식을 먹었다. 입속에서 음식을 부서뜨리고, 씹고, 깨물고, 삼키는 동안에는 머리가 부어오른 것처럼 멍한 쾌감이 느껴졌다.

시간이 얼마쯤 지났을까. 방문을 두드리는 소리에 퍼뜩 잠에서 깬다. 간식 시간을 알리는 영양사들의 목소리가 들린다. 몸이 땅속으로 꺼지는 기분이다. 입안이 바싹 말라, 아무것도 먹을 수 없을 것 같다. 돌연 한기가 느껴지며, 몸이 떨린다. 점퍼를 꺼내 입자, 옷자락이 몸에서 휘휘 돌아간다. 불과 1년 전에는 한 치의 여유 없이 딱 맞았던 옷이다. 나는 점퍼를 몸에 친친 감고, 식당으로 내려간다. 기운이 없어서 몇 걸음만 옮겨도 금세 숨이 가쁘다.

치료소의 일과는 자유로운 편이지만, 음식만큼은 모두 한자리에서 먹도록 한다. 서로가 서로를 감시하기 위한 것이다. 정해진 열량을 섭취하지 않으면, 곧바로 의료 팀의 호출을 받게 된다. 구석에 혼자 앉아 있던 수미가 내게 손을 흔들어 보인다.

간식으로 나온 홍시는 부드럽고, 말랑말랑하다. 나는 수미의 옆에 앉아 홍시를 먹는다. 치료소 안에서는 음식물의 열량에 대해 이야기하는 게 금지되어 있지만, 환자들 대부분이 모든 메뉴의 정확한 칼로리 수치를 외우고 있다. 나는 홍시의 열량을 떠올리고, 작은 티스푼으로 한 입만 떠먹는다. 다디단 과육이 목을 타고 넘어간다. 위장이 깨어나지 않도록, 딱 두 번 떠먹은 후 스푼을 내려놓는다. 수미는 주먹만 한 다홍색 홍시를 뚫어져라 바라볼 뿐, 입도 대지 않는다.

다른 테이블에서는 오픈하우스에 누굴 초대할 것인지, 어떤 음식을 대접할 것인지에 대한 이야기가 한창이다. 콩으로 만든 햄버거, 야채산적, 미역줄기잡채가 물망에 오른다. 영양사는 3단 두부케이크를 만들 거라고 이야기한다. 그때 멀리서 옆방 여자가 홍시를 다 먹고 일어나는 모습이 보인다.

"밖에 나가시는 거면, 같이 가도 될까요?"

나는 여자를 따라 나간다.

"좀 걷고 싶은데 이 근처 길을 몰라서요."

여자는 잠시 나를 바라보더니, 고개를 끄덕인다. 수미도 나와 함께 여자의 뒤를 따른다.

치료소 주변은 고급 주택가로, 인적이 드물다. 한적한 숲길에 간혹 새소리가 들린다. 옆방 여자의 빠른 발걸음에 비해 수미와 나의 속도는 영 느리다. 여자는 우리를 뒤돌아보더니, 곧 좁은 보폭으로 보조를 맞춘다. 수미는 숨을 헉헉대면서 그녀에게 이런저런 질문을 던진다. 그녀는 의류 디자이너로, 치료소에 들어온 지는 일주일째라고 한다.

"의사가 이곳을 추천하더군요. 식단도 괜찮고, 무엇보다도 조용히 쉴 수 있는 곳이라고요."

그녀는 약간 허스키한 목소리로 말한다.

"남편은 내가 스위스로 출장 간 줄 알아요."

"결혼했어요?"

수미가 재미있다는 듯 그녀를 바라본다.

"환자들 중에서 결혼한 사람은 처음이에요."

순간, 나는 그 여자를 어디서 봤는지 기억해낸다. 의류 사업가로 성공한 대학 동문 선배 S였다. 나는 대학 재학 시절 그녀의 강연도 들은 적이 있다. 동대문에서 시작해 미국 로데오 거리까지 진출한 그녀의 브랜드는 국내에서 손꼽히는 명품이었다.

S의 손목에는 실지렁이가 기어가는 것 같은 흉터가 군데군데 나 있다. 나는 그것을 못 본 척한다. 우리는 한동안 말없이 길을 걷기만 한다. 치료소 주변을 한 바퀴 돌아오는 데 한 시간이 넘게 걸린다. 그 사이 S의 휴대폰 벨이 쉼 없이 울린다. 그녀는 휴대폰을 흘긋 바라보기만 할 뿐 전화를 받지는 않는다.

치료소 앞에 다다랐을 때, 옆집 대문이 활짝 열려 있는 게 보인다. 우리는 잠시 그 안쪽을 들여다본다.

"이 집 부부가 꽤나 유명한 화가래요."

수미가 말한다.

"남편이 아내를 위해서 집의 설계부터 건축까지 직접 했다던데요. 2층은 부인 아틀리에고, 3층에는 전시실도 있대요. 잡지에도 여러 번 나왔어요."

우리는 나란히 서서 그 집의 안쪽을 바라본다. 열린 대문 사이로, 반쯤 그늘이 드리워진 잔디밭이 보인다. 연못의 작고 둥근 바위 위에 노랑부리 새 한 마리가 미동도 없이 앉아 있다. 나는 어딘가에 이끌린 듯 그 새를 바라보다가, 일행을 따라 치료소로 올라간다.

그날 저녁 메뉴는 땅콩 드레싱을 뿌린 양상추샐러드와 훈제연어, 브로콜리와 파프리카 볶음이다. 나는 붉은색 파프리카를 손톱만 한 크기로 잘라내서 오랫동안 씹어 먹는다. 간호사는 음식을 거의 다 남긴 식판을 내려다보더니, 나를 따로 불러낸다.

"계속 이렇게 굶으면 몸에 튜브 구멍을 뚫을 수밖에 없어요."

간호사는 날 겁주려는 듯 위장에 삽입하는 급식관에 대해 이야기한다. 나는 아무 내색도 하지 않지만, 영양분을 주사로 공급받는 방식도 나쁘지 않다고 생각한다. 매일 정해진 만큼만 정확하게, 무감하게. 더 이상 음식을 먹지 않아도 된다면, 그보다 더 좋은 일은 없을 것이다.

사람들이 모두 식당을 빠져나간 뒤, 나는 집단 상담실로 내려간다. 중년의 상담사는 환자들에게 주머니를 돌리고 있다. 머리를 노랗게 물들인 젊은 여자가 주머니에 손을 넣는다. 그녀는 불안한 표정으로 주머니에서 공을 꺼내 상담사에게 건넨다. 공에 적힌 주제어는 '비'다.

"……무슨 이야기를 하죠?"

"비에 얽힌 이야기면 무엇이든지요. 비 오는 날 즐겨 부르는 노래나, 비 오는 날 먹는 음식, 비 오는 소리에 대해서라도, 뭐든지 좋아요."

잠시 생각에 잠겨 있던 노랑머리 여자는 조심스럽게 고개를 들고 주위를 둘러본다.

"저는 어렸을 때 제주도에 살았어요. 그 섬은…… 비가 자주 내리죠. 폭풍이라도 오면, 땅 위에 아무것도 들러붙어 있지 못해요. 내가 아기였을 때는, 집이 폭우에 떠내려간 적도 있대요. 그래서인지 어렸을 때부터 비가 내리는 밤에는 잠을 잘 이루지 못했어요. 엄마는 내가 잠들 때까지 옆에서 노래를 불러줬죠. 자장가도 아니고, 유행가도 아니고, 그냥 혼잣말처럼 흥얼거리는 노랜데…… 엄마가 돌아가시고 난 뒤, 나는 그 노래들을 다 잊어버렸어요."

노랑머리 여자는 수수깡처럼 마른 다리를 덜덜 떨어댄다. 여자는 가느다란 목소리로 띄엄띄엄 말을 잇는다.

"엄마는 뚱뚱하고, 웃음이 헤프고…… 항상 남자가 끊이지 않았죠. 남자들은 전부 엄마를 이용했고, 결국은 배신했어요. 휴일도 없이 장사를 해서 모은 돈이 그런 식으로 풀풀 날아갔죠. 엄마는 늘 당하면서도, 남자들의 달콤한 말에 매번 넘어갔어요. 그게 없으면 못 사는 사람이었죠. 나는 학교를 졸업하자마자 엄마를 떠났어요. ……얼굴엔 기미가 가득하고, 살집이 덕지덕지 붙었는데, 그래도 엄마 눈은 참 예뻤죠. 속눈썹이 아주 길어서, 비를 맞으면 거기 물방울이 맺힐 정도였어요."

뼈만 남은 등이 구부정해 노랑머리 여자는 갑각류의 곤충처럼 보인다. 이야기가 다 끝났을 즈음, 창밖에는 정말로 비가 내리고 있다. 투명한 유리창에 빗방울이 뿌옇게 번진다. 여자들은 조용히 자리에서 일어나 숙소로 돌아간다.

숙소가 있는 3층 입구에서 누군가와 통화하며 맹렬히 싸우는 S와 마주친다. 비가 오는데도 밖에서 달렸는지, 몸에서 물이 뚝뚝 떨어진다. S는 지금껏 한 번도 단체 상담에 참여하지 않았다. 그녀는 휴대폰을 어깨에 끼운 채로 내게 인사를 한 뒤, 방으로 들어간다.

나는 방에 들어와서 창문을 열고, 침대에 앉아 담배를 피운다. 땅을 적시는 빗소리가 들린다. 내게 담배를 가르친 사람은 엄마다. 퇴근 후 집에 돌아와서 슬립 차림으로 담배를 피우던 엄마, 연기 속에 있는 엄마. 나는 담배를 다 피우고, 창문을 닫은 후 침대에 들어가 곧장 잠이 든다. 그치지 않는 거센 빗소리가 몸을 울리는 듯하다.

한밤중에 나는 장이 비틀리는 것 같은 통증을 느끼고 잠에서 깬다. 신음도, 숨소리도 낼 수 없다. 날카로운 갈고리가 내장을 긁어대는 것 같다. 통증이 파도처럼 밀려오고, 밀려 나간다. 경련이 멎은 후, 위장에 알코올을 부은 듯 홧홧한 기운이 일어난다. 나는 한참 동안 몸을 일으킬 엄두도 내지 못하고 모로 누워 있다. 조금만 뒤척이면 뼈가 달그락거리는 소리를 들을 수 있을 것 같다. 창밖은 칠흑처럼 캄캄하다. 옆집의 상아색 외벽이 어둠 속에서 야광의 물질처럼 부연 빛을 낸다. 높은 고도에 올라와 있는 것처럼 귓속이 멍하다. 나는 압도적인 굶주림을 느끼고, 그것을 외면하고, 단지 그 꿈같은 풍경을 바라볼 뿐이다.

연구실에서 보낸 마지막 6개월간, 나는 매일 음식에 대해서 생각했다. 눈을 뜨면 제일 먼저 뭘 먹을까 생각했고, 식사를 마치면 간식으로는 무엇을 먹을 것인가에 대해 생각했다. 내가 제일 좋아하는 인쇄물은 음식 메뉴판이었다. 음식에 대한 사진이나 영상은 아무리 보고 있어도 질리지 않았다. 뭘 먹어도 만족할 수가 없었고, 늘 배가 고팠다.

LCD 액정의 두께는 반으로 줄어들었고, 연구실의 프로젝트는 성공을 거두었다. 더 이상 야근을 할 필요도, 패스트푸드로 끼니를 때울 필요도 없었지만, 나는 예전의 삶으로 돌아가지 못했다. 말수가 줄어들었고, 점심 시간에는 혼자 우두커니 앉아 있을 때가 많았다.

유일하게 나를 염려하던 사람은 연구실의 실장이었다. 그는 나보다 스무 살 위로, 연구실 생활 내내 아버지처럼 나를 돌봐주었다. 나는 그와 저녁을 먹으면서, 회사를 그만두고 학교로 돌아갈까 한다고 말했다. 그는 따뜻하게 데운 정종을 주문했고, 말없이 술잔에 술을 따라주었다. 이야기를 주고받으면서, 그는 찬찬히 내 눈 속을 살펴보았다. 술을 너무 많이 마셨다는 생각이 들었고, 이렇게 실장과 가까이 앉아 있는 게 조금 어색하다는 생각이 들었다. 그가 키스했을 때, 나는 팔다리가 마비된 사람처럼 굳어버렸다. 그는 조용히 웃음을 터뜨렸다. 그의 숨결에서 오래된 과일 냄새가 났다.

나는 연구실을 떠나지도 못했고, 실장과의 혼외 관계에서 벗어나지도 못했다. 그는 흰머리가 가득한 오십대의 남자였다. 그가 나를 아이처럼 다루는 것을, 나는 나를 소중히 여긴다는 뜻으로 착각했다. 나는 그의 욕망을 떠안는 대신, 그의 보살핌과 애정을 받았다. 그것이 내게는 너무나 절실했으므로, 다른 생각은 할 수 없었다. 나는 마트에서 음식을 사들이는 대신 그를 기다리기 시작했다. 퇴근 후에 그가 내 집에 들르기를 기다렸고, 그가 내 몸을 통해 쾌락을 취하는 동안 어색하고 불편한 상태가 지나가기를 기다렸고, 그와 함께 여름휴가를 떠나는 날을 기다렸다.

휴가를 떠나기로 했던 날, 그는 아침 일찍 전화를 걸었다. 그는 계획에 차질이 생겼다고 말했다. 기다리지 말라는 말만 남기고, 그는 전화를 끊었다. 다시 연락하겠다고 했지만, 전화는 다시 걸려오지 않았다. 나는 사흘 내내 집 안에서 한 발짝도 나가지 않았고, 연신 밥을 굶었다. 허기는 고통스러웠지만, 불안이나 두려움보다는 나았다. 그마저도 곧 무감각해졌다.

휴가 기간이 끝난 후, 나는 안개가 낀 새벽의 호숫가에서 실장을 만났다. 그는 더듬더듬, 현실에 대하여, 아내와 아이들에 대하여 말을 늘어놓았다. 그렇지만 헤어지자는 뜻은 아니었고, 우리가 좀더 조심해야 한다는 것이 요지였다. 그는 나를 눈에 띄지 않는 부서로 이동시켜주겠다고 했다. 며칠간 굶은 탓에 나는 도저히 그의 말에 집중할 수가 없었다. 마치 땅 위에서 붕 떠 있는 기분이었다. 나는 더 이상 그를 원하지 않았고, 그가 나를 원하기를 바라지도 않았다. 그것은 내가 처음으로 느끼는 해방감이었다.

그 후 내 몸은 점점 더 줄어들기 시작했다. 나는 블랙커피 한 잔으로 끼니를 때우고, 비스킷 한 조각으로 하루를 견뎠다. 살이 빠지면서, 내 몸은 점차 그 윤곽을 드러냈다. 골반이 솟아올랐고, 팔꿈치 뼈가 튀어나왔고, 구슬처럼 동그란 손목뼈가 도드라졌다. 연구실에 들어서면, 동료들이 즉각적으로 내 몸을 훑어보는 시선을 느낄 수 있었다. 실장과 완전히 헤어질 무렵 내 몸무게는 35킬로그램으로 떨어져 있었다. 그즈음엔 이미 내 몸에 대한 관심이 더욱 나를 사로잡고 있었다. 알몸으로 거울 앞에 서면, 갈비뼈를 하나하나 세어볼 수 있었다. 단단하고, 깨꿋하고, 영원한 뼈……

며칠사이 기온이 빠르게 떨어져, 나는 내복을 두 겹씩 입고 잠자리에 든다. 하지만 오한이 나서 좀처럼 깊은 잠을 이루지 못한다. 치료소에 들어온 지 열흘 만에 내 몸무게는 1킬로그램 더 줄어들었다. 신경이 바늘 끝처럼 날카로워지고 있다.

오픈하우스 당일, 아침부터 바깥에서 자동차 클랙슨 소리가 들린다. 창문으로 치료소를 향해 올라오는 사람들이 보인다. 거실에서 크리스마스 캐럴이 웅웅 울린다. 손님들 중에는 수미의 가족들도 있다. 아버지, 어머니, 언니, 그리고 눈송이처럼 새하얀 몰티즈 강아지까지. 수미의 어머니와 언니는 둘 다 이목구비가 뚜렷한 미인형에 눈에 띄게 키가 크다. 그들은 어딘지 어두운 표정으로 서로를 보고 웃는다.

"머리카락을 잘랐니? 좀 짧아 보이는데."

어머니의 물음에 수미는 손을 들어올려, 머리를 만지작거린다.

"요즘 식사는 어떻게 하니?"

"……잘 먹어요."

수미의 대답은 짧고, 간결하다. 평소의 수다스러운 모습은 전혀 없다. 그녀의 어머니는 딸을 찬찬히 위아래로 훑어본다.

"살이 좀 붙었구나."

수미는 바닥을 내려다보며 고개를 끄덕인다. 수미의 아버지는 한마디 말도 없이, 창가에 서서 바깥을 바라본다. 수미의 언니는 솜뭉치 같은 강아지를 소중히 품에 안고 있다. 그때 직원 중 한 명이 다가오더니, 강아지는 치료소 안으로 들어올 수 없다는 말을 전한다. 그 말을 듣자마자 수미의 언니는 의자에서 엉덩이를 떼고 일어난다.

"제가 대신 강아지를 봐드릴까요?"

잠자코 지켜보던 내가 나서자, 수미네 가족은 일제히 나를 쳐다본다.

"괜찮겠어요?"

"산책로 한 바퀴 돌고 오지, 뭐."

나는 마땅찮아하는 수미의 언니에게서 강아지 끈을 받아 들고 치료소 밖으로 나간다. 작은 몸집과 달리 기운이 넘치는 녀석이다. 나와 보조를 맞춰가던 강아지는 옆집을 지나갈 때, 갑자기 앞으로 튀어나간다. 나는 손에 잡은 끈을 놓쳐버리고 만다. 반쯤 열린 대문을 통과해 들어간 강아지는 신나게 잔디밭을 가로질러, 계단을 펄쩍펄쩍 뛰어 올라간다. 나는 허둥지둥 그 뒤를 쫓는다. 녀석은 그런 나를 비웃듯 왕왕 짖어대고, 뒷문의 신문 구멍 속으로 쏙 들어가버린다.

나는 숨을 몰아쉬며, 현관문의 초인종을 누른다. 안쪽에서는 아무 소리도 나지 않는다. 주먹으로 문을 두드려보아도 마찬가지다. 잠시 망설이다가, 뒷문으로 돌아가 문고리를 살짝 돌려본다. 파란색 나무문이 가볍게, 바람 소리를 내며 열린다.

"안녕하세요, 거기 누구 계세요?"

무단 침입이 아니라는 것을 분명히 하기 위해, 나는 몇 번이나 주인을 부른다. 그러나 아무 소리도 들리지 않는다. 나는 집 안으로 들어간다. 그곳엔 아무도 없다. 가구나 살림살이도 찾아볼 수 없다. 나는 헛것을 본 사람처럼 어리둥절한 기분이다. 그곳은 완전히 텅 빈 집인 것이다. 거실 끝에서 강아지가 나를 보고 반갑다는 듯 꼬리를 흔든다.

그날 저녁, 영양사는 미리 예고했던 대로 두부케이크를 만든다. 아직 떠나지 않은 손님들 때문에 식당 안은 꽤나 정신이 없다. 새하얀 삼단 케이크 위에는 커다란 하트 모양까지 장식되어 있다. 예상 외로 케이크는 꽤나 인기가 좋아서 한번 맛을 보려면 길게 줄을 서야 한다. 일찌감치 가족들이 치료소를 떠나자, 활기를 되찾은 수미는 제일 먼저 줄을 서서 케이크를 한 조각 받는다.

"집이 텅 비었다니, 그게 말이 돼요?"

수미는 낮에 내가 겪은 이야기를 듣고, 믿을 수가 없다는 듯 반박한다.

"그 집, 방마다 불이 환하게 켜져 있는 걸 한두 번 본 게 아닌데요. 어느 날은 음악 소리도 들리고요. 봐요, 지금도 저기 불이 켜져 있잖아요."

"글쎄, 그런데 완전히 빈집이더라니까."

S와 수미는 둘 다 믿을 수 없다는 표정이다.

"정 못 믿겠으면 같이 가보자고."

그 텅 빈 집을 그들에게 보여주는 일이 갑자기 내겐 무엇보다도 중요한 임무처럼 여겨진다. 나는 별로 내키지 않아 하는 S까지 끌고 치료소를 나선다. 손님들 때문에 소란스러워서, 아무도 우리가 빠져나가는 것을 눈여겨보지 않는다. 벌써 주위가 어둑어둑해지고 있다. 옆집의 반쯤 열린 철문을 슬쩍 밀자, 어둠 속에서 끼익, 소리가 난다. 남의 집에 이런 식으로 들어가도 되는 거냐고 수미가 속삭인다. 나는 잔디밭을 가로질러, 낮에 들어갔던 뒷문 쪽으로 두 사람을 이끈다.

집 안으로 들어서자, 아슴푸레한 거실 풍경이 눈에 들어온다. 깨끗하게 잘 닦인 마룻바닥 위에는 우리 세 사람의 그림자밖에는 아무것도 없다. 종이 한 장도 떨어져 있지 않다. 그곳은 마치 완전히 텅 빈 공간이 어떤 것인지를 보여주는 세트장 같다.

"정말이네."

S가 탄식하듯 자그맣게 중얼거린다.

"정말 아무도 없잖아."

나는 집 안으로 성큼성큼 걸어 들어간다. 그때, 멀리서 툭탁거리는 소리가 들린다. 식기가 부딪치는 소리, 그리고 희미한 음악 소리. 부엌 쪽에서 빛이 새어 나오고 있다. 우리는 한 발 한 발, 소리가 흘러나오는 쪽으로 걸음을 옮긴다.

부엌 바닥에 펼쳐진 체크무늬 식탁보 위에서 한 여자가 샌드위치를 먹고 있다. 로스트비프샌드위치, 튀긴 감자, 양상추샐러드, 팩에 든 포도주까지 꽤나 푸짐한 양이다. 여자는 우리가 들어온 것을 알아차리지 못하고 있다가 어떤 기척을 느꼈는지 뒤를 돌아보고 깜짝 놀란다.

"누구세요?"

"저희는 옆집…… 치료소에서 온 사람들이에요."

나는 가까스로 그렇게 대답한다. 바닥에 앉아 있던 여자가 엉거주춤 자리에서 일어난다. 여자는 군살이 고르게 붙은 중년으로, 화장기가 거의 없고, 두툼한 코트와 스웨터, 바지를 입고 있다.

"그런데 여기 무슨 일이시죠?"

나는 급한 대로 말을 지어낸다.

"오늘…… 저희 치료소의 오픈하우스거든요. 혹시 시간 되시면 놀러 오시라고요."

"초대는 고맙지만 저는 이 집의 주인이 아니에요."

여자는 재미있다는 듯 우리를 보고 말한다.

"저는 이 집의 매매를 의뢰받은 부동산업자예요."

"그럼 여기 살던 부부는요?"

수미가 묻는다.

"화가 부부가 사는 집이라고 들었는데요."

"모르죠. 이 집에서 나가 각자 다른 곳에서 산다는 것밖에. 열쇠를 넘겨받은 게 벌써 1년 전이에요."

여자는 어깨를 으쓱해 보인다.

"집을 짓는 데 3년이 넘게 걸렸다는데 실제로 그 사람들이 들어와 산 건 6개월도 안 돼요. 이 집은 워낙 개성이 강한 데다, 가격도 만만치 않아서 고객을 찾기가 어려워요. 그 뒤로 계속 빈집인 상태죠."

여자는 식탁보 위의 남은 음식을 주섬주섬 치우며, 말을 잇는다.

"빈집은 죽은 집이나 마찬가지라, 자주 들여다보지 않으면 안 돼요. 보일러도 돌리고, 청소도 해줘야 하죠. 그 핑계로 여기 들러서 시간을 보내곤 해요. 저한테는 쉬는 시간이죠. 집에는, 애들이 셋이나 되거든요."

할 말을 잃어버린 우리를 보고 여자가 묻는다.

"그런데 아까, 치료소에서 왔다고 하지 않았나요?"

나는 무슨 말을 해야 할지 몰라 망설인다. 하지만 말을 하지 않아도, 우리의 몰골을 보면 짐작할 수 있을 것이다. 셋 다 혈색이라고는 하나도 없는 데다 해골처럼 말랐고, 머리카락도 푸석푸석해서 영양실조 직전 상태로 보일 테니까. 여자도 더 이상은 묻지 않는다.

"그럼 이제 실례할게요. 청소를 시작해야 되거든요."

"좀 도와드릴까요?"

나는 충동적으로 그렇게 묻는다.

"나야 좋지만…… 그래도 괜찮겠어요?"

나는 고개를 끄덕인다. 어차피 치료소로 돌아간댔자 두부케이크 말고 별다른 재미도 없을 것이다. 치료소의 과열된 분위기가 불편한 것은 수미와 S 역시 마찬가지다. 여자는 커다란 가방에서 세정액과 마른 걸레를 꺼내고, 우리에게 창문을 맡아줄 것을 부탁한다. 우리는 그것을 받아 들고 거실의 통유리 앞에 붙어 선다. 2층에는 아틀리에라고 했던 커다란 방과 응접실이 있고, 3층에는 높은 천장의 전시실이 있다. 여자는 불을 환하게 켜고 그 텅 빈 방들을 돌아다니며 청소기를 밀고, 걸레로 구석구석을 닦아낸다. 소형 라디오에서 연신 흥겨운 올드팝송이 흘러나온다. 마치 여학교 시절 청소시간 같다.

집 안의 수도관이 얼어붙어, 우리는 연못가 옆의 수돗가에서 얼음장처럼 차가운 물로 걸레를 빤다. 여자는 힘이 없어서 자꾸 헛도는 수미의 손에서 걸레를 가져와 두세 번 만에 깨끗하게 헹구어낸다. 나는 눈동자처럼 검고 동그란 연못 속을 잠시 들여다본다.

청소를 마치자 그 집은 더욱 깨끗하고, 텅 비어 보인다. 우리는 거실 계단에 앉아 숨을 돌린다. 별로 한 일도 없이 녹초가 되어버린 기분이다. 여자는 보온병에 담긴 인스턴트 커피를 종이컵에 따라 우리에게 나누어준다. 하지만 우리 중 아무도 그것을 마시지 않는다. 그저 온기를 느끼기 위해 종이컵을 붙잡고 있을 뿐이다.

"이렇게 좋은 집이 몇 년째 비어 있다니, 안타깝네요."

내내 조용하던 S가 입을 열고 말한다.

"너무 큰 낭비잖아요."

"이 동네는 두 집 걸러 한 집이 비어 있어요. 빈집이 얼마나 많은지 알면 아마 깜짝 놀랄걸요."

여자가 S에게 말한다.

"계약이 끊이지 않는 집은 대개 다 빈촌 구역에 있죠. 계약서에 사인을 하자마자 사람들이 들어서서 짐 정리를 하고, 밥을 짓고, 불을 지피니까요. 그곳에서는 빈방이 나올 틈이 없어요."

여자는 종이컵에 든 커피를 한 모금 마시고 말을 이어간다.

"나는 정말 많은 집에 드나들어봤어요. 사람들이 좋아하는 집은 대개 비슷하죠. 누구나 넓고, 깨끗하고, 조용한 집을 찾으니까요. 그렇지만 현실이 그런가요? 고만고만한 돈으로 사방을 돌아다녀봐도, 들어갈 수 있는 집이란 빤하죠. 부동산업자가 되려면 제일 먼저 사람들의 실망스러운 표정에 익숙해져야 해요."

나는 그 집의 높은 천장을 올려다보고, 그곳에 조용조용 울리는 여자의 말을 듣는다.

"이상한 일이죠. 저기 언덕에 허물어져가는 집들은 빠짐없이 사람들이 들어차 있는데 이렇게 크고 아름다운 집들은 텅 비어 있다는 게…… 나는 가끔 그런 생각을 해요. 하늘에서 이쪽을 내려다보면, 우리가 얼마나 어리석을까. 그리고 둘 중 어느 곳이 진짜 집으로 보일까."

여자와 함께 뒷정리를 돕고 그 집에서 나왔을 때는 밤이 으슥한 시각이다. 밖으로 나오면서 여자는 자물쇠를 걸어보지만, 대문은 이내 슬그머니 다시 열린다. 여자는 내일 수리공을 불러야겠다고 말한다.

"도와줘서 고마워요, 이웃분들."

여자는 우리에게 손을 흔들고, 하늘색 경차에 올라탄다. 여자의 차가 떠나니, 갑자기 주변이 썰렁해진 기분이다. 우리는 말없이 치료소 쪽으로 올라간다.

그때, 갑자기 뒤에서 누군가 S의 이름을 부른다. 후줄근한 양복을 입은 오십대의 남자, 그는 혼자가 아니다. 그 옆에 빨간색 코트를 입은 열댓 살짜리 여자아이가 서 있다. S와 여자아이, 그 둘은 복사본처럼 닮았고, 똑같이 절망적인 표정으로 서로를 노려본다. 수미와 나는 눈빛을 교환한 뒤, 슬쩍 그들에게서 빠져나간다.

"애가 추울 텐데, 밤새 저기 서 있을 기세네요."

수미가 몸을 떨면서 말한다. 우리는 치료소의 계단을 빠르게 올라간다. 차가운 밤바람에 팔다리의 털이 꼿꼿이 일어나는 것 같다. 오랜만에 몸을 움직여 몹시 고단하기도 하다. 나는 빨갛게 언 손을 주머니에 넣는다. 바스락거리는 종이가 손에 잡힌다.

나는 수미에게 장미향 초콜릿을 건네고, 박하맛 초콜릿의 포장을 까서 입에 넣는다. 시원한 느낌과 함께 진한 초콜릿의 맛이 느껴진다. 숨을 내쉴 때마다 공기 중에 하얀 입김이 퍼진다.

"웬 초콜릿이에요?"

"누가 줬어."

치료소 계단을 다 올라와서, 나는 문득 옆집을 돌아본다. 그 집의 대문은 어느 틈에 활짝 열려, 어둠 속에서 속을 다 드러내고 있다. 부스러기 하나 없이 텅 빈 그 집의 풍경이 떠오른다. 달도 없는 밤의 추위 속에 꽝꽝 얼어가고 있는 금빛 지붕, 사람의 눈동자 같은 검은 연못, 아무것도 비치지 않는 반원형의 창문들…… 순간 얼어붙은 연못에서 쨍, 소리가 울린다. 나는 고개를 돌리고, 서둘러 계단을 뛰어 내려간다.

"어디 가요?"

수미가 내게 묻는다. 나는 전화를 걸러 간다고 대답한다. 아직 시간이 남았다면, 손님을 초대할 기회가 있다면, 내게도 더 늦기 전에 호출할 사람들이 있다. 나는 오래전에 휴대폰을 부서뜨렸지만 다행히 그들의 전화번호를 전부 다 외고 있다. 한때 내게 생의 약호 같았던 그 번호들. 그들은 지금 모두 멀리 있다. 나는 그들에게 날 보러 와달라고 말할 것이다. 오픈하우스의 밤이 끝나기 전에. 환한 저 불빛이 다 꺼지기 전에. 휘청거리는 무릎에 힘을 싣고, 나는 빠르게 걸음을 옮긴다.

해설

애도, 맥동하는 희망의 몸짓

이소연

1. 걸어오다, 익숙한 절망으로

정한아의 새로운 소설집을 펼쳐 든 순간 독자는 자연스럽게 그와 처음 만났던 때를 떠올리게 된다. 그를 마음에 두고 있는 독자들은, 그가 장편소설 『달의 바다』로 큰 상을 받으면서 처음 이름을 알렸던 해, 2007년을 좀처럼 잊지 못할 것이다. 그 해가 가기 전, 많은 독자들은 입소문으로, 서평으로, 혹은 기사로 들은 그의 이름을 입에 올렸고, 책을 읽고 나서 서로에게 되물었다. "누구지, 이 작가는?" 스물다섯 살의 젊은 작가가 쓴 이야기는 비슷한 시기에 각자의 증환에 시달리던 사람들의 마음을 끌어당겼다. 그리고 그 이후 그는 자신을 향했던 세간의 관심에 화답이라도 하듯 한 권의 소설집과 한 편의 장편을 착실하게 우리에게 안겼다. 그리고 이제 그때와 확연하게 달라진 그는 독자에게 자신이 속한 시간대 속에서 변하지 않는 것은 어디에도 없다는 사실을 확인시켜준다. 또 한 권의 소설집을 받아 들면서, 나는 그의 첫 책을 받아 들었던 때와 지금 사이에 걸쳐 있는 간극에 대해 생각한다. 한 사람의 작가가 변해가는 과정은 동시대의 삶을 공유하는 우리가 함께 나이 먹고 있다는 사실을 자연스럽게 상기시킨다. '1980년대생'이라는 수식어구는 더 이상 곧바로 '젊음'을 떠올리게 하는 열쇳말이 되지 못한다. 이제 정한아의 소설은, 우리가 서로를 훼손시키는 시간의 흐름 한가운데 함께 서 있다는 사실을 일깨워주려는 듯하다. 마치 거울 앞에서 매일 주름지고 야위어가는 자신의 얼굴을 확인할 때처럼, 나는 그에게서 새로운 슬픔을 본다.

정한아의 두번째 소설집에 들어 있는 이야기들은 우리를 훼손하고 마모시키는 시간의 흐름 한가운데로 데려간다. 그리고 그 끝에 자리한 죽음의 심연으로 독자를 성큼 당겨놓는다. 이제 정한아의 소설에서 '그것'을 볼 수 있다는 기대감은 접는 것이 좋다. 위태롭게 흔들리지만 찬란하게 빛나는 젊음, 은은하게 묻어나던 온기, 성장에 대한 기대감을 불러일으키는 희망의 전언 등을 기대했던 독자들은 의외의 장면을 맞닥뜨리게 될지도 모른다. 오히려 정한아는 이전의 소설이 전해준 기대감, 희망 같은 정조들을 싸늘하게 부정하는 것처럼 보인다. 반복되는 긍정의 시도와 몸짓 끝에 도달한 자리가 이곳이라니, 사무치는 공허에 몸을 떠는 이도 있으리라. 그러나 그것은 작가의 잘못이 아니다. 결국 익숙한 절망의 얼굴을 다시 대면해야 하는 운명을 갖고 태어난 사람은 우리 자신인 것이다. 그러니까 소설을 읽고 난 후 찾아드는 쓸쓸함은 우리가 자신의 모습을 새삼 확인한 이후에 찾아드는 자연스런 정조일 터이다. 소설은 그런 삶의 진실을 때맞춰 그저 보여줄 뿐이다. 담담하게, 타인의 원망에도 아랑곳하지 않고, 그는 자신의 길을 끝까지 밀고 나아간다.

정한아의 소설은 우리로 하여금 소설의 첫 대목에서 마지막 장면에 이르기까지 슬픈 깨달음에 연거푸 직면하게끔 한다. 그것은 소설 속의 인물들을 비롯한 우리가 예외 없이 어딘가에 가닿게 될 운명을 타고난다는 것이다. 정한아의 소설은 맨 처음 이 예언이 어머니를 상실한 장소에서 시작되었음을 보여준다. 그의 소설들에는 어머니와 떨어진 후 홀로 남겨져 우는 어린아이의 울음소리와 탄식이 메아리처럼 울려 나온다. 분리 불안, 텅 빈 집에 대한 공포, 반복 강박을 알리는 신호가 핏자국처럼 여기저기 번져 있다. 그곳은 연속되는 이야기 속에서 어머니를 가둔 방, 헤어진 애인의 방, 음식물을 게워내고 경련하는 위장, 죽은 아이를 담고 있는 자궁 등으로 몸을 바꾼다.

정한아의 소설 속에는 무언가 소중한 대상을 잃어버리고, 그로 인한 상실감에 시달리는 사람들이 등장한다. 「그랜드 망상 호텔」의 주인공 윤슬을 사로잡고 있는 것은 우울증에 시달리다 결국 가족들에게 버림받고 만 어머니에 대한 기억이다. 어머니는 결국 가족들 앞에서 광기를 폭발시키고, 아버지의 손에 의해 끌려가 방 안에 갇히고 만다. 그때 윤슬은 열쇠로 문을 열고 그녀를 꺼내줄 수 있는 상황이었지만 그렇게 하지 않는다. 윤슬은 그 밖에도 자신을 찾아온 어머니를 내치고 아버지에게 돌려보냈던 기억이 있다. 그녀는 과도한 짐이 되는 어머니를 온전하게 감당하기엔 자신이 너무 어리고 무지했다는 사실을 인지하고 있음에도 불구하고 깊은 죄책감에 시달린다. 그녀는 자신이 어떠한 이유로도 어머니를 쓸쓸하게 죽어가도록 방치했던 과거를 합리화할 수는 없다는 사실을 사무치게 깨닫는다.

비참하게 죽은 어머니와 그로 인한 상실감에서 벗어나지 못하는 인물들의 이야기는 정한아의 소설에 자주 등장하는 테마다. 「신행(新行)」의 주인공 이영은 어린 시절 이모부의 폭행으로 끔찍하게 살해된 어머니에 대한 기억에서 벗어나지 못한다. 이 소설의 첫 장은 주인공 이영이 결혼식 도중에 은반지를 잃어버린 것을 깨닫는 장면에서부터 시작된다. 어머니의 유품인 은반지는 그녀에게 어머니의 부재를 상기시키는 증표와도 같다. 그것을 잃어버렸다는 것은 이영의 애도 작업이 결국 실패로 돌아갔음을 암시하는 불길한 신호가 된다.

죽은 어머니에 대한 상실감, 이로 인해 겪는 우울증, 딸에게 유전되는 불행 등의 소재는 『애니』를 가로지르는 주요한 모티

프가 된다. 이와 관련된 사건들이 반복될수록, 소설은 자연스럽게 애도의 의식(儀式)을 닮아가게 된다. 따라서 정한아의 소설 속에서 우리는 원초적인 대상의 상실로 인해 상처 입은 사람들과 이들이 겪는 다양한 우울증의 징후를 반복해서 마주치게 된다. 프로이트는 「애도와 우울증」에서 상실한 대상에 대한 애도 작업에 실패한 주체는 우울증에 걸리게 되며, 그 결과 상실한 대상을 자신에게 합체하게 된다고 설명한 적이 있다. 「신행」의 첫 장면은 어머니가 생전에 겪었던 불행한 사건들이 다시 그녀의 딸인 이영의 결혼 생활에서 반복될 것임을 예고하는 장치가 된다. 독자는 은반지의 상실과 함께 마치 기다렸다는 듯이 죽은 어머니의 흔적이 이영의 삶을 통해 되살아나는 장면을 목격하게 된다. 어머니가 겪었던 불행이 딸의 몸을 통해 반복되는 일은 비단 소설 속의 사건에만 국한되는 일이 아니다. 피할 수 없는 운명의 장난인지, 아니면 미신에 불과한 것인지 몰라도, 우리는 원초적 상실로 인한 불행이 자식들에게 대물림되는 상황을 경험하곤 한다. 정한아의 소설 속에는 어머니에게서 물려받은 상처가 주인공들에게, 그리고 다시 그의 자식들에게 이어질 것임을 암시하는 실마리들로 가득 차 있다. 소설 속에서 어머니, 나 혹은 서술자, 그리고 어린아이들은 운명의 연속성과 유전을 상징하는 삼각 구도를 만든다. 이러한 유전되는 운명을 통해 우리에게 전달되는 것은 '부재', 즉 상실의 텅 빈 자리 자체일 것이다.

그러나 정한아 소설 속의 인물들은 자신이 대면하는 절망스러운 현실을 외면하지 않는다는 점에서 남다른 면모를 보인다. 그들은 비정하리만치 담담한 시선으로 상처를 응시하고, 그 이면에 숨은 진실을 향해 흐트러지지 않는 발걸음으로 조금씩 걸어 들어간다. 비록 그 여정의 끝에 자신을 기다리고 있는 것이 공허의 또 다른 모습에 불과할지라도, 그들은 그곳에 이르는 지루한 과정을 손쉽게 건너뛰려는 무모한 마음을 먹지 않는다. 당연히 중도에서 포기하는 일도 일어나지 않는다. 「그랜드 망상 호텔」의 주인공 윤슬이 고국에 돌아와서 굳이 옛날 몹쓸 일이 일어났던 장소에 숙소를 잡은 것도 어쩌면 그러한 용기에서 비롯된 것일지도 모른다. 그녀는 어머니가 광기에 사로잡혀 자신을 놓아버린 장소, 그랜드 망상 호텔에 돌아와 어머니를 추억한다. 그리고 그곳을 시작으로 어머니가 말년에 지냈던 요양원, 아버지의 집, 어머니가 광기에 휩싸여 헤매고 다니던 해변 등을 오가며 고통스러운 시간을 보낸다. 마치 어머니와 자신의 과거에 대한 애도를 수행하기라도 하듯, 자신을 부서뜨릴 만큼 큰 아픔을 감수하고 과거의 사건들을 하나씩 재구성하기 시작한다. 그 과정에서 정한아의 소설은 차분하게 감정선을 조절하면서 서술자의 의식을 추적해나간다. 하나씩 하나씩, 그는 자신을 허물어뜨리는 동시에 그 절망의 심연에서 다시 올라올 마지막 순간을 기다린다.

2. '성장'의 후광을 걷어내다

때로 소설은 이야기하는 내용보다, 말하는 방식을 통해 더 많은 사실을 알려주기도 한다. 천천히, 그러면서도 섬세하게 몸을 밀고 나아가는 정한아의 문장들은 스스로 고통의 근원에 다다르려고 하는 의지를 반영하고 있다. 그것은 일차적으로는 작가 자신에게서 나온 것이겠지만 소설은 이를 등장인물의 성격과 행위를 통해 육화된 모습으로서 추체험하도록 한다. 정한아의 소설에 등장하는 인물들은 치명적인 상실의 아픔을 지니고 있지만 결코 제자리에 머물러 있는 법이 없다. 그들은 기회 있을 때마다 자신의 상흔을 돌아보며, 그것이 무엇에서 비롯된 것인지, 앞으로 이들을 어떻게 견뎌내고 어떻게 치유해나갈 것인지 쉼 없이 묻고 대답한다. 이 과정을 기술하는 문장의 속도는 놀라우리만치 침착하고, 시선은 담담하다 못해 투명하기까지 하다. 이들의 삶은 이런 질문들을 되묻고 나누고 답하고 또 부정하는 몸짓의 반복으로 세밀하게 점묘되어 있다.

「애니」에서 작가는 이러한 섬세한 순간들을 한데 모아 조촐한 순례의 여정을 만들어나간다. 이 소설에는 오래전 은퇴한 여배우 마리아와 그녀에게 운전을 지도하는 '권'이 등장한다. 마리아는 예전에 겪은 자동차 사고로 심각한 트라우마를 지니고 있으며 권은 젊은 시절 자신을 버리고 집을 떠난 아내로 인한 상실감에서 벗어나지 못한다. 이야기의 발단은 마리아가 자동차 운전을 다시 시작하기 위해 권을 찾아오는 것에서부터 시작된다. 마리아가 자신의 상처를 이겨내고 혼자 운전대를 잡기까지, 침착하면서 끈덕지게, 이 둘은 나란히 동석하면서 많은 시간을 보낸다. 권은 과거 자신의 선망의 대상이었던 여배우와 시간을 보내면서, 마리아는 자신의 곁을 지켜주는 권의 운전 지도를 받으면서 차츰 자신의 상처를 들여다볼 수 있는 용기를 얻는다. 아픔의 근원이 되는 사건에서 도피하지 않고 용감하게 마주하는 순간은, 소설에서 종종 치유의 시작을 알리는 신호탄이 되곤 한다. 마리아는 숱한 위기와 수모를 감수하고, 처음 운전대를 다시 잡기로 결심했을 때 목표로 했던 장소인 C시의 교도소에 마침내 도착하는 데 성공한다. 물론 권의 진심 어린 성원과 극진한 도움이 없었더라면 성취하지 못했을 과업이다. 그러나 이 관계를 통해 도움을 얻은 사람은 비단 마리아 한 사람뿐이 아니다. 권 역시 마리아와 함께한 시간 동안, 차마 대면할 수 없던 과거를 돌아보게 되었다는 점에서 두 사람의 관계는 상호수혜적이라고 해야 할 것이다. 그는 자신을 버린 아내를 '마리아와 닮은' 모습으로 회상하고, 그녀와 함께 보냈던 시간들을 '마리아가 출연했던 영화를 보던 시절'로서 되살려낸다. 마리아가 다시 운전을 익히게 되기까지 걸린 시간들, 그것은 권이 자신의 과거를 돌아보며 애도를 시작하게 된 시기와 일치한다. 두 사람은 어쩌면 혼자 힘으로 세상에 맞설 수 있을 때까지 일시적으로나마 서로를 지켜준 가림막 같은 존재였을 것이다.

> 그것은 별다를 것 없는 이야기였다. 실패한 두 사람이 만나서 서로를 특별하다고 느끼고, 앞으로 좋은 시절이 올 거라고 믿고, 그날이 오리라는 것은 너무나도 요원하지만, 그 둘만은 굳건히 믿고, 또 믿는 그런 이야기. 권은 어둠 속에서 오래전 그 여배우의 얼굴이 희미하게 드러나는 것을 보았다. (「애니」, p. 73)

「빈방」에서도 이와 비슷한, 애매하지만 분명히 서로에게 도움이 되는 관계를 지속하는 두 사람이 등장한다. 십대 소년인 '나'는 바쁜 어머니를 대신해 어린 동생을 돌보는 1층 아주머니와 친밀한 사이가 된다. 부모의 이혼과 함께 낯선 곳에 이사 온 후 외톨이가 된 '나'는 성장의 문턱에서 힘겨운 시간을 겪고 있다. 그런 그에게 동생을 살갑게 보살펴주고 가끔 자신의 대화 상대가 되어주는 아주머니의 존재가 차츰 눈에 들어오기 시작한다. 나는 어머니가 채우지 못한 자리를 대신해 어린 동생에게 훌륭한 대체-어머니가 되어주는 아주머니를 바라보며 묘한 안도감을 느낀다. 그녀의 집에서 그녀의 아들이 쓰던 천체망원경을 발견한 '나'는 망원경을 조립해 밤하늘을 관측하면서 잠시나마 행복한 시간을 보낸다. 그녀가 자신의 가족에게 베푸는 친절이 과도하다고 느낄 즈음, 뜻밖의 사고가 일어난다. 아주머니가 눈이 보이지 않는다는 사실을 숨기고 동생을 돌봐왔다는 사실을 알게 된 부모님은 그녀에게 거센 항의를 하고 결국 그녀는 아파트를 떠나야 할 처지에 놓이게 된다. '나'는 아주머니가 떠난 후에 남겨진 텅 빈 집을 바라보면서 어머니와 아버지 그리고 자신 사이에 마침내 불완전하나마 분리가 이루어졌다는 사실을 깨닫는다. "그제야 한 시절이 완전히 끝나버렸던 것이다"(p. 103). 아주머니는 '나'에게, 그리고 '나'는 아주머니에게 잠깐이나마 서로를 지탱해주는 버팀목이 되었다는 사실은 눈앞에 직면한 상처가 어느 정도 아문 뒤, 훗날에나 밝혀질 일이다.

「애니」와 「빈방」은 우리가 서로 곁에 있는 사람들과 조금씩 도움을 주고받을 수 있는 존재임을 알려주는 이야기들이다. 물론 이 소설의 등장인물들은, 어느 순간부터는 서로에게서 분리되어 각자의 몫을 홀로 대면해야 할 때가 온다는 사실을 잘 알고 있다. 그리고 이들은 마침내 각자에게 주어진 여정에서 텅 빈 부재를 발견하게 된다. 이제 그들은 아버지와 어머니라는 원초적인 관계, 이들로 인해 지탱되어온 가족 혹은 가정이라는 것이 신기루에 불과했다는 사실을 깨닫게 된다. 결국 우리는 무언가를 잃어버린 것이 아니다. 애초부터 그 대상은 텅 빈 환상에 지나지 않았던 것이다. 상실은 원초적으로 그 자리에 이미 그리고 항상 있어왔던 것임을 알게 된 후, 등장인물은 마침내 텅 빈 부재라는 '실재'를 자신의 중심에 받아들이게 된다. 이 과정을 더 정확히 표현하면, 원래부터 있었으며 이미 처음부터 자신의 일부였던 결핍을 비로소 똑바로 응시하고, 수긍하는 단계에 이르렀다고 하는 편이 맞을 것이다. 이를 통해 등장인물들은 비로소 자기 자신을 과거의 집착에서 분리하는 방법을 배운다. 이것은 자신이 스스로의 손으로 조금씩 쌓아 올렸던 환상의 핵심을 직시하는 것을 뜻한다. 이것은 또한 우리가 '성숙' 혹은 '성장'이라는 이름으로 불렀던 사건들의 배후에 드리워진 후광을 조금씩 걷어내는 작업을 동반하게 된다. 이전에 미숙했던 자신이 나이를 먹어가면서 나아진다는 신화는 정한아의 소설에서 부정되기에 이른다. 결국 「애니」의 권은 마리아가 연기했던 '애니', 그리고 마리아를 닮았다고 착각했던 아내의 모습도 자신 내부의 공허를 달래기 위해 매달렸던 헛것에 지나지 않음을 깨달아야 한다. 그들이 지루한 시행착오를 거쳐 마침내 도달한 장소가 '죽음'을 떠올리게 하는 황량한 교도소 건물이라는 사실이 암시하는 바는 적지 않다. 불가능한 애도를 통해 도달해야 할 애도의 진실한 얼굴, 그것은 자신이 애써 눈감아왔던 공백이 다름 아닌 자기 자신의 일부임을 인정하는 것이 아닐까.

3. 바닥을 치고 올라오다, 한 번 더

「오픈하우스」에는 섭식 장애를 앓는 이십대 여성이 등장한다. 대기업 연구원으로 일하던 시절, 과도한 업무 스트레스와 실연 때문에 그는 정신적 위기를 겪는다. 결국 폭식과 거식을 반복하는 증상을 얻어 스스로 치료소에 들어간다. 그곳에서 그는 우연한 기회에 숙소 옆에 있는 한 고급주택 안에 들어가게 된다. 남편이 아내를 위해 지은 꿈같은 집, 잡지에도 여러 차례 나온 적이 있다는 호화로운 장소에서 그는 놀라운 사실을 발견하게 된다. 겉으로만 보기에는 아무 부족함이 없는 듯 보이던 그곳이 기실 아무도 살고 있지 않은 텅 빈 집이었다는 것이다.

> 치료소 계단을 다 올라와서, 나는 문득 옆집을 돌아본다. 그 집의 대문은 어느 틈에 활짝 열려, 어둠 속에서 속을 다 드러내고 있다. 부스러기 하나 없이 텅 빈 그 집의 풍경이 떠오른다. 달도 없는 밤의 추위 속에 꽝꽝 얼어가고 있는 금빛 지붕, 사람의 눈동자 같은 검은 연못, 아무것도 비치지 않는 반원형의 창문들…… 순간 얼어붙은 연못에서 쨍, 소리가 울린다. (「오픈하우스」, p. 258)

'나'는 그 집 안에서 모든 것의 중심에 존재하는 텅 빔 자체를 발견한다. 거식증 환자는 아무것도 먹지 않는 것이 아니라 '무(無)'를 먹는 것이라고 했던가. 없음과 있음, 채움과 비움이 도착된 상태에 있던 그는 비어 있는 집의 거대한 '없음'을 대면하고 나서 비로소 자신의 근원을 이루고 있는 상실 그 자체를 받아들이게 된다. 상실이란 자신에게만 주어진 특별한 상태가 아니란 것, 자신이 이미 결핍에서부터 모든 것을 시작했으며 앞으로도 이와 더불어 살아가야 한다는 것을 깨달으며 그는 치유를 향해 한 걸음 발걸음을 내딛는다. 그리고 이 과정은 타인을 다시 자신 내부에 들여놓기로 하는 결단을 동반한다. "나는 그들에게 날 보러 와달라고 말할 것이다. 오픈하우스의 밤이 끝나기 전에. 환한 저 불빛이 다 꺼지기 전에"(p. 258).

이러한 상실의 또 다른 이름은 다름 아닌 '죽음'일 것이다. 소설에서도 암시하고 있듯 이런저런 사건들을 통해 모습을 드러내는 상실과 공백 들은 사실 이미 삶 안에 들어와 있는 죽음에 대한 은유이다. 죽음과 더불어 태어나 자신의 의지와 무관하게 삶 속에 던져진 인간은 상시적인 애도의 상태에 놓인다. 어쩌면 어떤 대상을 상실했다는 것 자체가 환상이며, 애도는 유한한 존재인 인간이 처해 있는 본래적인 상황을 가리키는 말인지도 모른다. 정한아의 소설은 '부재'의 '있음'을 받아들이는 과정을 추적함으로써 사후적으로 만들어낸 상실의 신화를 해체하고 있다. 또한 정한아의 소설에서 이러한 죽음의 이미지는 좌절당한 성(性), 그리고 훼손된 신체의 이미지와 깊이 연

관된다. 여기서 좌절된 '성'이란 가부장적이며 폭력적인 남성성에 의해 억압당하고 훼손당한 일체의 대상들을 가리키는 말이다. 정한아의 소설에서 이는 가족들에게 버림받은 어머니나 언제나 주변 사람들 바깥으로 밀려나 타자화되었던 친구에 대한 기억 등으로 변주되어 나타난다. 「해먹」에서 등장인물들의 친구로 기억되는 인물 제이유는 유복한 가정환경과 타고난 낙천성으로 오랫동안 주목의 대상이 되었던 인물이다. 그러나 그가 동성애자라는 사실이 밝혀지고 급기야 그가 주선한 사업이 실패로 돌아가면서 친구들은 완전히 그에게서 등을 돌리고 만다. 그는 결국 동성애자로서의 정체성을 버리고 다시 가족에게 돌아가 이성애자로서의 삶을 살아가게 된다. 친구들에게서 고립된 채 영원히 자신을 지우고 살아갈 수밖에 없는 제이유와 이국땅에서 홀로 산후 우울증을 앓던 자신의 모습이 교차하는 가운데, 주인공은 묘한 슬픔을 느낀다. 제이유, 우울증을 앓았던 주인공, 그리고 남편의 차에 치여 상처를 입은 생물들은 사회를 움직이는 압도적인 힘에 의해 억압된 존재들이다. 이들은 연약한 존재들을 차로 들이받으며 질주하는 문명 속에서 거듭 좌절할 수밖에 없다.

때로 작가는 긍정이나 희망이라는 말을 도저히 떠올리기 힘들 정도로 가슴 아픈 국면에 독자를 밀어 넣는다. 아이를 유산하면서, 자신이 불행한 결혼 생활을 시작하고 있다는 사실을 이제 막 깨닫게 된 이영(「신행」)의 마지막 모습에서 독자는 한

점 위안조차 얻지 못한다. 남편과 함께 한겨울의 얼어붙은 풍경을 하염없이 바라보는 모습으로 끝나는 「예언의 땅」의 마지막 장면은 어떠한가. 이 두 소설의 주인공들은 과거에는 어머니를 잃었고 태중의 아이마저 유산하는 고통을 겪는다는 점에서 공통점을 지닌다. 이들은 좌절당한 모성이 자신의 몸을 통해 되살아나는 불행한 경험을 반복할 수밖에 없다. 다만 이 두 소설의 주인공들이 죽은 가족들에 대한 애도를 가까스로 시작했다는, 바로 그 행위에서 어떤 가능성의 실마리를 찾을 수 있을 것이다. 상처받은 내면을 지닌 한 사람이, 자신의 아픔을 외면하지 않고 절망의 핵심으로 들어가는 행위는, 별것 아닌 듯해도 당사자에게는 죽음에서 삶으로 건너가는 커다란 사건에 해당한다. 삶 그리고 세계를 지향하는 태도의 반대는, 철저한 절망의 심연으로 들어가는 행위가 아니라 오히려 무감각이나 외면에 가까울 것이다. 정한아의 소설에서 치유는 자신의 상처를 직시하고 기꺼이 그 한가운데에 자신을 내던지는 순간 시작된다. 그는 생을 모질게 살아내려면, 오히려 일찌감치 절망의 심연으로 들어가 그 아픔을 천천히, 온몸으로 겪어내라고 말하는 듯하다. 자신이 겪는 아픔에서부터 한걸음 멀리 떨어져 이를 담담하게 응시하면서, 기어이 그 밑바닥을 들여다보는 그 태도는 누구보다도 강렬한 삶의 의지에서 비롯된 것이라고 봐야 한다. 이는 더 강력한 의지력을 얻기 위해 더 큰 고통을 마다하지 않는 수행자의 태도를 연상시킨다.

따라서 정한아의 소설에서 우리의 시선은 좌절의 밑바닥에 머물지 않고 항상 그 이상, 그 이후에 시작될 가능성의 영역을 향해 뻗어나가곤 한다. 이를테면 한때 모든 것을 다 공유했다고 믿었던 사랑의 종말을 이야기하는 순간에조차 남아 있는 옛 연인의 손 모형에 시선을 머물게 한다(「러브레터」). 분절된 시간과 절단된 신체의 이미지, 이들은 우리에게 삶의 유한성과 죽음에 대한 상념을 불러일으키는 소재들이다. 「예언의 땅」과 「신행」의 주인공들은 자신을 떠나간 어머니와 아이를 떠올리고, 묻고, 회상하는 일을 반복한다. 이 순간, 정한아의 소설은 가장 비정하고 잔혹한 장면을 적절한 애도의 제의 그리고 슬픔을 억누르는 리듬의 반복으로 채워 넣는 마술을 발휘한다. 원초적인 상실과 훼손된 성, 그리고 절단된 신체의 이미지들은 우리에게 지연된 애도를 촉구하기 위해 소설 속에서 시시때때로 불려 오고 또 불려 나간다. 삶을 애도로서 경험한다는 것, 그것은 자신이 겪었던 상실을 두 번 반복하는 것이다. 반복은 우리에게 단순한 희망을 준다. 다음에 반복될 땐 달라질 수도 있으리라는 것. 정한아의 소설은 우리를 절망으로 이끌어가지만 그 맨바닥에서 반복을 통해 애도의 리듬을 만들어가도록 이끌어준다. 정한아에게서 어떤 긍정의 조짐을 엿볼 수 있다면, 삶의 비의를 응시하고 이를 담담히 이겨내는 태도 그 자체에서 비롯되는 것이리라. 끈덕지게 아픔의 근원을 캐고 이를 한 편의 이야기로 재구성해내는 일을 통해, 그는 일찌감치 애도는 완수해야 할 일이 아니라 평생 함께 더불어 살아가야 할 원래적인 상태임을 깨닫게 되었는지도 모른다. 애도는 살아가는 일이자 과정이며 언제나 불완전한 분리의 도중에서 묵묵히 그 지루한 시간을 감내하는 일 자체인 것이다. 어쩌면 작가에게 이것은 어쩌면 글쓰기 자체가 아니었을까.

이쯤 해서 나는 「애니」처럼 작가와 독자의 관계를 하나의 이야기로 엮고 싶은 충동에 휩싸인다. 독서를 통해 독자는 상상 속의 작가와 만나 소통하고, 서로를 통해 의미를 만들어가곤 한다. 그런 행복한 만남 가운데서 작가는 이야기를 읽는 내내 독자의 옆자리에 앉아 묵묵히 방향과 속도를 알려주는 좋은 길동무의 역할을 맡기 마련이다. 그뿐인가. 그는 위기의 순간 적절히 브레이크를 밟아주기도 한다. 그렇게 곁을 지켜주는 작가의 믿음직한 글쓰기를 따라가다 보면, 어느새 삶과 죽음의 극단을 오가는 여행길도 견딜 만하다고 느껴지곤 한다. 서두르지 않으면서 집요하게, 절망의 깊은 우물에서 바닥을 치고 올라오는 이야기를 읽으면서 사는 일이 운전과 닮아 있다는 생각을 하는 사람이 어찌 나 한 사람뿐일까. 죽다 살아날 만큼 아득한 순간을 몇 번 겪고 나서 자신감이 슬그머니 고개를 들 즈음, 우리는 혼자서 모든 것을 해나가야 할 상황에 맞닥뜨리게 된다. 정한아의 소설은 이렇게 반복되는 애도의 리듬을 전수함으로써 우리에게 힘겨운 시간을 홀로 이겨낼 수 있는 용기를 준다. 맥동하는 희미한 빛을 붙잡고 조금 더 앞으로 가다 보면 적절한 시기에 또 다른 길동무가 생기지 않겠는가? 옆자리에 앉아 함께 길을 갈 사람이 필요하다고 느낄 때 나는 정한아의 소설을 또 읽을 것이다. 꺼진 시동을 다시 걸 때처럼, '한 번 더'라고 속삭이면서.

작가의 말

애통하는 자는 복이 있나니 저희가 위로를 받을 것임이요

—『마태복음』 5:4

이 페이지는 내가 제일 좋아하는 부분이다. 과거에는 그랬다. 소설책을 보면 제일 먼저 '작가의 말'을 찾아 읽었다. 거의 집어삼킬 듯이 눈에 새겨 넣곤 했다. 작가의 '말'이란 과연 무엇인지, 나는 그것이 궁금해 견딜 수 없었다. 나도 그런 '말'을 갖고 싶었다. 가질 수 없다면 죽는 게 낫다고도 생각했다. 과장이 아니라 정말이다.

작가가 된 뒤로는 '작가의 말'을 읽지 않는다. 그러니까 10년

전부터. 작품 활동을 시작한 지 10년이 되었다. 그 사실이 부끄럽기도 하고, 자랑스럽기도 하다. 네번째 책의 출간을 앞두고 며칠 동안 '작가의 말'을 골몰하였다. 책이 꾸려지는 내내 악몽을 꾸었고, 과연 계속 글을 써야 하는가에 대한 문제로 고심하였다는 사실을 털어놓을 수는 없다. 그런 것은 좋은 '작가의 말'이 아니다. 나는 이 페이지를 그렇게 망칠 수 없다.

딸애의 손톱을 깎다가, 그 두멍하고 하얀 막을 조심스럽게 잘라내다가, 문득 내가 서른네 살이라는 사실을 깨닫는다. 그 사실에 언제나 화들짝 놀라게 된다. 시간이 흐를수록 내가 얼마나 보잘것없는 존재인지, 형편없는 인간인지 분명해지는 듯하다. 그럼에도 불구하고 희망을 품고 살아갈 수 있는 것은 아마도 문학의 비호 덕분일 것이다. 나는 그 안에서 패배할 권리, 하찮아질 권리, 인간 변종이 될 권리를 얻었다. 문학이 죽었다, 살았다, 말이 많은데 나의 증언은 단지 이것, 문학이 나를 살렸다는 사실이다.

이 책에 실린 소설은 서른 살이 되던 해부터 쓴 것들이다. 이 중 아주 작은 일부라도, 누군가에게 쓸모가 있기를 바란다. 만약 그렇지 않다면 무척 낙담할 것이다. 하지만 종종 낙담이 더 큰 계기가 될 수도 있다. 인생의 묘미란 그런 것이다.

2015년 여름
정한아

수록 작품 발표 지면

그랜드 망상 호텔 『문학사상』 2014년 11월호

애니 『21세기문학』 2014년 여름호

빈방 『대산문화』 2013년 9월호

예언의 땅 『문학동네』 2013년 봄호

러브레터 『현대문학』 2015년 3월호

신행(新行) 『현대문학』 2012년 7월호

해먹 『한국문학』 2011년 11월호

오픈하우스 『문학사상』 2010년 12월호